講談社文庫

どんどん橋、落ちた

〈新装改訂版〉

綾辻行人

講談社

Attention!

この作品集は
並べられた順番どおりに
お読みください。

目次

どんどん橋、落ちた

〈新装改訂版〉

——悩める〝編集長〟J・Yに——

第一話　どんどん橋、落ちた

一九九一年十二月三十一日の夜、奇妙な来客があった。

十二月三十一日と云えば大晦日《おおみそか》である。叶《かな》うならば温泉にでも行ってのんびり正月を迎えたいものなのだが、締切の迫った書き下ろし長編の原稿がそれを許してはくれなかった。もっとも、だからと云って四六時中ワープロにかじりついているわけでもなく、この夜にしても、仕事場として借りているマンションの一室に閉じこもったは良いが、見たくもないテレビの年末特番を眺めながら気分ばかり苛々《いらいら》していた。つまりは〝精神的に超多忙〟という状態で、はっきり云ってこれは肉体《からだ》にも精神《こころ》にもあまりよろしくない。

そんなところへ、突然の来客があったのだった。

時刻は午後十時前。

大晦日のこんな時間に訪問販売のたぐいが来るわけもないし……と思いつつ玄関の

ドアを開けると、彼が立っていた。華奢《きゃしゃ》な身体に分厚い黒革のジャンパーを着た、色白の青年である。年齢は僕よりも十歳ほど下――二十歳くらいだろうか。

「こんばんは、綾辻《あやつじ》さん」

腺病質《せんびょうしつ》のおとなしそうな面立《おもだ》ちで、髪は昔のフォークシンガーのように長く伸ばしている。頰《ほお》を紅潮させ白い息を吐く彼の顔には、確かに見憶《みおぼ》えがあった。

しかし……はて、誰だっただろうか。

名前や自分との関係が思い出せないのである。

クリーム色に緑のストライプが入ったフルフェイスのヘルメットを、小脇に抱えている。手には黒い革手袋を嵌《は》め、黒いデイパックを背負っている。この寒い中、バイクに乗ってやってきたらしい。

「ええと、きみは」

相手の顔を見据《みす》えたまま、僕は口ごもった。誰なのか、やはり思い出せない。

「ええと……」

「お久しぶりです。Uです。忘れちゃいましたか」

「ああ……いやいや。U君ね。うん、そう。そうだよね」

頷《うなず》いたものの僕は内心、戸惑っていた。

「U」とは、なるほどこれもよく知った名前である。何だかとても懐かしい名前にも思える。なのに、どうしたわけか明確な記憶が呼び出せないのだ。頭の一部分に半透明のカーテンが引かれたような、それは実に奇妙な感覚だった。

「あんまり元気そうじゃありませんね。お仕事が大変なんでしょうね」

U君は人なつっこく微笑《ほほえ》む。

「少し時間、取れませんか。ご迷惑ですか」

そう云われると、いくら精神的に忙しくても、無下に追い返すことのできないのが僕の性格である。

はっきりとは思い出せないけれど、少なくとも初対面じゃないのは確かだから。だからきっと、大学の後輩なんだろうな。——何となくそう納得して僕は、彼を部屋へ招き入れたのだった。

リビングのソファに落ち着くと、U君は腕時計にちらりと目をやって、

「うん。ちょうどいい時間だな」

と呟《つぶや》いた。デイパックの中からそして、おもむろに一冊のノートを引っぱり出す。向かい合ってソファに坐《すわ》った僕のほうへ視線を上げながら、

「実はですね、綾辻さん、きょうはこれをお見せしたくて伺ったんです」

云って、ノートをテーブルの上に置いた。

見ると、それは普通のノートではなかった。原稿用紙を綴《と》じて表紙を付けた冊子で、表紙には「どんどん橋、落ちた」という題名が大きく記されている。

「何なのかな。——小説?」

「ええ、まあ」

U君ははにかんだように長い髪を撫《な》で上げながら、

「ちょっと思いついて、書いてみたんです。あつかましいお願いなんですが、今夜ぜひ、綾辻さんに読んでもらいたくて」

「ミステリ、なの?」

探りを入れるように訊《き》くと、「もちろん」と屈託のない答えが返ってきた。やはりこのU君、大学の後輩だったようである。

学生時代、僕は「推理小説《ミステリ》研究会」なる学内サークルに所属していた。それが高じて現在、曲がりなりにもミステリ作家を生業《なりわい》としているわけなのだが、そうなってからもときどき、会の集まりには顔を出している。若い学生たちと接触を持つ、これがなかなか頭の刺激になって良いからである。

それにしても——と、奇妙な感覚はまだ続いていた。

いくら最近めっきり記憶力が低下してきているとは云え、どうして彼のことがちゃんと思い出せないのだろうか。顔も知っている。名前にも憶えがある。確かにこれまで何度も会っている。なのに……。

「短い作品なので、できれば今すぐに読んでいただきたいんですが」

と、U君が云った。僕は原稿を手もとに引き寄せながら、

「どんなタイプのミステリなのかな」

いっぱしにプロの作家ぶった口調で質問した。U君はすると、いくらか緊張したような面持ちになって、

「いわゆるその、本格パズラーで『読者への挑戦』が付いた……」

「〝犯人当て〟かい?」

「ええ。まあ、そのようなものです」

〝犯人当て〟とはつまり〝犯人当て小説〟の略称で、ミステリ愛好家の会合などでしばしば行なわれるゲームの通称でもある。

出題者がまず「問題篇」を朗読し、そこで「手がかりはすべて出揃《でそろ》った。さて、犯人は誰か?」という例の「挑戦状」が差し挟まれる。参加者の解答を募ったのちに「解決篇」が示され、正解者には何某《なにがし》かの賞品が与えられる。――とまあ、そういっ

た趣向の〝お遊び〟である。その昔、探偵作家クラブ「土曜会」の新年会の余興として〝犯人当て〟が行なわれていたのは有名な話だが、わが母校のミステリ研究会でもこれが、十数年前の発足以来現在に至るまで、活動の一環として定期的に続けられているのだった。

「もう例会で発表はしたの？」

僕が訊くと、U君は「いえ」と首を横に振った。

「とにかくまず、綾辻さんに読んでもらいたくて」

「自信作？」

「絶対に当てられないようなものを、と意気込んで書いてみたんです。その意味じゃあ、ちょっとした自信はあります」

「ふうん。そりゃ凄《すご》いね」

煙草《たばこ》をくわえながら、U君の表情を窺《うかが》う。

生白い頰に、不敵とも取れるかすかな笑みが浮かんでいた。――ううむ。かつてあのシマダソウジをして「犯人当てクイズの名手」と云わしめたこの僕に、文字どおり彼は「挑戦」しようというのか。

「問題自体は非常にシンプルなものです。やたらと複雑にして読者をケムに巻こうなんていう、せこい手は使っていません。自分では一応、本格ミステリの原点に立ち戻って書いたつもりでもあります。もちろん、フェアプレイのルールは厳格に守っています。『読者への挑戦』にも明記してありますが、たとえば三人称の地の文における虚偽の記述はいっさいありません。煩雑《はんざつ》な機械トリックや謎の中国人も登場しませんので、ご安心を」

　そんな注釈をみずから述べると、U君はちらりとまた腕時計を見て、

「というわけで、とりあえず読んでいただけませんか」

「正解の場合の賞品は？」

　冗談のつもりで問うと、U君はにっこりと笑って答えた。

「そうですね。もしも完全に当たったら今後、僕のことを奴隷と呼んでください」

　冗談を返したにせよ、これは物凄い自信である。そこまで云われたら、こちらとしてはもう、受けて立つしかない。

「よし」と気合いを込めて頷くと、僕は「どんどん橋、落ちた」の原稿を読みはじめたのだった。

どんどん橋、落ちた

伴《ばん》ダイスケ……H＊＊大学の学生
　ユキト……その弟
阿佐野《あさの》ヨウヂ……ダイスケの友人
　　サキ……その妹
斎戸《さいと》サカエ……ヨウヂの後輩
ポウ……M＊＊村の長老
エラリイ……若長《わかおさ》
アガサ……その第一妻
オルツィ……エラリイの第二妻
カー……エラリイとアガサの息子

ルルウ………カーのいとこ
リンタロー………悩める自由業者
タケマル………その愛犬

1　どんどん橋

場所はニッポン、本州のとある山の中。

深い谷があり、ここに長い吊り橋が架かっている。谷底には〈どんどん川〉という名の川が流れており、吊り橋のほうは〈どんどん橋〉と呼ばれる。

見るからに古びた橋である。

長さは二十メートル足らずといったところ。木製の桁《けた》をロープで吊っただけのしごく単純な構造で、強い風が吹いたりすると、今にも壊れてしまいそうな軋《きし》みを発して揺れる。たとえば、映画『インディ・ジョーンズ——魔宮の伝説』のクライマックスに登場する橋を思い浮かべていただければ良い。橋の手前には「老朽化の為、危険」と記された札が立っているが、わざわざ忠告されずとも、人並みの想像力を持った者であれば二、三歩進んですぐに引き返してしまうだろう。——そんな、見るからに危うげなたたずまいである。

橋から谷底までの距離は三十メートルもあろうか。谷の両側はほとんど垂直に切り立った崖《がけ》である。脆《もろ》そうな赤茶色の岩肌にはこれといった足場もなく、蔓草《つるくさ》の一本すら生えていない。

何ものであれ、ザイルなどの道具なしでこの崖を登り降りすることは不可能である——と、まず断言しておこう。いや、「道具なしで」という条件節もここでは不要かもしれない。たとえロッククライミングの天才であったとしても、この断崖を征服することはできないだろうと云って良い。それこそ、蝶《ちょう》や鳥のように羽や翼を持つものでもなければ。

川は東から西へ流れ、橋は道を南北に結んでいる。

南側の道は〈どんどん山〉を縦走する尾根道へと続く。一方、橋を挟んで北側には道がない。すぐに行き止まりになっているのである。

一ヵ月前に起こった大規模な崖崩れが、その原因だった。谷に沿って西へ向かう道が十数メートルぶん、跡形もなく崩れ落ちてしまったのだ。山奥のこととて復旧の見通しもまるで立たぬまま、今日《こんにち》までずっと放置されている。

行き止まりの手前には、ちょうど谷に突き出したバルコニーのような恰好《かっこう》で、わずかな地面が残っている。だが、これは他の箇所と同様の、いかなるものにも登り降りが不可能な断崖で囲まれている。

さて――。

どんどん橋の北側の、孤立区域と化したこの張り出し部分こそが、本作における〝問題〟の焦点である。すなわちこの場所が、これより記すある殺人事件の犯行現場となるわけだ。

2　リンタローとタケマル

どんどん橋から南へ延びる尾根道をしばらく行くと、東へ分かれる小道がある。普通の地図には記載されていないような、細く険しい道である。急な山の斜面を這い下りると、やがて道はどんどん川に流れ込む支流の一つにぶつかる。

その日――八月一日の午後、この渓流のほとりに一人の男と一匹の犬がいた。

男は二十六歳、名はリンタローという。

犬のほうはタケマル、雄の柴犬《しばいぬ》である。

リンタローはどんどん山の麓《ふもと》にある〈どんどん村〉の出身者で、今は故郷を離れて独り都会に住む。某一流大学を卒業後、某大手銀行に就職したものの職場にうまく適応できず、一年足らずで辞めてしまった。現在の職業は「自由業」である。具体的にどのような仕事をしているのかは、ここではあえて触れずにおこう。

リンタローは悩んでいる。具体的にどのような悩みを持っているのか、それもここではあえて触れずにおこう。説明しはじめると、何枚書いても話が進まないおそれがある。要はそれほどまでに彼の悩みは複雑である、という話なのだ。

とにかくリンタローは悩んでいる。悩み疲れた彼はそして、当面の仕事を放り出して故郷の村に帰ってきたのだった。何年かぶりの帰郷であった。両親は大いに歓迎してくれたし、高校生のころから飼っている愛犬タケマルも再会を喜んで飛びついてきた。だが、それでもいっこうに彼の心が晴れることはなかった。

そんなリンタローがタケマルを連れてどんどん山へ向かったのは、云ってみれば彼の、ぎりぎりの決断であった。誰にも邪魔をされないところで心ゆくまで悩み抜いてやろうじゃないか——と開き直る一方、最悪の場合にはその場でみずからの命を絶つのもやむをえまい——とすら思いつめていた。それほどまでに彼の悩みは深刻だったのである。

彼らがその川辺に到着したのは、午後一時を少しまわったころのこと。このところ悪天候が続いていたのだが、きょうはからりとした快晴である。

そこはかつて、リンタローのお気に入りの場所だった。村からは相当な距離を歩かねばならないが、高校時代の夏休みなどには三日とおかず足を運んだものだ。〈パイプ岩〉と彼が勝手に命名した、まさにパイプのような形状の大きな細長い岩が川の手前にあって、これをベンチ代わりにして独り思索にふけるのが、当時の彼の孤独な趣味であった。

「久しぶりだなあ、ここに来るのも」

昔のようにパイプ岩の端に腰かけると、リンタローは足もとにうずくまったタケマルに話しかけた。

「たまにおまえも連れてきてやったっけ。憶えてるか」

タケマルももう満十一歳。人間で云えば還暦を過ぎたくらいの老齢である。えんえんと山道を歩いてきて、さすがにくたびれてしまったのだろう、だらんと舌を垂らしたまま目を上げようともしない。

リンタローは空を振り仰ぐ。

苦悩に塗り潰《つぶ》された彼の心中とは裏腹に、晴れ渡った夏空は翳《かげ》りなく青い。目を転ずれば木々の鮮やかな緑。谷を吹き抜ける涼風が汗まみれの肌に心地好《よ》い。

眼前を横切る川の流れが、いつになく激しかった。一昨夜まで降りつづいていた雨のせいだろう。普段の倍近くにも川幅が広がり、水かさも増している。誤って転落しようものなら、ひとたまりもなく流れに呑み込まれてしまいそうな勢いだった。

ここに飛び込めば死ねるかもしれないな——などと考えつつ、リンタローは煙草に火を点《つ》ける。タケマルは副流煙の被害を訴えるかのように、ぱさぱさと尻尾で地面を叩《たた》きながら、前脚で顔をこする。

「いいなあ、おまえは」

リンタローはしみじみと云った。

「いいよなあ。なーんにも悩みがないもんなあ」

タケマルはとぼけたように小首を傾《かし》げ、「わん」と応える。

リンタローは悩む。なぜにここでタケマルが「わん」と鳴くのか、そんな問題さえもが、彼の複雑で深刻な悩みの中に新たに組み込まれていくのであった。

こうして——。

それから約三時間、午後四時過ぎまでの時間を、彼らはその場所で過ごすこととなる。そして云うまでもなく、これはのちに重要な意味を持ってくる。

3　M＊＊村の掟《おきて》

リンタローとタケマルがいるパイプ岩のあたりで、道は谷に溶け込むようにして途切れてしまう——かに見える。だが、川の、ちょうどいくらか幅の狭くなった部分に丸木橋が架かっており（と云っても、倒木がたまたま両岸をつないでしまっただけのものなのだが）、これを渡ると、道とは云えぬような細い道がどんどんとさらに細くなりながら、原生林と呼ぶにふさわしい深い森の奥へと分け入っていく。

この森には、山の地理に詳しい地元の人間たちもめったに足を踏み入れることがない。それには少々わけがある。

実はその昔、この奥地に平家の落武者たちが逃げ込んだのだという。彼らの中に一人、強力な呪術的能力の持ち主（「霊能者」「超常能力者」のたぐいと考えていただければ良い）がいて、追手から自分たちを守るために特殊な結界を作った。それが今なお、不用意に近づく者に災いをもたらす。——と、そんな話が付近の村々に伝わっているのである。

ところで、その珍妙な落武者伝説の真偽はともかくとして、この森の奥には実際、知られざる一つの集落が存在していた。ここでは仮に、それを〈M＊＊村〉と呼ぶことにしよう。

＊

『良いか、子供たち』

取り囲んだ小さな顔をゆっくりと見まわして、ポウは云った。

『むやみに生き物を殺してはならぬ。わしらは常に、わしらの住むこの山の自然と調和しつつ生きねばならぬ。たとえ蛇《へび》であろうと兎《うさぎ》であろうと、意味もなく殺してはならぬ。それがわしらの〝掟〟なのじゃ。良いか』

ポウはM＊＊村の〝長老〟とでも呼ぶべき存在である。年を取り、〝長《おさ》〟の座を若いエラリイに譲ってからも、この地に留まって皆に慕われつづけている。いったん権力を手放したものは集落を離れるのが彼らの古くからの慣わしだったから、これは非常に例外的な状況であるとも云えるだろう。

『それからもう一つ』

地面にぺたりと尻を落としたまま、ポウはゆっくりとまた視線を巡らす。子供たちは彼のことを、その白い顎鬚《あごひげ》にちなんで「鬚の老師」と呼んでいる。

『川を渡り、尾根を越えた向こう側の谷へは決して行ってはならぬ。あそこは〈穢《けが》れの地〉じゃ。〈禁断の谷〉なのじゃ。邪《よこしま》な心を持った余所《よそ》の土地の人間がやってきおる。あの者たちと交流を持つこと、これもまた掟に反することなのじゃ』

『どうしてなの？　ポウ』

と質問する子供がいた。ルルウという名の小柄な男の子である。

『どうしてもじゃ』

ポウはきっぱりと答えた。

『〝穢れ〟は〝穢れ〟、〝禁断〟は〝禁断〟なのじゃ。それはわしらに災厄をもたらすもの。わしらを破滅に導くもの。その証拠につい昨夕、禁を破ってあの地へ行ったカーが、危うく命を落とすところであった。ルルウよ、おまえも知っておろう』

子供たちは静まり返った。カーはルルウのいとこに当たる同《おな》い年の男の子で、村の若長《わかおさ》エラリイの息子でもある。

『良いかな、子供たち』

と、ポウは厳しく念を押す。大怪我《おおけが》をして今もなお危篤《きとく》状態が続く幼い命の行方《ゆくえ》を案じ、老いた小さな双眸《そうぼう》に深い憂《うれ》いが満ちる。

4 〈禁断の谷〉の若者たち

同じ八月一日の午後。

ところは変わって、こちらはM＊＊村のものたちが〈禁断の谷〉とする、どんどん山の西側である。

どんどん橋から尾根道を南下する。パイプ岩に下りる横道をやりすごし、さらにしばらく南へ進むと西へ折れる横道がある。傾斜は東側に比べればずっと緩やかで、足もとの状態も良い。

詳しい位置関係は添付の地図（「現場付近略図」p.27）を参照していただくとして、この道を降りていって出合う谷筋の一角に、昨日の夕方から二つの赤いテントが張られていた。これがすなわち、ポウの云う「邪な心を持った余所の土地の人間」たちの一行である。

＊

「おおい、ヨウヂ。ユキトがどこ行ったか知らないか」

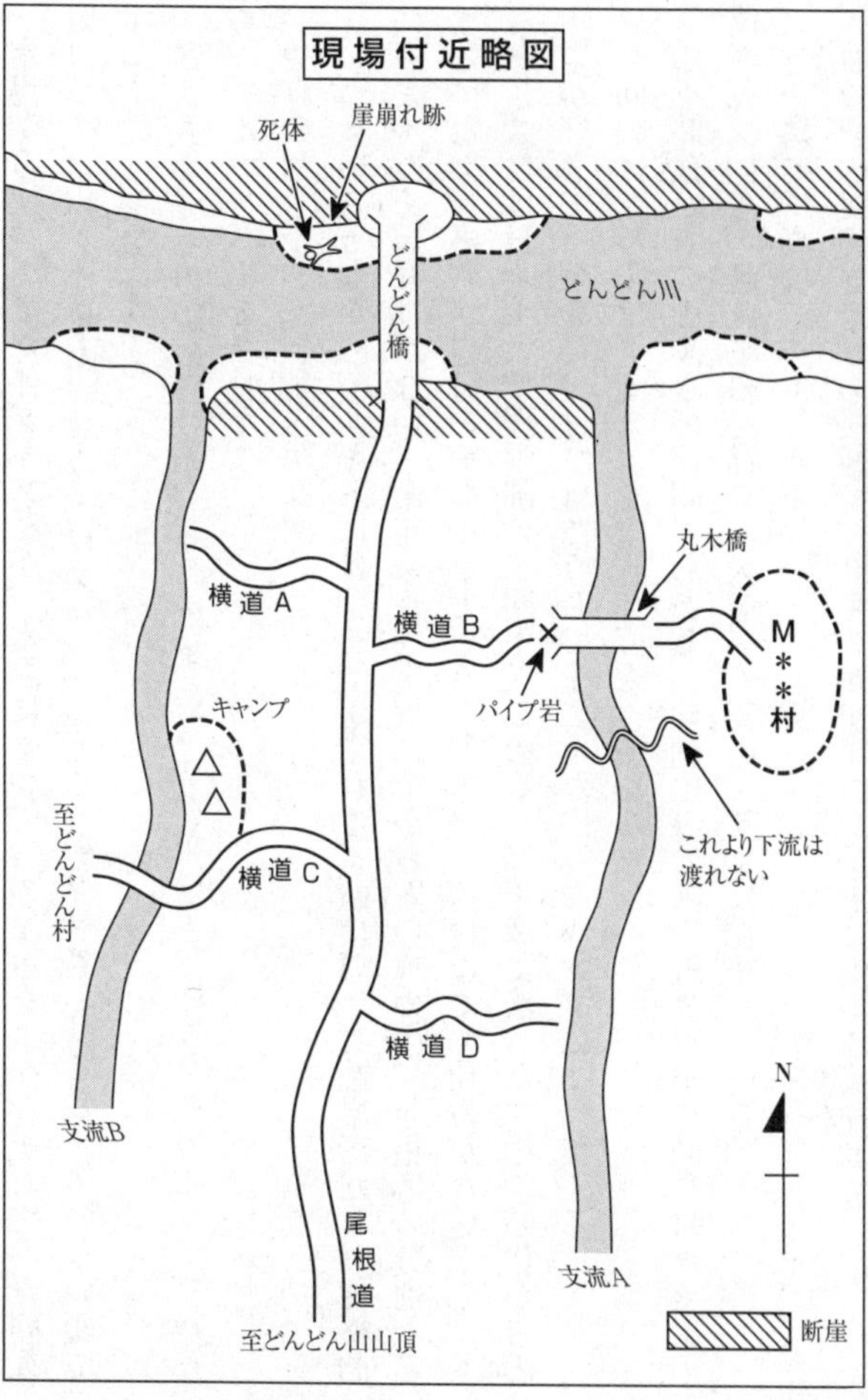
現場付近略図
死体
崖崩れ跡
どんどん橋
どんどん川
丸木橋
横道A
横道B
パイプ岩
M＊＊村
キャンプ
これより下流は渡れない
至どんどん村
横道C
横道D
支流B
尾根道
支流A
至どんどん山山頂
N
断崖

水場から戻ってきた伴《ばん》ダイスケが、木陰に坐って谷の風景をスケッチしていた阿佐《あさ》野《の》ヨウヂに声をかけた。ヨウヂはスケッチブックから目を上げると、気のない顔で「さてな」と首をすくめ、

「さっきまでその辺にいたが。サキにまたちょっかいをかけてたんで叱《しか》ってやったら、アッカンベーをされた」

やれやれ――と、ダイスケは溜息《ためいき》をつく。

いつものことながら、ユキトには手を焼かされる。頭は悪いし乱暴者だし、性格的にもまったく可愛げがない。来年もう中学校に上がるというのに、年相応の分別などまるでない。あれが自分の実の弟かと思うと、本当に情けなくて仕方がない……。

ダイスケはH＊＊大学理学部の二回生。この春、二十歳になった。中学時代から山歩きが好きで、暇を見つけてはこうして手ごろな山へキャンプにやってくる。

今回のメンバーはダイスケを入れて五人、である。

中学時代からの山歩きの仲間でもある、幼馴染《おさななじ》みの阿佐野ヨウヂ。同じH＊＊大の文学部二回生。趣味で絵を描き、大学でも美術クラブに在籍している。

その妹で、高校三年生のサキ。

ヨウヂの美術クラブの後輩で、サキのボーイフレンドでもある斎戸《さいと》サカエ。

そして、ダイスケの弟ユキト。

キャンプの計画はダイスケとヨウヂが立てたものだった。大学入試を控えて苛々しているサキの気分転換に、というのがそもそもの目的で、一緒にどうだと斎戸サカエを誘ったのはヨウヂである。

当初は四人で行く予定だったのだが、話を知ったユキトが自分もと駄々《だだ》をこねだした。おまえはまだ小学生だから、などといった理由はこの弟には通用しない。おのれの云い分が通らないとなると、それこそ一日中でも喚《わめ》きつづける。強く叱ると物凄い声で泣く。親たちも、年を取ってからの子であるユキトにはめっぽう甘い。そんなわけで結局、連れてこざるをえない羽目になったのだった。

とにかくユキトは困った子供だ。

最近の小学生にしては小柄で、ぱっと見た感じは聞き分けの良さそうな童顔なのだが、わがまま放題に育てられたせいだろう、心理学で云う超自我《スーパーエゴ》の発達がいちじるしく遅れている。十二歳にもなって、して善いことと悪いことの区別をほとんど内面化できていないのである。

小学校二、三年生のころから、喧嘩《けんか》はするわ授業はサボるわの問題児だった。まだ捕まったことはないが、万引きの常習犯でもある。いつだったか近所の飼い猫を焚《た》き火《び》に放り込んで焼き殺してしまったのも、幸い発覚はしなかったが、ユキトの仕業だった。初詣《はつもうで》や何かの人混みにでも連れていこうものなら、路上駐車してある車のタイヤに釘を刺してみたりカッターナイフで他人の衣服を切ってみたりと、犯罪まがいのひどい悪戯《いたずら》をしでかす。このまま成長していけば、いずれ警察の厄介《やっかい》になるのは目に見えていた。

問題は何よりも、それらの行為を本人が「悪い」と自覚していないところにある。深く考えもせず、面白半分でやっているのだ。

どこか頭に異常があるのではないか、ともダイスケは思う。学校の成績は当然のように良くない。特に国語や社会科は最悪——と、この点については親たちも嘆いている。IQはそう低くもない、むしろ優秀な数字らしいのだが……。

「きゃっ！」

と、甲高《かんだか》い悲鳴が聞こえた。テントの中からである。すぐに阿佐野サキが飛び出してきて、兄のヨウヂに向かって涙声で訴えた。

「これ見てよ、兄さん。あたしのナップザックの中に……」

透明なビニール袋を地面に投げ出す。中にはばらばらになった蛇の死骸があった。

「またあの子の悪戯よ」

「申しわけない、サキちゃん」

慌ててダイスケが謝る。

「あとでよく云っとく」

「ユックンを連れてきたのは、やっぱり失敗だったな」

と、ヨウヂ。「ユックン」とはもちろんユキトのことである。

「ほんと！　もううんざりなんだから」

サキはかなりヒステリックになっている。さっきはすれちがいざま、ユキトに胸をさわられたらしい。思春期に入って、ユキトは最近やたらと女性の身体に興味を持ちはじめているのだった。

まったく先が思いやられるな――と、ダイスケはまた溜息をつく。

「云っちゃ悪いけどね、あの子、普通じゃないわ。絶対どこか異常よ。きのうだってあたし、お尻をさわられて、あとでズボンを見てみたら赤い手形が付いてたの。きっとあれ、血よ。いったい何をしたのか知らないけど」

「本当に申しわけない」

と、ダイスケとしてはひたすら謝るより他ない。

そこへ、斎戸サカエが尾根道のほうからぶらぶらと歩いてきた。一人で散歩にでも行っていたらしい。

「どうしたの、サキちゃん。えらい剣幕《けんまく》で」

「どうもこうもないのよぉ」

「またユックンかい？　まあまあ、そうきりきりするなよ。相手は子供なんだしさ」

と、サカエは至って呑気《のんき》な調子である。

「斎戸君。そのユキトなんだけど、どこへ行ったか知らないかい」

「上で見かけましたよ。あっちの橋のほうへ歩いていったけど。あんまり遠くへ行っちゃいけないよって云ったら、アッカンベーをされました」

「橋って云うと、あの行き止まりになってる吊り橋？」

「ええ」

危険だな、とダイスケは思った。いくら問題児であっても弟は弟だ、もしものことがあればと心配にもなる。ダイスケ本人はあまり自覚していないが、ユキトに甘いのは親たちだけではないのである。

「ふんっ。あんなやつ、谷底へ落っこちちゃえばいいんだ」

サキはぷんぷんと、相当に鼻息が荒い。

5　ユキトの受難

伴ユキトは途方に暮れていた。

「誰かぁ！　助けてぇ！」

先ほどから声を嗄《か》らして叫んでいるのだが、誰も助けにきてはくれない。広い山の中である。いくら大声を上げてみても、彼らのキャンプまでは届くはずもなかった。

そう云えば——と、ユキトは思う。橋の手前にあったあの汚い立札。あそこに書いてあったのは何か警告のようなものだったのだろうか。

「老朽化の為、危険」——と記された立札の文字が、国語の苦手なユキトには読めなかったのである。

吊り橋を渡るのはとてもスリリングだった。

ロープを両手で手繰《たぐ》るようにしながら、ところどころ大きな隙間《すきま》のできた板の上を、初めはゆっくりと歩いていった。一歩ごとに橋全体が軋んでぐらぐらと揺れる、それがたまらなく愉快だった。ついつい調子に乗って、最後の五メートルほどを駆け足で渡りきったのだが、そのとたん、であった。

ひときわ大きな軋み音を発したかと思うと突然、橋の形が崩れた。桁を支えていたロープがとうとう切れてしまったのだ。

間一髪だった。あと一瞬こちらへ辿《たど》り着くのが遅ければ、すでにユキトの命はなかったに違いない。

崖の縁から谷の底を見下ろして、さしもの悪童ユキトもぞっと身震いした。

向こう側までは二十メートル近くもある。残っているのは、かろうじて断裂を免れたロープが一本と、それにぶらさがった数枚の板だけだった。吹きつける強い風に煽《あお》られ、ひどく揺れている。こわごわロープに手をかけてみると、ぐらりと大きくしなって、残っていた板が谷底へ吸い込まれていった。

これではとうていユキトの体重には耐えられない。

こちら側の道は、崖崩れのため二メートルほどで行き止まりになっている。周囲はすべて、登ることも降りることも不可能な断崖。助けを呼びつづける以外、もはやユキトにはなすすべがなかった。

腕時計を見ると午後二時過ぎ、だった。

真夏の太陽は容赦《ようしゃ》なく照りつけてくる。ちょっとした物陰すらない天然のバルコニーである。このまま二、三時間もこの炎天下にいたら、日射病で倒れてしまいかねない。ユキトは切実に、毎週テレビで観ている特撮ドラマの変身ヒーローになれればと願った。

「助けてくれよぉ……」

やがて叫ぶのにも疲れてきた。もう駄目かもしれない――と、なかば諦《あきら》めかけたとき、

「おーい！　ユキト！」

尾根道のほうから自分の名を呼ぶ声が聞こえてきた。あれは、兄のダイスケだ。

「兄ちゃん！」

ユキトは手を振りながら、ありったけの大声を張り上げた。壊れた吊り橋の向こうに、まもなくダイスケの姿が現われた。

「ここだよ、兄ちゃん。助けて」

「危ないぞ。動くな」

と、ダイスケが大声を返す。

「待ってろ。今みんなを呼んでくるから。いいか。そこを動くな。無茶をするんじゃないぞ」

「――分かったよ」

「大丈夫だ。すぐに戻ってきて助けてやるから。とにかくじっとしてろよ」

そしてダイスケはくるりと身を翻《ひるがえ》し、尾根道へと引き返していった。**午後二時半の出来事、**である。

6 忍び寄る影

ダイスケの後ろ姿が見えなくなると、ユキトはその場に腰を下ろし、両手で膝《ひざ》を抱え込んだ。顔を膝のあいだに埋め、降り注ぐ陽射しの暑さに耐える。日ごろの悪童もこの状況では、兄の云いつけに従ってひたすらおとなしくしているしかない。

こんなところへ来るんじゃなかった、あんなことをするんじゃなかった……と、このときばかりは心の底から後悔しながら、ユキトはじっとそのままの姿勢でダイスケが戻ってくるのを待ちつづけた。

殺意を抱いたそのもの、の影が橋の向こうに現われたときも、だからユキトはまったくそれに気づかずにいたのである。

＊

M＊＊村の午後は、いつもと変わらず平和であった。

森の切れ間にできた広場に集まり、誰もがくつろいだひとときを過ごしている。裸で元気に遊びまわる子供たち。木陰で繕《つくろ》い仕事をする若い女たち。……「鬚の老師」ポウは、広場の片隅にある露天の温泉に肩まで浸《つ》かり、そんな村の風景をのんびりと眺めていた。

――と、突然。

遠くからかすかに、何か異様な叫び声が響いてきて、広場に集まったものたちはいっせいに同じ方向を見た。

『何じゃ、今のは』

呟きながらポウは、何とも云いようのない胸騒ぎに白毛まじりの眉《まゆ》をひそめた。

『吊り橋のあるほうからじゃったな……』

午後二時四十分の出来事、である。

＊

ダイスケがキャンプに到着したのは午後二時五十分。尾根道をまっすぐ走り、〈横道C〉(「現場付近略図」p.27を参照)を駆け降りてきたのだった。

木陰に敷いたグラウンドシートの上に、サキが横になっていた。他の二人は見当たらなかったが、一方のテントの中でラジオの音が鳴っている。

「サキちゃん、サキちゃん」

「――うん?」

眠そうに目をこすりながら、サキはのろのろと身を起こした。息を切らせたダイスケの姿を認めると、

「どうしたの、伴さん。そんなに慌てて」

「大変なことになったんだ。ヨウヂと斎戸君は?」

「何が大変だって?」

と声がして、ヨウヂがテントから顔を出した。ダイスケが急いで事情を説明する。ヨウヂは腕を組んで憮然《ぶぜん》と下唇《したくちびる》を突き出し、サキは「いい気味だわ」とでも云いたげな表情をあからさまに見せた。

「ふん。そりゃあ、俺たちだけじゃどうしようもないな」

ヨウヂが云った。

「とにかくどんどん村まで走って救援を呼んでこよう」

「頼む。僕は橋に戻ってるから。――斎戸君はどこに？」

「釣りをするって、谷を降りていったけど」

　と、サキが答えた。

「そうか。じゃあ、サキちゃんはここに待機して、彼が戻ってきたら一緒に橋のところまで来てくれないかな」

　云うなり、ダイスケは踵《きびす》を返した。

7　ユキトの最期

　ダイスケがどんどん橋に戻ってきたのは午後三時半。同じルートを通っても、尾根までが上り坂であるぶん、よけいに時間がかかる。

　焦《あせ》ってはいけない――と、何度も自分に云い聞かせた。あの橋の状態だ、救援隊が来るまではどうにも手の打ちようがないのだから。ユキトを落ち着かせて、とにかく待つのだ。日暮れまでにはまだ間がある。幸い天候が崩れる気配もない……。

　ようやくの思いで橋の手前に辿り着いた。

「老朽化の為、危険」と記された例の立札に手をかけて体重を支え、乱れに乱れた呼吸を整えながら、弟の無事を確かめようと橋の向こうを見た。そこで――。

ダイスケはわが目を疑い、その場に呆然《ぼうぜん》と立ち尽くした。

ユ、キ、ト、が、い、な、い、のだ。

身を隠せるような場所はどこにもない。二十メートルの距離があると云っても、見通しは良いし、ダイスケの視力にも問題はない。壊れた橋の様子も先ほどのまま、である。

ということは……。

*

斎戸サカエはキャンプを離れ、独り谷筋〈支流B〉を下っていった。谷沿いの道は思っていたよりも険しくて苦労させられたが、やがて何とか本流のどんどん川との出合に到着した。

サカエは岸辺に立ち、右手上方を振り仰いだ。そこにはどんどん橋という例の吊り橋が架かっているはずであった。ところが――。

橋が壊れているのだった。そそり立つ両側の崖に、切れたロープが長々と垂れ下がっている。岸にはそこかしこに、橋の残骸《ざんがい》とおぼしき板切れが散乱している。

サカエはそろそろと橋のほうへ向かった。何歩か進んだところでふと、対岸に倒れている人の姿が目に入った。

「――ユックン？」

彼は声を上げた。

「おい！　どうした。大丈夫か」

対岸の人影はしかし、倒れ伏したまま微動だにしない。

川は増水し、流れも激しかった。どこか向こう岸へ渡れそうな箇所はないか、とサカエは左右を見渡した。

何メートルか上流へ行ったあたりに、ぽつぽつと岩が頭を出しているところがあった。あの岩伝いに渡れるかもしれない。意を決してサカエは、釣《つ》り竿《ざお》などの道具が入ったリュックを岸辺に放り出した。

何度も足を滑らせて川に落ちそうになったが、どうにかこうにか対岸に渡り着けた。駆け寄ってみると、倒れているのはやはりユキトであった。

「おい、大丈夫か」

声をかけると、それに応えるようにして少年の口から「うう……」と低い呻《うめ》きが洩《も》れた。

「しっかりしろ。おい」

「……ううう」

サカエは切り立った断崖を見上げた。この上から転落したのか。だとしたら、こうしてまだ息があるのはほとんど奇跡に等しいことである。

「おい、ユックン。おい」

背中に手を当て、幾度も声をかけた。ユキトはぴくりとも動かない。横から覗《のぞ》き込んでみると、割れた頭から流れ出す血で顔が真っ赤に染まっていた。

「……うう……う……」

どうやらかすかに意識があるようだ。ユキトはしきりに何かを云おうとしている。

「何だ？　何か云いたいのか」

「……やられ、た」

「えっ。何だって？」

「……つ、つきおと……され、た……」

少年は懸命に言葉をつなげる。「やられた」「突き落とされた」――と、このとき彼ははっきりと告げた。これはつまり、毎度お馴染《なじ》みのダイイング・メッセージである。さらに——。

「さ、……さ、ぁ……」

そこでついに、悪童ユキトは息絶えたのだった。

8　M＊＊村は大騒ぎ

どんどん橋の北側の崖から人が落ちて死んだ——という情報が、偵察に行ったエラリイによって伝えられたのは、その日の夕刻になってからである。

死んだのはユキトという名の少年で、昨日から〈禁断の谷〉に来ていた余所者たちのうちの一人らしい。報告によれば、ユキトは問題の崖の上から何ものかの手によって「突き落とされた」のだということだった。

ポウは広場に集合した村のものたちにこの事件を告げると、好物の椎《しい》の実をかじりながら皆の反応を窺った。

『エラリイよ』

やがてポウは、厳しい顔をして黙り込んでいる若長に向かって云った。

『どうかな。ここは一つ、わしに任せてもらえまいか』

『ご随意に』

と、エラリイは答えた。ポウはゆっくりと深い呼吸をしながら、集まった一同を改めて見まわし、

『さて、わしらの中にもしもこの殺人を犯したものがおるのならば、これは何としても見つけ出して償《つぐな》いを求めねばなるまい。〝掟破り〟は許されぬことじゃ。きのう〈禁断の谷〉へ行ったカーにも、いずれは然《しか》るべき償いをさせねばならぬ。むろんわしらではなく、殺された少年の仲間の中に犯人がおるのかもしれんわけじゃが』

『待ってください、ポウ』

と、そこでエラリイが口を挟んだ。

『あの少年は、しかし……』

『分かっておる。じゃがな、いかなる理由があろうと殺人は殺人、〝掟破り〟に変わりはない。しかもじゃ、〈穢れの地〉にやってきた邪な心を持つ人間を殺《あや》めるとは、これは云うならば二重の〝穢れ〟ではないか。放っておくわけにはいかんと、わしは思う』

エラリイの反論はなかった。ポウは話を続ける。

『吊り橋のほうからあの叫び声が聞こえてきたとき、たいがいのものはこの広場にお

ったよのう。あのとき、ここにおらんかったのは？

わしらの中に殺人を犯したもの——仮にここではXと呼ぶとするが——そのXがおるのであれば、Xは当然、あのときこの広場におらんかったものじゃ、という話になるが……』

皆に尋ねた結果、問題の時刻に姿が見えなかったのは、エラリイとその妻アガサ、エラリイの第二妻であるオルツィ、そしてエラリイとアガサの息子カー——以上のものたちだけであると判明した。このうちカーは昨日の負傷のため、今もなお伏したきりである。

『アガサはあのとき、どこでどうしておったのじゃ？』

ポウの質問に応えて、中肉中背の美しい女が立ち上がった。アガサである。昨年の春、森で熊に襲われて右腕の肘《ひじ》から先を失った彼女だが、その気品ある美しさに衰えはない。

『私はずっとカーのそばに。何もやましい行ないはしておりません』

アガサは毅然《きぜん》と答えた。だが、危篤状態のわが子のことがやはり心配でたまらないのだろう、表情はいつになく暗い。

『オルツィは？　どうかの』

オルツィはアガサよりもひとまわり小柄な若い女で、出産を間近に控えている。ポウの問いに彼女は、午後はずっと広場から離れた木陰で身を休めていた、と答えた。

『ではエラリイ、おぬしはどうしておったのかな』

最後に質問を受けたエラリイは、現在の〝長〟としての権威を主張するように逞しい前歯を剝《む》き出してみせてから、ややぶっきらぼうな調子で、

『独りで森の中にいたのですが』

と答えた。

『あの叫び声は僕も聞きましたよ、ポウ』

『ふむ』

頷きながらポウは、あの声が聞こえたあとしばらくしてからエラリイが広場に姿を現わしたことを思い出した。

ここでもう一度、確認しておこう。どんどん橋から叫び声が聞こえてきた時刻は**午後二時四十分**。そして、ポウが広場でエラリイを見かけたのは、**正確に云うとその二十五分後、午後三時五分のこと**であった。

9　〝神〟によるデータの提供

さて、この章でふたたび登場願うのが、「悩める自由業者」リンタローである。

リンタローが愛犬タケマルを連れてパイプ岩までやってきて、複雑で深刻な悩みと取り組みはじめたのは、既述のとおり**午後一時過ぎ**だった。彼は、これもまた既述のとおり、**それから約三時間——午後四時過ぎまで**をそこで過ごしたのだが、その間ほんのひとときもパイプ岩から離れなかった。つまり、期せずして彼は、M＊＊村から尾根道へ行くために渡らねばならない例の丸木橋をずっと見張っていたことになるわけである。この小説において〝神の視点〟を取る作者が地の文でこう述べるのだから、その事実に間違いはない。

作者の質問に答えて、リンタローはこのように断言する。

「あの丸木橋はその時間、常に僕の視界の中に入っていました。ですが、あの橋を渡った者は人っ子一人いなかったのです」

見過ごしたということはありえないか？

「それはありえませんね。いくら複雑で深刻な悩みごとをしていたとは云え、橋を渡る者がいたら必ず気づいたはずです」

ただ——と、彼は続ける。その間に二度ばかり、足もとにいたタケマルが激しく吠《ほ》えたというのである。

「タケマルは臆病《おくびょう》ものですから。だからあのときは、あんなふうに吠えてしまったのでしょう」

リンタローはそう語る。

＊

問題の所在を明確にするため、ここで二、三の説明を加えておこう。

M＊＊村ならびに〈禁断の谷〉のキャンプ地からどんどん橋へ行く道は、添付の地図に示したもの以外にはない、と考えていただいて良い。たとえば、ポウたちしか知らない秘密の抜け道などといったものはいっさい存在しないのである。

また、増水した東側の支流だが、図に示しておいたとおり、少なくともパイプ岩付近よりも下流の部分に関しては、例の丸木橋を使わずに渡ることは何ものにも不可能であった。逆に云うと、もっと上流へまわりこめば岩伝いに渡れる箇所がある、ということだ。

整理してみよう。

仮にポウの云うXがM＊＊村のものであったとして、彼（あるいは彼女）が村からどんどん橋まで行こうとするならば、基本的には次のふたとおりのルートを辿るしかないわけである。

①丸木橋を渡り、〈横道B〉から尾根道に登ってどんどん橋へ。

②いったん〈支流A〉の上流へまわりこんで川を渡り、〈横道D〉から尾根道に登ってどんどん橋へ。

それぞれのルートの所要時間を記しておくと、**①は行きに三十五分、帰りに二十分、②だと行きに一時間半、帰りに五十分、といったところ。**これは考えうる最短の所要時間であると理解していただきたい。

可能性を議論するならばもちろん、この二つ以外にもどんどん橋までのルートは存在する。

たとえば、〈横道D〉からいったん尾根道へ出たあと〈横道C〉を降りる、〈支流B〉に沿って谷を下ってから〈横道A〉を登ってふたたび尾根道へ出る、といった極端な迂回路《うかいろ》も考えられるし、他にも、図示した正規の「道」を通らずに尾根までの斜面を登るのも絶対に不可能な話ではない。しかしいずれの場合にも、前記①②のルートに比べてすこぶる多大な労力と時間を要することは明らかだろう。

さらに補足すると、エラリイ、アガサ、オルツィ、カーのうち、エラリイのアリバイは**午後三時五分以降**は完全に成立する。アガサとオルツィについてはともに、**三時四十分まで**のアリバイがまったくない。アガサはずっとカーのそばにいたと云うのだが、危篤状態にあったカーには彼女のアリバイを証明する能力がないわけである。

一方、キャンプの四人。M＊＊村のものたちが叫び声を聞いた**午後二時四十分の時点**では、誰もが単独行動を取っていた。

各人の証言をまとめると、次のようになる。
○ダイスケ……みんなにユキトのことを知らせるため、尾根道を引き返していく途中だった。
○サキ……キャンプの木陰でうたた寝をしていた。
○ヨウヂ……テントの中でラジオのニュースを聞いていた。
○サカエ……魚釣りに行くため、〈支流B〉を降りていくところだった。
なお、これは事件の核心に触れることであるが、**午後二時四十分**にポウたちが聞いた叫び声は確かに、ユキトがどんどん橋北側の崖から、何ものかの手によって突き落とされたときに発した声だった。

しつこいようだけれども、〝神〟たる作者が地の文で述べるのだから絶対に間違いはない。

【読者への挑戦】

○問題1
伴ユキトを殺したXの名を当ててください。

単独犯で、いかなる意味においても共犯は存在しません。作中に名前の出てこない第三者の犯行だったというようなこともありません。

○問題2
犯行方法は？

Xはいかにしてユキトを殺したのか、ということです。

念のためにお断わりしておくと、凧《たこ》やハンググライダー、パラシュート、気球、怪人二十面相が愛用したようなミニヘリコプターなどといった、作中に明示されていない特殊な道具はいっさい使われていません。超能力や宇宙人、亜空間通路などなどの超常的な存在や概念を持ち出してくる必要もまったくありませんので。

この種のパズル小説の仁義に則《のっと》り、地の文にはいっさい虚偽の記述がないことをここで明言しておきます。

また、いたずらに論理が複雑化するのを避けるため、この〝問題〟においては、登場するものたちの台詞《せりふ》についても同一のルールを設定しました。すなわち、X以外のものの台詞には故意の〝嘘〟はない、ということです。

以上の条件を踏まえたうえで、答えを提出してください。

ではでは、健闘をお祈りします。

作者拝

「どんどん橋、落ちた」の「問題篇」を読みおえると、僕は内心のちょっとした腹立ちを抑えつつ、U君のほうを見た。書棚から引っぱり出してきた棋図《うめず》かずおの漫画(『おろち』のSUNDAY COMICS版、第四巻である)を、熱心な目で読んでいる。

「あ、終わりました?」

僕の視線に気づくと、U君は本を閉じながら前髪を掻《か》き上げた。

「いやあ、棋図かずおはやっぱり、何回読んでも凄いですよね。僕ね、彼を人生の師の一人だと思ってるんですよ」

にこにこと微笑んでそんなことを云う。

棋図かずおが凄いのは僕も全面的に認めるところだが、ここで何のてらいもなく「人生の師」なんていう言葉を使う彼の能天気さ(と云うか何と云うか……)が、このときの僕にはなぜか、たいへん不愉快に思えた。

「師」の本をうやうやしく傍《かたわ》らに置くと、U君は「さて、綾辻さん」と云って背筋を伸ばした。

「どうですか。まさかもう、分かっちゃいました?」

「考えているところだよ。制限時間はどのくらいかな」

「そうですねえ」

U君は腕時計に視線を落とし、

「あと三十分ってところでしょうか。いいですか、それで」

僕は黙って頷き、本日三箱目のセブンスターの封を切った。火を点けながら、いま感じているこの腹立ちの原因は何なんだろうか、と考える。

被害者の悪童に「ユキト」という名前が使われているから？　——それもまったく関係ないとは云えないだろう。いやいや、しかしそんなことで気を悪くしていてはいけない。相手は十歳も年下の学生なのだ。悪意があるわけではなかろうし、下手なジョークだなと笑って寛大に受け流しておかねばならない。

文句をつけるとすればむしろ、他の登場人物たちのネーミングである。

「リンタロー」と「タケマル」はまだしも、M＊＊村の住人たちのこの名前はいったい何なのか。「ポウ」に「エラリイ」「アガサ」「オルツィ」……って、ああもう。キャンプに来た連中の名前もひどいものだ。「伴ダイスケ」はヴァン・ダインのもじりのつもりだろうか。「阿佐野ヨウヂ」に「斎戸サカエ」？　——笑えない。ぜんぜん笑えない。

ミステリマニアの稚気《ちき》と云えば聞こえは良いが、読んでいるこちらが赤面してしまうようなこういったネーミングはちょっと勘弁してほしい。

おまけにこの人物たち、読んでいてまるで〝顔〟が見えてこない。笑えないネーミングのおかげで一応の区別はつくけれども、いくら〝犯人当て〟の短編であろうと、かりそめにも小説の体裁を取る以上はもう少しちゃんとした描写をしてほしいものである。これならいっそ、「A」「B」「C」……と記号で表わしたほうが潔いのではないか。

考えるうち、だんだんと腹立ちが強くなってくる。

要するに、僕はこう批判したいわけだ。

人間が描けていない！——そうだ。まさにこれだ。

喉《のど》まで出かかったその言葉（人間が描けてないんだよねえ人間が）をかろうじて呑み込むと、僕はソファから腰を上げてキッチンへ向かった。コーヒーでも飲んで気分を転換しようと思ったのである。

相手は十歳も年下のアマチュアの学生なのだ。ここは先輩らしくその辺のところには目をつぶってやって、とにかくこの〝問題〟に取り組むとしよう。

「さて、と」

二人ぶんのコーヒーをテーブルに出すと、僕は「問題篇」の原稿を改めて取り上げ、大雑把《おおざっぱ》にページを繰った。「いただきます」とカップに手を伸ばしながら、U君はちらちらこちらの表情を窺っている。

「確かにまあ、自信作と胸を張るだけあって、なかなかの難問ではあるね」

と評した、それはそれで僕の本音だった。

事件の状況はいわゆる〝準密室〟である。二十メートルの空間で隔てられた〝開いた密室〟における不可能犯罪。設定や語り口にいかにも何か仕掛けてありそうなにおいはするけれども、焦点となるのはやはり、この不可能状況をいかにして可能なものにするか、だろう。

いかなる方法を用いて、犯人は二十メートルの距離を克服しえたのか。そのトリックを見破りさえすればおのずと犯人の正体も分かる、というのがこのタイプの〝問題〟の常だが。——はて？

コーヒーをすすりながら少し考えたあと、僕はいちばんとっつきの良さそうな部分から切り込んでいった。

「『やられた』『突き落とされた』『さ……さぁ……』というユキトの言葉は、作中にあるとおり『毎度お馴染みのダイイング・メッセージ』である、と受け取っていいんだろうね」

「ええ、そうです」

「素直に考えれば、最後の『さぁ』は犯人が誰かを告げようとしたものだってことになるけど」

「さあ、それはどうでしょうか」

はぐらかすように云って、U君は思わせぶりに唇の端を曲げる。どうも小憎らしい顔だな、と思いながら僕は続けた。

「『さ』が名前の頭に付く登場人物は、この中じゃあサキとサカエ、か。サカエは苗字のほうも斎戸だね。まさかそんな単純な話じゃないだろうけれど。——ふん。駆けつけたサカエの声を聞いて『斎戸さん』と応えようとした、とも解釈できるか」

「そうですね。でも、ダイイング・メッセージなんていうのは多分に補足的な手がかりでしかありませんから。綾辻さんの作品でも、いつもそうでしょう?」

「まあ、そう云われればそうだねえ。うーん。じゃあ、この件はあとまわしにするとして」

さしあたり定石的な〝消去法〟を試みてみよう、と決めた。

「アリバイその他のデータから、地道に網を引き絞っていくことにしようか。まずは

M＊＊村の住人たち――。

　犯行時刻の午後二時四十分にアリバイがないのは、エラリイ、アガサ、オルツィ、カーの四人だね。このうち、カーは大怪我をして危篤状態だというんだから当然、除外される。出産を間近に控えているというオルツィもだ。体力的に考えて彼女には、橋までの往復を必要とするこの犯行は無理だろう。

　エラリイはどうか。仮に何らかのトリックを使って橋の向こうにいるユキトを殺せたとしても、そのあと二十五分以内に――つまりポウが広場でエラリイを見かけた三時五分までに――村へ戻るためには、どうしても〈横道B〉を降りて丸木橋を渡る①のルートを通る必要がある。ところが、パイプ岩にいたリンタローはその時間、丸木橋を渡った者は誰一人いないと断言している。従って、エラリイにもやはり犯行は不可能だったことになるね。

　残るのはアガサ一人だけれども、彼女の場合、エラリイとは違って三時四十分までのアリバイがないわけだから、②のルートを通って戻ってきたとしても時間的な矛盾は生じない。しかし、片腕のない彼女に犯行が可能であったかどうかを考えると、オルツィの場合と同じで、これは常識的に見て不可能だと見なすべきだろう。どんなトリックを用いたにせよ、とにかく相手は二十メートルの谷間なんだから。

結局ここでは、四人全員が消去されてしまうわけか。ポウが云うところのXは彼らの中にはいない、という結論になる」

僕は軽く息をつき、U君の反応を窺う。彼は思わせぶりにまた唇を曲げ、それから腕時計を見て、

「時間、あと十分少々です」

と云った。やっぱり小憎らしい顔だ、と僕は心中で舌を打つ。

「次はキャンプの四人――」

なるべく平然とした口調を保つよう努めながら、僕は消去法を続けた。

「ヨウヂとサキは、午後二時四十分時点でのアリバイはないけれども、ダイスケが戻ってきた二時五十分には確かにキャンプにいた。犯行後、十分間で橋から帰ってくるのは難しい。ダイスケが駆け戻ってきたルートでも二十分かかっているからね。たとえば〈横道A〉に折れて〈支流B〉沿いに上がってきたとしたら、もっと時間がかかったはず。よって、この二人は消去される。

当然ながら、ダイスケにも同じことが云えるね。二時四十分の犯行のあと引き返したのであれば、どう急いでも二時五十分にキャンプに到着できたはずがない。

となると、最後に残るのはサカエか。

サカエが瀕死《ひんし》のユキトを見つけるくだり、ここには時刻がまったく示されていないよねえ。すなわち、彼には時間的なアリバイが成立しないわけだ。ダイスケが尾根道を引き返していったのと入れ違いにサカエが〈横道A〉から尾根道へ出て橋まで行くことも、充分に可能だったと考えられる。そうして犯行を終えたあとで川に降りたのだ、と解釈しても差し支えない」

もっとも、サカエがどんどん川の岸辺でユキトを発見する場面には、とうてい彼が犯人だとは思えないような文章がいくつか見受けられたように思う。これで本当にサカエが犯人なのであれば、このU君、初めに「フェアプレイのルールは厳格に守っています」と豪語したわりには、その辺の意識が希薄だと云わざるをえない。

「さて、問題はそのあと――」

何となくしっくりしないものを感じはしたが、とにかく制限時間が迫っている。僕は急いで言葉を接《つ》いだ。

「アリバイ的にはサカエが犯人だとしか考えられない。では、いかにして彼はユキトを崖から転落させたのか？」

問いかけてみたところで一つ、苦しまぎれに莫迦《ばか》げたトリックを思いついた。

「そっか。べつに谷を越えてユキトのそばまで行く必要はないわけか」

「と云いますと?」

「サカエのリュックにはこのとき、釣り竿が入っていた。これに丈夫な長い釣り糸をセットして、その糸の先にたとえば、野球のボールくらいの大きさの石ころを結びつけてだねえ……」

「振りまわして、橋の向こうのユキトにぶつけたと?」

「そういうこと。無茶かな」

U君は複雑な表情で「はあ」と首を捻《ひね》る。どうやら違うらしい。

「こういうのはどうかな」

毒を喰《く》らわば……とでもいった気持ちになってきて、僕はそこで新たに思いついたトリックを話した。

「残っていた一本のロープ伝いに蛇を渡らせるんだ。びっくりしたユキトは……いや、これは駄目か。ユキトは蛇なんか少しも怖がらなかっただろうからなあ。

じゃあ、こんなのはどうかな。野鼠《のねずみ》の首に長い紐《ひも》を結びつけてロープを渡らせる。で、助けてやるからその紐を握れと命じるんだ。頭の悪いユキトが真に受けてそれに従ったところで、力任せに紐を引っぱる。バランスを崩したユキトは……」

……ああもう、だんだん莫迦莫迦しくなってきた。だいたい僕は、この手の物理的なトリックを考案するのがあまり得意ではないし、好きでもないのである。

「さすがにいろいろ考えますねえ」

軽く肩をすくめる僕を見て、U君は愉快そうに目を細めた。

「だけど、残念ながら今のはぜんぶ間違いです。実行可能かどうかは別として、それだと『突き落とした』ことになりませんから。ユキトはあくまでも、Xの手によって『突き落とされた』んです。そう告げたユキトの死にぎわの台詞に〝嘘〟はありませんし、地の文でもはっきりとそう明記してあります」

「――ううむ」

「ユキトはXの手によって突き落とされた。これはすなわち、犯行がなされた二時四十分の時点で、Xは確かにどんどん橋北側の張り出し部分にいて、みずからの手でユキトをそこから突き落としたのだ、ということです」

「でも、それじゃあ……」

「そろそろ時間オーバーですね」

という無情な宣告を受けて、僕は仕方なく口をつぐんだ。U君は左腕を上げてもう一度、時刻を確認してから、

「では、これを」

と云って「解決篇」の原稿を差し出した。

10　解答

○伴ダイスケ、阿佐野ヨウヂ、阿佐野サキ、斎戸サカエの四人は、時間的ないし物理的に考えて明らかに犯行不可能である。また、地の文でアリバイが明示されているリンタローとタケマルはXではない。
○従ってXは、M＊＊村のエラリイ、アガサ、オルツィ、カーの中にいる。
○危篤状態にあるカーには犯行不能。片腕がないアガサには犯行不能。出産間近のオルツィには犯行不能。
○以上より、Xでありうるのはエラリイのみである。
○エラリイはダイスケが駆け去ったあとどんどん橋を渡っていき、ユキトに襲いかかって谷底へ突き落とした。犯行後は橋を渡って尾根道に戻り、〈横道B〉を降りて〈支流A〉の丸木橋を渡るという①のルートを通って、午後三時五分には村の広場に帰り着いた。

○動機は復讐。事件前日、エラリイの息子カーが〈禁断の谷〉へ行って大怪我をしたのは、残虐《ざんぎゃく》な少年ユキトの仕業だったのである。サキがズボンに付けられたという赤い手形は、そのときカーの体から流れてユキトの手を汚した血によるものなのだった。

——了

「これでおしまい?」

一瞬、唖然《あぜん》としてしまった。まるで納得がいかずに僕が訊くと、

「はい、おしまいです」

U君はにやにやと目で笑いながら、そう答えた。

「ちょっと待ってよ。そりゃあないだろ」

思わず声高になってしまう。U君は澄ました顔で、

「どうしてですか」

と訊き返す。

「どうしても何も、これじゃあぜんぜん解決になってないじゃないか」

「そう思いますか。やっぱり少し不親切だったかなあ」

「不親切とか何とかいう問題じゃなくて――」

テーブルに身を乗り出し、僕はつっかかった。

「第一だねえ、橋が壊れたあとに残ったロープは、小柄な小学生であるユキトの体重さえ支えきれないような代物だったんだろう？　地の文にちゃんとそう書いてあったよね。そんなロープをどうして、大人のエラリイが渡れたわけ？　距離は二十メートルもある。谷を吹く風は強くてロープはきわめて不安定な状態だった。仮にエラリイが侏儒《しゅじゅ》で、なおかつ綱渡りの名人だったとしても、このロープを渡るのは無理だったはずだと思うけどね」

「まあ、確かに。ですが……」

「それから、犯行後は①のルートを通って村へ帰ったってあるけれども、だったら当然、リンタローに見られたはずだろう。リンタローはエラリイの姿など見てはいない、って書いてあったじゃないか。あれは嘘だったのかい」

「それは綾辻さんの誤解です」

U君はきっぱりと云った。

「実のところ、リンタローはエラリイの姿を見ていたんですよね。そのしるしに、途中で二度ばかりタケマルが激しく吠えた、とあったでしょう。タケマルは自分たちの前を通っていく怪しいものに気づいた。だから吠えたんです」

「それじゃあ、犯人以外の登場人物の言葉に〝嘘〟があるわけじゃないか」

「ありませんよ。だって、リンタローはこう証言したんですから。『あの橋を渡った者は人っ子一人いなかったのです』と。エラリイを見ていない、とは云ってません」

「はあん?」

いったい彼は何を云っているのだろう。

U君の説明をどう理解したら良いのか、僕にはさっぱり分からなかった。もしかしたら彼と僕とでは使っている言語の種類が違うのかもしれない――とすら、本気で疑った。

「壊れたどんどん橋をエラリイが渡れたかどうか、という問題ですが」

U君は真顔で続ける。

「エラリイは侏儒でも軽業師《かるわざし》でもありませんが、それでもやっぱり、残っていたロープ一本で谷を渡ることができたんです。いとも簡単に」

「そんな……」

　僕は酸欠に苦しむ魚のように口をぱくぱくさせた。

「……ひょっとして、M＊＊村は忍者の隠れ里でした、なんて云いだすんじゃないだろうね」

「もちろんそんなことは云いません。ご安心ください。たとえ忍者であろうが、米軍の特殊工作部隊であろうが、この谷を渡るためには何か特別な道具が必要でしょう。けれども『読者への挑戦』に注記したとおり、そのようなものはここではいっさい使われちゃいません」

「じゃあ」

　と云ったものの、先に続ける文句が思い浮かばず、僕はそわそわと新しい煙草をくわえた。その動きをそっくり真似《まね》るようにして、U君も自分の煙草（同じセブンスターだ）をくわえる。

「まだ分かりませんか」

　彼は云った。

「エラリイは侏儒でも軽業師でも忍者でもなかった。そうじゃなくてね、ほら、ユキトのダイイング・メッセージからも察しがつくでしょう」

「えっ……」

煙草に火を点けようとした手を止めて、僕はテーブルの上の、「問題篇」の原稿に目をやった。

「どだいこの状況下で、ユキトをみずからの手によって突き落とすなんていう芸当は、人間にはい不可能なんです。従ってですね、当然の論理的帰結として……」

「……まさか」

混乱した思考の中から、ようやく一つの言葉(そんな、莫迦な!)が浮かんできた。恐る恐る僕は云った。

「まさか、あれ——ユキトが死にぎわに『さぁ……』って云ったの、あれは『さ、る』と云おうとした、とか?」

「ご名答」

U君は満足げに頷いた。

「だから、タケマルが激しく吠えたんです。昔から犬と仲の悪い動物と云えば決まっています。タケマルとエラリイは文字どおり犬猿の仲だったわけです」

しばし呆然として、そのあと譫言《うわごと》のように「猿、猿……」と呟く僕を、U君はどこ

までも無邪気な笑顔で見据え、

「最初にちゃんと云ったじゃないですか。この作品は『本格ミステリの原点に立ち戻って書いたつもり』だって。本格ミステリの原点と云えば当然、エドガー・アラン・ポウの『モルグ街の殺人』でしょう？」

「――インチキだ。アンフェアだ」

どうにか気力を振り絞って、僕は抗議に出た。だが、U君はまったく動ずる気配もなく、

「M＊＊村に住むニホンザルたちのことを『人間』だとは、ひと言も書いていません。『一人』とか『二人』とかいう云い方もしていないし、彼らに対しては『者』という漢字も使っていません。人間以外の生き物であるかもしれない、という含みを持たせるため、『もの』とわざわざ平仮名で表記しました。

そもそも綾辻さん、ニッポンの本州の山奥にポウだのエラリイだのっていう名前の人間たちが住んでるなんて、変だと思いませんでしたか。ついでだから云っておきますと、M＊＊村のM＊＊は“monkey”を、H＊＊大学のH＊＊は“human”を、それぞれ暗示した名称です」

「猿のことを『男』だとか『女』だとか書いてたじゃないか」

「『男＝人間のうち、雄としての性器官・性機能を持つ方。広義では、動物の雄をも指す。

女＝人間のうち、雌としての性器官・性機能を持つ方。広義では、動物の雌をも指す。』

出典は三省堂の『新明解国語辞典』です。べつに『広辞苑』でも『大辞林』でも良かったんですが」

「若い女たちが『繕い仕事』をしていたっていうのは何？　猿がそんな真似をするもんか」

「あれはもちろんグルーミングのことです。猿の毛繕い。ご存知ですよね」

「――汚い。卑怯《ひきよう》だ」

「汚いばっかりじゃないですよ。老齢のポウが椎の実をかじっていたり、子供たちが裸で遊びまわっていたりとね、彼らが猿であることの伏線はいくつか張っておいたつもりなんですが」

「しかしだね」

僕は多少むきになって、語調を強めた。

「だいたいだね、猿が言葉を話すわけないじゃないか。『掟』だとか『Ｘ』だとか

『復讐』だとか……」

　すると、U君は「おやおや」とでも云いたげに細い眉を上げた。

「全部、あくまでも猿の世界でのことですから。人間と会話したりはしてないでしょう？　台詞も全部、キャンプの人間たちと差別化するために二重のカギカッコで括《くく》ってあります。それにですね、古今を通じて小説の中では、猫から山椒魚《さんしょううお》に至るまで、ものを考える動物もいればそれなりの文化を持った動物もいます。人間の言葉を理解したり、人間的な感性で行動したりもします。そう云えば、最近のミステリでもありましたっけ。引退した警察犬の一人称で書かれたお話。宮部《みやべ》みゆきさんの『パーフェクト・ブルー』」

「それとこれとは話が違う」

「そうですか？」

　僕はますますむきになって、

「これは〝犯人当て〟じゃない」

　と声を荒らげた。U君はあっさり「はい、そうです」と頷き、

「これは〝犯人当て〟じゃなくて〝犯猿当て〟ですね。ですから、そういった語義の厳密性を重視して、作中においても綾辻さんとの会話においても、僕はひと言も『犯

人』という言葉を使ってはいません。Xなんていう芸のない未知数記号を持ち出したのは苦肉の策でした。『問題篇』のチェック、しますか」

「…………」

「けっこう苦心したんですよ、その辺の諸々は。綾辻さんならきっと、その苦心を分かってくれると思ったんだけどなあ」

僕は何も応えず、憮然と唇を尖《とが》らせてソファの背に凭《もた》れかかった。どうにも面白くない気分だった。まったくもう、これだからアマチュアの学生は困る——などと心中で毒づきながら、思いきり眉間《みけん》に皺《しわ》を寄せて目を閉じる。そのまましばらく押し黙っていると、

「あのう、テレビ点けてもいいですか」

遠慮がちにU君が云った。僕は目を閉じたまま、「どうぞ」とぶっきらぼうな返事を吐き出した。

スイッチを入れる音がし、続いて、妙に明るく元気の良いアナウンサーの声がスピーカーから流れ出してくる。「明けましておめでとうございます」というその言葉を聞き取って、僕ははっと目を開いた。

「明けましておめでとうございます」

と、U君が同じ言葉を繰り返す。どうやらたった今、時計の針が午前零時をまわったところらしい。新しい年が始まったのだ。

ブラウン管の中では、お馴染みのタレントたちが満面に笑みを作って「おめでとう」「おめでとう」と云い合っている。その画面の端でうろちょろしている一匹の動物の姿を認めたとたん、僕は思わず「わっ」と声を洩らした。

「……猿、だ」

どうしてU君が、わざわざ今夜を選んで僕を訪ねてきたのか。よりによって大晦日のこんな遅い時間に、寒い中をバイクに乗って。

それも演出（「伏線」と彼は云うのかもしれない）の一つだった、というわけか。僕がこの〝犯猿当て〟を読みおえたころにちょうど年が明ける、そんなタイミングを彼は狙ったのだ。だからあんなに何度も腕時計を見て、時刻を確かめていたのだ。

一九九二年、サル年の始まり——。

肩にのしかかっていた重い何かの塊がすうっと溶けて消えていくような心地を、僕は味わった。ついさっきまで自分が覚えていた腹立ちがひどくくだらないものに思え、とともに今度は、そんな自分自身の姿が無性に気恥ずかしくもなってきて……。

僕はU君のほうを見た。

しかし、ソファにはもう彼の姿はなかった。

黒いデイパックも革手袋も、クリーム色に緑のストライプが入ったヘルメットも、そこにはない。「どんどん橋、落ちた」と表紙に大書《たいしょ》された原稿だけが、テーブルの上にぽつんと残されていた。

確かに見憶えのある顔。よく知った名前。何だかとても懐かしく、それでいて小憎らしく、その無邪気さが時として妙に苛立たしく……。

なあんだ——と、そこで僕はやっと思い出したのだった。

いったい何をどう思い出したのか、それは……いや、もういいだろう。これ以上は記さずにおこう。

残された「どんどん橋、落ちた」の原稿にそっと手を伸ばしながら——。

この次に彼が訪ねてくるのはいつかな、と僕は考えていた。

第二話　ぼうぼう森、燃えた

一九九三年が終わって新しい年が始まったばかりの、それは一月一日夜の出来事だった。

一月一日と云えば元日、元日と云えばもちろん正月である。正月くらいはせめて、あれやこれやの難儀な問題を忘れてしまって、海外とは云わないまでも、どこかひなびた温泉にでも行ってのんびりしたいものである。しかしながらこのときも、僕は例によって〝精神的に超多忙〟な状態にあり（実際、正月明けに一つ原稿の締切が待ってもいたし……）、かと云って年明け早々からパソコンのワープロソフトを立ち上げる気にもなれず、仕事場として借りているマンションの一室で独り鬱々《うつうつ》と時間を過ごしていた。

そんなところへ、ひょっこりと彼がやってきたのだった。

「おやまあ、久しぶりだねえ」

華奢《きやしゃ》な身体に分厚い黒革のジャンパーを着た色白の青年、である。腺病質《せんびょうしつ》のおとなしそうな面立《おもだ》ちに、ばさっと伸ばした長髪。一週間ほど前に三十三歳の誕生日を迎え、立派な中年の仲間入りをしつつある僕よりもひとまわりくらい年下の彼の風貌は、前に会ったときとまるで変わっていないように見えた。

「こんばんは、綾辻《あやつじ》さん」

と挨拶《あいさつ》して彼は、クリーム色に緑のストライプが入ったフルフェイスのヘルメットを小脇に抱えたまま、嵌《は》めていた黒い革手袋を外した。

「ご無沙汰《ぶさた》してます。Uです。まさか忘れちゃいませんよね」

忘れてなどいないとも、もちろん。

彼――U君のことは、おそらくこの世界で僕がいちばんよく知っている。あれはもう二年前になるだろうか、大晦日《おおみそか》の夜にいきなり彼が訪ねてきたあのときには、ずいぶん戸惑ったものだったけれど。

「どうしたの、突然」

二年前と同じように人なつっこく微笑《ほほえ》む相手の顔を、何となく苛立《いらだ》たしい気分で見《み》据《す》えながら、僕は訊《き》いた。

「また何か、莫迦莫迦《ばかばか》しいクイズを作ってきたとか?」

「『莫迦莫迦しい』はないでしょう」

U君は心外そうに唇《くちびる》を尖《とが》らせた。

「どうも元気がないみたいだから、激励にきたんです」

「そりゃあどうも」

「少し時間、取れませんか」

「時間？　——うーん」

僕は眉《まゆ》を寄せた。

「いま忙しいんだけどね」

「とか云って、べつに仕事に没頭してたわけじゃないんでしょう」

「う……」

二年前に比べてやけに馴《な》れ馴《な》れしいな、こいつ。

しかし、当たっているだけに何とも反論できなかった。「そんなことはない。没頭している最中なのだ」とひと言、嘘をつけば良いようなものだが、そこはかりそめにも〝本格ミステリ作家〟を標榜《ひょうぼう》している僕である。アンフェアな発言は慎まなければならない、という意識がどうしても働いてしまう。

「じゃあ、ちょっとだけだよ」

と云って、僕はU君を部屋へ招き入れたのだった。

リビングのソファに落ち着くと、U君は腕時計をちらりと見て、

「今回はべつに時間を合わせる必要はないんですが」

と呟《つぶや》いた。デイパックの中からそして、おもむろに一冊のノートを引っぱり出す。

「実はですね、綾辻さん、今夜はこれを読んでいただきたいなあと思って」

「何だ、やっぱりまた」

「激励ですよ、激励」

U君は屈託なく笑って、ノートをテーブルに置いた。原稿用紙を綴《と》じて製本したものである。表紙には手書きの大きな文字で、「ぼうぼう森、燃えた」とあった。これが今回の〝問題〟のタイトルらしい。

「それにね、綾辻さん」

と、U君は続ける。

「前回の『どんどん橋、落ちた』のとき、正解が出せなかったら奴隷と呼んでもいいって云ったでしょう。忘れてませんよね」

「えっ」

一瞬、どきっとした。

「そんなこと云ったっけ」

「云いましたよ」

あたふたと記憶を探る。そうしてやがて、

「いや違う」

と、僕は首を横に振った。

「逆だろう、それ。僕が正解を出したらその賞品代わりに、きみが『今後、僕のことを奴隷と呼んでください』と云ったんだ」

U君はすっとぼけた顔で、

「あれ、そうだったかなあ」

ここ数年、僕がどんどん物憶《ものおぼ》えが悪くなってきているのを見越したうえでの策略だったのだろうか。——としたら、何ともやるせない話である。

「だけどまあ、同じようなものじゃないですか。僕はそのくらいの覚悟を決めて、あ の"問題"を読んでほしいと申し出た。綾辻さんは『よし』と受けて立った。でもって、〝勝負〟に負けたのは綾辻さんだったんですから」

——というのは彼の勝手な理屈である。文句をつけたい気持ちは山々だったのだが、そこはぐっとこらえて、

「仕方ないなあ」

と、僕は応じた。腕組みをしながら、わざと少し威圧的な目で相手をねめつけ、

「ま、せっかく書いてきたんだ、読んでやらないこともないけどね。しかしまた〝犯猿当て〟だったりしたら笑うよ」

「笑う？　怒りはしないわけですね」

「約束はしかねる……って、まさか？」

「いえいえ、大丈夫ですよ。そんな、それこそ莫迦の一つ憶えみたいな真似《まね》を、僕がするわけないでしょう」

「そうかねえ」

部屋の壁に、今朝がた貼り替えたばかりの真新しいカレンダーがある。それを視界の隅に捉えて、僕は「ふん」と鼻を鳴らした。

「じゃあ、今度は犬かな。イヌ年の元日にイヌの〝犯人当て〟――いや〝犯犬当て〟を、っていう趣向だったりして？」

冗談で云ったつもりだったのだが、U君の反応は予想を裏切るものだった。照れたように長い髪を掻《か》き上げながら、

「やあ、さすがに鋭いですね」

「えっ、そうなの？」

「はあ。まあそれに似たようなもので……」

「うーん、そうなのか。分かりやすい行動パターンをしてるね、きみも」

「いや、でもそれなりの仕掛けはちゃんと施してありますから、どうぞご安心を」

「どんな安心だよ」

よけいなお世話かもしれないが、ここで一応の解説をしておくことにしよう。

「前回の『どんどん橋、落ちた』」というのは、二年前の来訪時にU君が持ってきた原稿のタイトルで、これはいわゆる〝犯人当て小説〟の部類に属する短編だった。全体が「問題篇」と「解決篇」に分かれていて、「解決篇」の手前に「読者への挑戦」が挿入される。「ここまでで手がかりはすべて出揃《でそろ》った。さて事件の真相は？」という、お馴染《なじ》みのあれである。

U君の挑発に乗って、僕はその〝問題〟に取り組んだのだったが、奮闘も虚《むな》しく、彼の仕掛けた子供じみた罠《わな》にまんまと嵌《は》まってしまう結果となる。――と、こういったいきさつが僕とU君とのあいだにはあった。

でもって今夜、彼が新たに作ってきた〝問題〟がこれ――「ぼうぼう森、燃えた」なるこの原稿だというわけなのである。

「事件自体は、前回と同じで非常にシンプルなものです」

U君はにこやかに前口上を述べる。

「フェアプレイのルールはもちろん、厳格に守っています。三人称の地の文に虚偽の記述はいっさいありません。

作中には大雑把《おおざっぱ》に云って、人間たちのグループと犬たちのグループが出てきます。人間グループは人間グループの、犬グループは犬グループの文化やコミュニケーション形態を各々《おのおの》に持っていて、例によって犬たちのそれも相当に擬人化されたものとして描かれています。〝犬語〟によって会話もすれば、複雑な感情や思考力も持っている。当然、必ずしも現実の犬の生態とは合致しないわけですが……このあたりはまあ、『どんどん橋』と同じ手法ですので」

「親切だね、前回と違って」

「フェアだねと云ってください。――読んでやろうという気になりました？」

「ううむ」

テーブルからノートを取り上げると、僕はまた少し威圧的な目で相手を見据《みす》えた。

「正解の場合の、今回の賞品は？」

「読んでくれるんですね。嬉《うれ》しいな」

U君はあくまでも屈託のない笑顔を崩さない。

彼の内面性とか思想（——と云うほどたいそうなものでもないが）は重々承知しているつもりの僕だけれど、それでもやはり苛立たしい気分は抑えられなかった。自分が二年前よりもさらに、確実に年を取ってしまったということの、これは証拠なのだろうか。

「では、そうですね」

U君は云った。

「もしも今回の〝問題〟に完全な正解を出せたら、今後は僕のことをサルと呼んでくれてもいいです」

——つまらない。

しかしまあ、こういう流れになってしまった以上、もはやあとには引けないことになっている。受けて立つ以外ないのである。

「よし」と気力を絞り集めて頷《うなず》くと、僕は「ぼうぼう森、燃えた」の原稿を読みはじめたのだった。

ぼうぼう森、燃えた

【主な登場動物】

〈D＊＊団〉

ロス……………ボス犬
エラリイ………その双子の弟
アガサ…………その妹
ルルウ…………その弟
カー……………元一匹犬
タケマル………ロスの息子
マヤ……………その妹

アリス……………エラリイとアガサの娘
レイト……………新参犬
〈H＊＊村〉
伴《ばん》ダイスケ……大学生
　ユキト………その弟
リンタロー……悩める自由業者
ミドロ………その愛猫

1　ぼうぼう森

場所はニッポン、本州のとある山の中。

ただし、〈どんどん橋〉の架かっていた〈どんどん川〉や〈どんどん山〉とは遥《はる》かに離れた位置関係にある。従って、仮にこの作品中に「どんどん橋、落ちた」に登場したのと同じ名前の人間や動物たちが出てきたとしても（実際のところたくさん出てくるのだが)、両者はまったく相互関係のない別々の個体である、と考えていただきたい。

〈H**村〉という山村がある。

念のために明記しておくと、これは人間の村である。

この村の北西の外れから何キロメートルかのところにちょっとした池があり、その北側にはなだらかな尾根筋を中心に深い森が広がる。瓢箪《ひょうたん》の形をしていることから池は〈ひょうたん池〉と呼ばれ、森は〈ぼうぼう森〉と呼ばれる。ひょうたん池には〈ぼうぼう池〉という別名もある。

云うまでもなくこのぼうぼう森が、本作において〝問題〟として取り扱われるある、い、い、殺害事件の舞台となるわけだが、それにしてもなぜ「ぼうぼう」なのか。

むかし幾度も大規模な山火事が発生したことがあるのでそのように名づけられてしまった——という説が最も有力だが、一方で「ぼうぼう」というのは「茫々」すなわち「果てしない」の意であって——とする説もある。これはまあ、どちらでも良いような話だろう。

ぼうぼう森には多くの動物たちが棲《す》む。鹿に猪《いのしし》、狐《きつね》に狸《たぬき》、兎《うさぎ》に栗鼠《りす》、多種多様な野鳥たち……だが、熊と猿はいない。熊はともかく、猿が棲息《せいそく》していないというのはいささか大事な点だと云えるかもしれない。

ぼうぼう森には猿はいない。どんどん山の〈M＊＊村〉のような集落も当然、存在しない。その代わりこの森には、野生化した犬たちの集団が存在する。

便宜上ここでは、その集団を〈D＊＊団〉と名づけることにしよう。D＊＊とはもちろん"dog"を示している。

ぼうぼう森のD＊＊団。

そもそもは今から十年余り前、ポウという名の雄犬を中心に形成された群れであった。ポウは八年前に死亡し、以降はずっと、その子供たちのうちの一匹がリーダーの地位に就いている。名はロスという。

D＊＊団の現ボスであるこのロスが、本作で語られる事件の被害犬となる。

2　リンタローとミドロ

その日——八月一日の午後、ひょうたん池（＝ぼうぼう池）の南側の、ちょうど瓢簞のくびれに当たる部分の岸辺に、一人の男と一匹の猫がいた。
男の名前はリンタロー、二十六歳の青年である。

猫は雌の三毛猫で、生後まだ一年足らず。名はミドロという。

リンタローはH＊＊村の出身者で、今は故郷を離れて独り都会に住む。某一流大学を卒業後、某大手銀行に就職したものの職場にうまく適応できず、一年足らずで辞めてしまい……と、要は「どんどん橋、落ちた」に登場した同名の青年と同じような履歴の持ち主である。当然のように現在の彼の職業は「自由業」であり、そしてやはり、彼の悩みはすこぶる深いのであった。

今回リンタローがしばらくぶりに村へ帰ってきたのは、六年前に死んだ祖母の法事のためだった。幼い時分からずいぶん可愛がってもらったお祖母《ばあ》ちゃんである。いくら仕事が忙しかろうと悩みが深かろうと、その七回忌だと云われればすっぽかすわけにはいかない。だが、大きな問題が一つあった。独り暮らしの部屋で飼っている愛猫ミドロをどうするか、である。

リンタローは今年の初めに拾ってきたミドロを溺愛《できあい》している。彼女を一匹だけにして何日も留守にはできない。友人やペットホテルに預けるのも気が進まない。ひとしきり悩んだ末、一緒に連れて帰ることにした。

H＊＊村までの長い道中、キャリーバッグに入れられたミドロはたいそう鳴いたり暴れたりしてリンタローを困らせたが、着いてしまえばころりと機嫌が直った。田舎の澄んだ空気と静けさは、猫にとってもやはり心地好《よ》いものなのだろう。

祖母の法事は昨日、執《と》り行なわれた。ミドロもご機嫌なことだし、リンタローはもう何日かこちらに滞在していこうと決めた。

——といったわけで。

きょうのリンタローはミドロとお散歩、なのである。昼食を済ませてから家を出て、久しぶりにひょうたん池まで足を延ばしてみることにしたのだった。

リンタローの実家は村の西外れにある。ひょうたん池までは歩いて一時間ほど、走行可能なところまで自転車で行けば三十分足らず、という距離であった。

「ほーらミドロさん、ここがひょうたん池だよー」

文字どおりの猫撫《な》で声で、リンタローはミドロに話しかける。きょときょとと周囲を窺《うかが》っていたミドロが、応えて「みぃ」と鳴く。リンタローはふにゃりと破顔して、さらに猫撫で声で話しかける。

「ほーらきれいだねえ。こんな景色を見るの、ミドロさんは初めてだねー」

何とも微笑ましい光景である。

「悩める自由業者」リンタローをかねて知る者が見たならば、これが本当に彼なのかとわが目を疑いたくなるに違いない。それほどに、リンタローの表情は明るく穏やかなのだった。

ミドロを拾ってきたことによって、リンタローの日々の悩みがずいぶんと和らげられたのは事実である。以前の非常に危機的な精神状態からも、確かに脱しつつある。

――が、しかし。

それでもやはり、リンタローがリンタローである事実に変わりはないのだった。すなわち、悩まないリンタローはリンタローではない、のである。

赤いリードを付けたミドロを膝《ひざ》の上に乗せて、リンタローは岸辺の木陰に腰を下ろす。ここは彼が、少年時代にしばしばやってきては孤独な物思いにふけった場所でもあった。

真夏の陽射しは厳しいが、吹きつける風は存外に涼しい。

昔と変わらぬひょうたん池、そしてその向こうに広がるぼうぼう森。――しばらくぼうっと風景を眺めるうち、彼の心は逃れようもなくまた、深刻で複雑な悩みへと沈んでいき……。

……亡き祖母の顔が、ふと心に浮かんだ。

リンタローは思わず溜息《ためいき》をつく。

八十が近づいてもまだまだ元気であった彼女が病《やまい》の床に伏してしまったのは、亡くなる一年ほど前のことだった。そのころにこうむった多大な精神的ショックが引き金となって、一気に体調まで崩してしまったのである。

彼女はなぜ、そこまでのショックを受けたのか。

リンタローはむろん、そのわけを承知している。——あの不幸な、そして不可解な出来事のせいだ。

「……ケンタロー」

われ知らず呟《つぶや》きが落ちた。

リンタローの、思いきり年齢の離れた実の弟につけられた名前、それがケンタローなのだった。家族や親戚の誰もが彼の誕生を喜んだ。祖母はその最たる一人であった。ところが——。

ケンタローが生まれて何ヵ月かが経《た》った、あれは夏休みに入ったばかりの、ある晴れた日の夕刻だった。母が急用で外出し、その間の子守を任されたリンタローが、友人との長電話のためしばらくケンタローから目を離した隙《すき》に、まさかあんな……。

(……僕の責任だったんだろうか)

膝の上でうたた寝をするミドロの温《ぬく》もりも忘れ、リンタローは独り悩みつづける。

(あれは、やっぱり僕の……)

彼らがひょうたん池に到着したのは、その日の午後二時前。愛らしいミドロの動きによって幾度か中断されつつも、リンタローの悩みはそれから二時間近くのあいだ、同じ場所で続くことになる。

3　ダイスケの憂鬱

伴《ばん》ダイスケはH＊＊村出身の大学二回生である。

夏休みに入ったので久々に実家へ帰ってきてみると、八歳年下の弟ユキトの様子がいよいよ怪しくなっていた。

親たちが甘やかしすぎたせいだろうか、ユキトは実にわがままな子供である。わがままなだけではなく、実にしたたかな子供でもあるように見える。七年前の夏に末弟のリュウトが家族に加わり、周囲の注目がそちらに集まるようになって以来、わがままぶりに拍車がかかったようにも思う。

悪さをして叱《しか》られても、まるでへこたれない。むきになってさらに悪さをする。「それは〝悪い〟ことだ」と誰がいくら云い聞かせてみても、いっこうに聞く耳を持とうとしない。家庭でも学校でも、万事その調子なのである。

十二歳、小学校六年生の時点でこれなのだから、まったく先が思いやられる。リュウトへの悪影響も大いに心配だ。

　そのうち分別もついてくるだろう、と父母は呑気《のんき》に構えているようだけれど、ダイスケにはそうは思えない。このまま放っておいたら、こいつはとんでもない人間になってしまうぞ、と真面目に危惧《きぐ》している。

　以前はまだ、ユキトの悪童ぶりも他愛のないものだったのだ。他人の家の塀《へい》に落書きをしたり、自転車をパンクさせてみたり。友だちと喧嘩《けんか》をしてもちょっとした殴り合い程度だったし、万引きまがいの行為などもまあ、誰もが一度は通る道だと云って済ませられなくもなかった。しかし——。

　ここ一年ほどのあいだにエスカレートしてきたユキトの悪行には、はっきり云って目に余るものがある。空恐ろしい気分にすら、ダイスケはなってしまう。

　教室では、髪を鋏《はさみ》で切ってやるなどと脅《おど》して女子を追いまわしているらしい。男子同士でいざこざがあると、どこで手に入れてきたのか、飛び出しナイフみたいな刃物をちらつかせたりするともいう。逸脱的な暴力への明確な志向性という意味で、もはや子供の悪戯《いたずら》の範疇《はんちゅう》を超えつつあるようなのだった。

　さすがにそういった苦情が教師からもたらされるに至って、父母も相当に厳しくユキトを叱りつけた。おかげでユキトはいちおう反省したかに見えたのだが、まもなく問題は別の形で顕著になりはじめた。

動物虐待、である。

子供がバッタの脚をもいだりトカゲの尻尾《しっぽ》を切ったりするのは普通にあることだ。蛙《かえる》をいたぶり殺したり、小鳥に石を投げつけたりもするだろう。ところがユキトは、その段階を踏み越え、より広範な動物を虐待の対象とするようになっていた。犬猫に始まり、鶏《にわとり》に豚、牛に山羊《やぎ》……ユキトの身近にいるさまざまな動物たちが、その犠牲となった。

本人は単なる〝遊び〟のつもりでいるのかもしれないが、野良猫を捕まえて目玉を抉《えぐ》ったり焚《た》き火に放り込んだりというのは、どう考えても正常な子供の行ないではない。余所《よそ》の家の家畜を殺すような真似まではしていないようだが、この春、小学校の兎小屋の兎が幾羽か惨殺された事件、あれはユキトの仕業に違いないとダイスケは睨《にら》んでいる。

近ごろは村の中だけでは飽《あ》き足らず、ぼうぼう森のほうまで出かけていって、そこに棲む動物たちを虐《いじ》めていると聞く。どうして咎《とが》めないのかとダイスケが父母に詰め寄ると、「まあ、男の子なんだから」といった投げやりな答えが返ってきた。それで欲求が満たされて村や学校での悪さが減るなら……と考えているようでもあった。

やれやれ――と、ダイスケは頭を抱えたくなる。

この親にしてあの弟……果たしてこれでいいのか？

ここは一つ、自分が長兄としてぴしゃりと教育的指導をせねば――とはいつも考えることで、今まで何度か実行に移してもみたのだが、いずれも不成功に終わっている。はてさて、どうしたものか。

その日――八月一日の午前十時前。

ダイスケは意を決し、ユキトの部屋を訪れた。ユキトは散らかり放題の部屋の真ん中にいて、リュックサックに何やら妙なものを詰め込んでいた。

「遊びに出るのか」

ダイスケが声をかけると、ユキトは手の動きを止めることなく、「うん」とおざなりな返事をした。

「何なんだ、それ」

と、ダイスケはリュックを指さす。

「うん？　ああ、ガシャポン爆弾」

目を上げて、ユキトはにかっと笑った。まるで悪びれたところがないように見える。弟のこの笑顔と出遭うたび、ダイスケはひどく困惑してしまう。邪悪なのか、それとも無邪気なのか。どちらとも判断しがたい気持ちになってしまうのである。

「ぼくが考えたんだ、ガシャポン爆弾。ほら、ガシャポンのカプセルの中にペンキが詰めてあるんだ」

「ガシャポン」というのは、ご存じの方も多いと思うが、玩具屋の店先などに置かれている自動販売機の一種である。ロボットのミニチュアモデルや何かが封入された透明なプラスティックのカプセルが、機械の中にたくさん入っていて、コインを投入してレバーを捻《ひね》るとランダムに一個、出てくる。「ガシャ」と音がして「ポン」と出るから、「ガシャポン」という名がついたのだろう。

直径四、五センチのそのガシャポンカプセルが、ユキトのリュックには何十個と収められつつあった。

赤、青、黄……とカプセルは色とりどり。ユキトの云うとおり、確かに中にはペンキが詰め込んであるようだが。

「どうするんだ、そんなものを」

ダイスケの質問に、ユキトは「これ」と云って、傍《かたわ》らに置いてあったある道具を取り上げた。どうやら彼の手製の品らしい、それは大型のパチンコであった。

「作るの、けっこう苦労したんだ。太くて長いゴムがなかなか見つからなくてさ」

「そのパチンコで、そのガシャポン爆弾を撃とうってわけか」

「まあね」

「何に向けて撃つんだ」

うふふと楽しげに笑って、ユキトは何とも答えない。だが、森の動物たちを虐めるのに使おうという魂胆は見え見えである。

「あのなあユキト、ちょっと話が……」

ダイスケが本題に入ろうとするのを、にべもなく遮《さえぎ》って、

「あとにしてくれる？」

ユキトはまた、邪悪なのか無邪気なのか分からない例の笑みを浮かべる。

「ぼく、忙しいんだ」

「そ、そうか。——じゃあ、またあとでな」

おいおいなぜここで強く出ることができない？　と自問しつつも、ダイスケはすごすごと引き下がる。

あの弟にしてこの兄……なのか。そう思って、何とも憂鬱《ゆううつ》な気分に落ち込んでしまうダイスケであった。

4　D＊＊団の系譜

ぼうぼう森のD＊＊団に関して、その成り立ちから現在に至るまでの推移を簡単に説明しておくことにしよう。冒頭に付した「主な登場動物」の表に記載されていない名前もここでは多く出てくるが、**それらについては本作における〝問題〟とは無関係であると考えていただいて良い。**

初代のボスであったポウは、紀州犬《きしゆうけん》とサモエドと、さらにはアラスカンマラミュートの血をそれぞれに濃く引いた（つまりは雑種の）犬で、祖先の狼《おおかみ》にも見まごうかのような、精悍《せいかん》な容貌《ようぼう》と体軀《たいく》の持ち主だった。

もともと人間に飼われていたポウが、ゆえあってこの森に棲むようになったのは、今から十年余り前のこと。同じ時期、やはりゆえあってこの森にやってきた雌犬のオルツィ（彼女はチャウチャウの血を濃く引いていた）と結ばれ、彼らは一度に四匹の子をもうけた。これがすなわちD＊＊団の始まりである。

生まれた四匹のうち一匹は雌の子で、生後まもなく死亡。

一匹はドイルと命名された雄犬だったが、一年後には群れを離れ、ぼうぼう森を去ってしまう。

残った二匹も雄だったが、その容姿の酷似ぶりから、一卵性の双子であることが明らかだった。ともに真っ白な毛並みで、父ポウよりもいっそう狼っぽい姿形をしている。彼らには、兄にロス、弟にエラリイという名がつけられた。

オルツィはその次の年にもう一度、ポウの子を産む。

今度の出産では六匹の子が生まれたのだが、無事に育って、なおかつ群れに残ったのは二匹だけだった。雄と雌、一匹ずつである。雄の子のほうはルルウ、雌の子のほうはアガサと名づけられたが、彼らは双方ともに母親似の、赤茶けた毛並みの犬であった。

翌年になって、オルツィはポウよりも先に病でこの世を去る。ポウは大いに嘆き悲しんだが、それから一年と経たぬうちに彼もまた病死してしまう。

そしてポウの死後、D＊＊団のボスを継いだのが息子のロスなのであった。

同じころ、群れには新たな犬が参入した。それまで一匹狼ならぬ一匹犬を続けていた雄犬カーと、これまたゆえあって森にやってきた雌のゴールデンリトリーバー、マーガレットである。イングリッシュセッターの血を引くカーは当初、ロスを倒してボスの座を奪おうとしたのだが、惜しくも敗れて仲間に加わった。美しいマーガレットは強いロスの求愛を受け入れ、やがて出産へと至った。

生まれたのは雄一匹と雌二匹だったが、不幸にも彼らは皆ひどく脆弱《ぜいじゃく》で、三匹揃《そろ》ってごく短い命に終わる。

子供たちを失った悲しみをまぎらわせるかのように、しばらくしてマーガレットはどこからか、まだ乳離れしていないような幼い雄の子を連れてきた。彼女の心中をおもんぱかったロスは、その子を自分たちの息子として育てるのを認め、子にタケマルと名づけた。人間社会の制度になぞらえて云うとしたら、「赤の他人の子を養子にした」ということになるだろうか。

翌々年になって、マーガレットはふたたび子宝に恵まれて出産。今度の子供たちはおおむね元気に育ったが、現在に至るまで群れに残っているのはマヤという雌犬だけである。そのマヤも今年、五歳になった。幼いころから彼女は、二つ年上の兄タケマルとたいそう仲が良いのだけれども、彼らのあいだに性的な関係はいっさい発生していない。

マーガレットは昨年の暮れになって、不慮の事故で死を遂げてしまう。

このときのロスの、タケマルの、そしてマヤの悲嘆がいかに甚大《じんだい》であったか。それは読者諸氏のご想像に任せるとしよう。

一方、ロスの双子の弟エラリイは、兄の下で群れのナンバー2に甘んじつつ、一つ年下の妹アガサと結ばれた。犬たちにしてみればもちろん、その程度の近親相姦はタブーではないのである。

アガサは五匹の子を産み（雄三匹と雌二匹）、そのすべてが健康に育った。大雑把に云ってしまうと、雄の子たちは母のアガサに、雌の子たちは父のエラリイに似ていた。

三匹の雄の子たちのうち、チャンドラと名づけられた一匹は、成犬になるやボスの座を狙って伯父のロスに挑む。しかし、あえなく敗れて群れを去った。あと二匹の名はシムノンとアシモフといったが、彼らもやがて、ここは自分たちの居場所ではないと判断して別の森へと旅立っていった。

その後、雌の子たちのうちの一匹ドロシーは、ふらりと森に流れてきた名もない雄犬を追って群れを離れてしまう。現在も群れに留まっているエラリイとアガサの子は、従って一匹だけである。今年六歳になる彼女の名はアリスといい、毛並みこそ真っ白ではないものの、その容姿は父や祖父を思わせる凜々《りり》しさである。

ざっと以上のような経緯を経て、現在のD＊＊団はある。

ここにもう一つ付け加えるべき事項があるとすれば、今年になって群れに参入したばかりのレイトという雄犬がいることくらいだろうか。

柴犬の純血種であるレイトは三歳。もう立派な成犬ではあるのだが、他の連中に比べると当然、非常に体が小さい。にもかかわらず向こう気だけはやたらと強いものだから、次にロスに挑戦するのは彼ではないか、という噂もまことしやかに囁《ささや》かれはじめている。

5　ユキトの暴虐

悪童ユキトが自前のガシャポン爆弾の詰まったリュックを背負って家を出たのは、その日の正午だった。めざすはひょうたん池の北側に広がるぼうぼう森、である。

ダイスケの察しどおり、ガシャポン爆弾は森の動物たちを撃つために用意された武器だった。これまでにもユキトはたびたび森へ〝動物虐め〟にやってきている。いろいろと策を弄して〝獲物〟を捕まえ、いたぶり殺すのは実に楽しかった。学校や村の中とは違って咎める大人もいないから、まさにやりたい放題である。

今回ユキトが考案したガシャポン爆弾は、破壊力よりもむしろ視覚的効果に力点を置いた攻撃アイテムだと云える。

弾《たま》が当たると、カプセルが割れて中のペンキが飛び散る。派手である。ペンキの色はできれば赤ばかりにしたかった。鮮血が噴き出したように見えるだろうからだ。スプラッタである。けれども家の物置で調達できた赤いペンキの分量には限りがあって、やむなく他の色も使うことにしたのだった。

いずれにせよ、このガシャポン爆弾で狙われた動物は、命中するしないにかかわらずきっと激しいパニックに陥るだろう。ペンキのにおいで参ってしまうものも、ひょっとしたらいるかもしれない。——ああ楽しい。何て楽しいんだろう。

ユキトは足取りも軽やかにぼうぼう森の中へ分け入り、尾根の東側の谷筋に沿ってずんずんと奥へ進んでいった。目的の場所は決まっていた。前回この森へ来たさいにたまたま発見した、小さな洞窟《どうくつ》である。添付の「ぼうぼう森略図」(p.107)を参照して、位置を確認していただきたい。

道とも云えぬ谷沿いの道をずいぶんと歩きつづけて、午後二時ごろにはようやく目的地に到着。ひと休みすると、ユキトはさっそくリュックから例の大型パチンコとガシャポン爆弾を取り出した。

洞窟から六、七メートル離れたあたりに立ち、パチンコを構える。狙いを定める。

そして——。

第一弾、発射。

子供の背丈ほど高さがある洞窟の入口、その右側の岩肌を狙ったつもりだったのだが、弾は大きく左に外れ、脇に立つ木の幹に当たった。鈍い音とともにカプセルが二つに割れる。べちゃりとペンキが飛び散り、灰茶色の樹皮に真っ赤な汚れが広がった。まるで木が血を流しているように見えた。

期待したとおり派手で、なかなかスプラッタなその光景に満足しつつ、ユキトは第二弾を撃つ。今度は狙ったのと大差のないところに命中し、岩肌が赤く染まった。ペンキのにおいがこちらまで漂ってくる。

よしよし——と、ユキトは思う。

これで何か動物が出てきてくれれば、あんがい簡単に命中させることができるかもしれないぞ。

さらに何発か、適当に色を変えながら弾を撃った。薄暗い森の静謐《せいひつ》な風景が、赤や青や黄の原色が入り雑じった異様なものに変貌していく。単にそれだけのことが、ユキトには楽しくて仕方なかった。困ったものである。

……と。

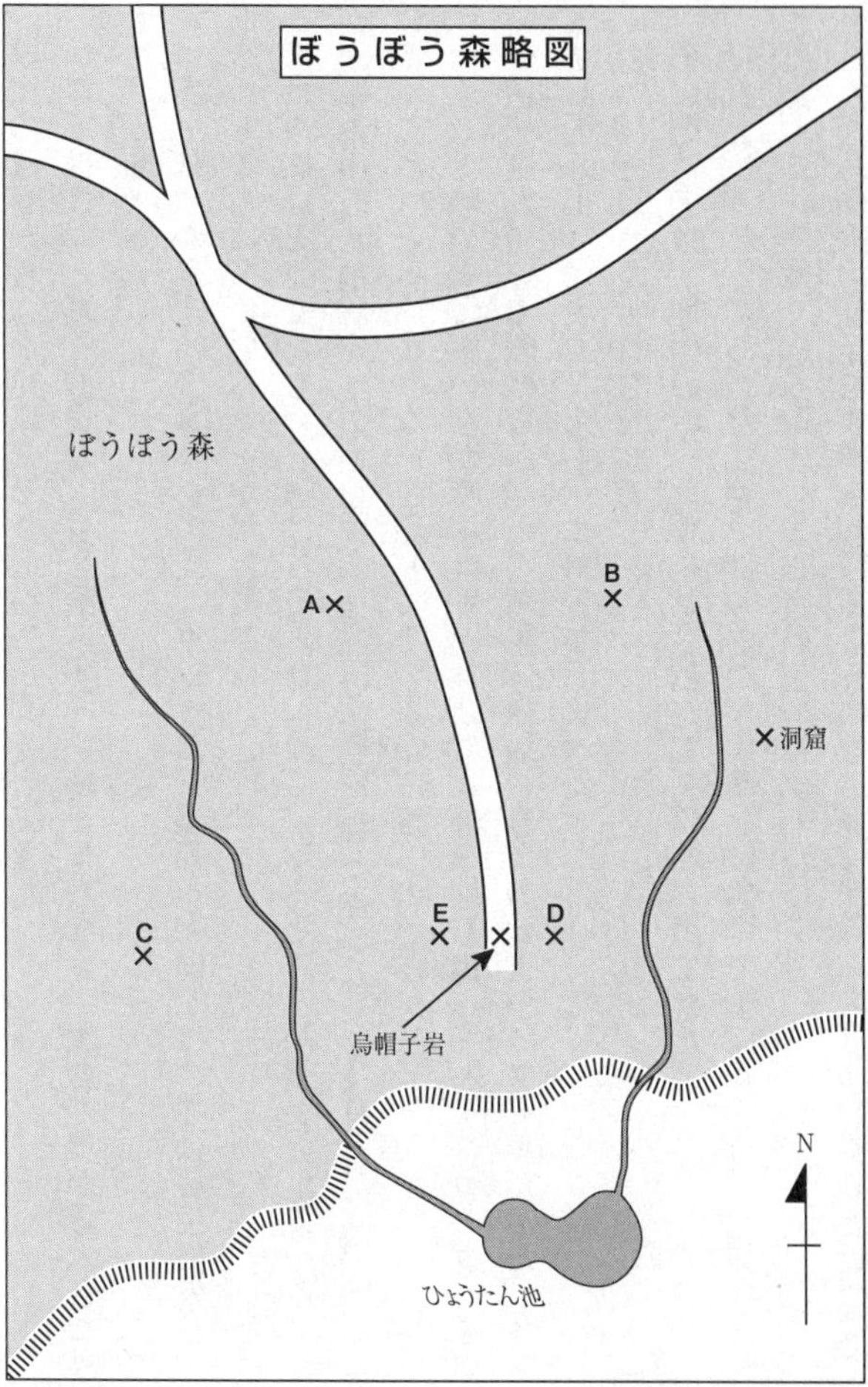
ぼうぼう森略図
ぼうぼう森
A
B
洞窟
C
E
D
烏帽子岩
ひょうたん池
N

洞窟のほうから、不意にごそりと物音が聞こえてきた。

ユキトははっと耳を澄まし、目を凝《こ》らす。するとまもなく、洞窟の奥から大きな砂色の犬が現われた。

ユキトはすかさずパチンコを構え、ガシャポン爆弾を発射した。弾は右手に外れ、あらぬところに黄色いペンキが飛び散った。

犬は戸惑いを見せたものの逃げるそぶりはなく、そろそろと洞窟から出てくる。だが、踏み出した前脚が、入口付近の地面を汚していた赤いペンキに触れた瞬間、「なに？　これ」というような声を発してその場から跳びのいた。

うふふと喉《のど》の奥で笑いながら、ユキトは新たな弾を取り出してパチンコのゴムを引く。色を選んでいる暇はなかった。結果、発射されたのは青いカプセルだった。

弾はしかし、またしても右手に外れてしまった。

ちっ、と思わず舌打ちをする。

その間に犬は、地面の赤ペンキを跳び越えて洞窟から出てきた。

足もとに下ろしてあったリュックの中を、ユキトは急いで手探りする。残弾はまだあった。一個、摑《つか》み取る。また青い色のカプセルである。

そんなユキトの様子を小首を傾げるようにして見ながら、犬はゆっくりと近づいてくる。なぜかフレンドリーに尻尾を振っている。よしチャンスだ、と思ってユキトはパチンコを構えた。——が、そのとき。

バウ！　と力強い声が響いた。

洞窟の中からだった。

バウバウ！

目の前にいる犬ではない。別の犬が吠える声である。

とたん、砂色の犬はくるりと向きを変え、その場から逃げ出してしまった。弾を撃つ暇もない素速い動きだった。

ちっ、とまた舌打ちして、ユキトは洞窟のほうへ視線を移す。

少なくとももう一匹いるのだ、あの中に。

パチンコを構え直した。洞窟の入口に、逃げた犬よりもひとまわり大きな、白い犬が姿を現わす。それを認めるや、
あいつだ！　と、ユキトは心中で叫んだ。

あの大きさ。あの狼のような体型。あの真っ白な毛並み。……あれは、あいつ、あいつだ。

あ、あ、あ、あのときのあの犬だ。

二ヵ月ばかり前のことである。ユキトはこの森の中で一匹の野犬と遭遇した。大き

な白い犬だった。

怯《おび》えるでもなく敵意を示すでもなく、犬は興味深げにこちらを見ていた。「おいで」と手招きしてみると、警戒するふうもなく近づいてきた。よしチャンスだ、とユキトが思ったのは云うまでもない。

そのときユキトは、ズボンのポケットの中に小型の飛び出しナイフを忍ばせていた。できるだけそばまで引きつけてから、ユキトはスプラッタな欲望の命ずるがままに、ナイフを取り出して犬に切りかかった。

刃は犬の右目を傷つけ、流れ出した鮮血が白い体毛を赤く染めた。犬は悲痛な鳴き声を上げて逃げ去っていった。――そんな出来事があったのだ。

あれはあの犬に違いない。

ユキトはそう直感したのだった。

あのとき逃した、あの……だとしたら、今度はきちんと仕留めてやる。

ナイフはきょうも持ってきている。まずはガシャポン爆弾を当てて戦意を喪失させて、それから……。

犬が洞窟から出てくる。ユキトは息を止めて狙いを定める。

「当たれ」と呟きながら、弾を発射した。――時刻は午後二時半をまわったところである。

6　アリスとエラリイ

洞窟の外から妙なにおいが流れ込んでくる。嗅《か》ぎなれない、何だか気分が悪くなるような臭気だった。

『何なのかな』

と、アリスが鼻をひくつかせた。

『さて、何なのかね』

と、エラリイも鼻をひくつかせた。

先にご紹介したとおり、彼らはぼうぼう森のD＊＊団に所属する犬の親子である。アリスが娘、エラリイが父。母のアガサはここにはいない。

『見にいってくるね』

と云って、アリスが出口へ向かう。エラリイはけだるい体を地に伏せたまま、その姿を見送った。

このところ、めっきり体力の衰えを感じるエラリイである。耳がだいぶ遠くなった気もする。兄ロスの最近の挙動不審を見るにつけても、やはり自分たちはもう年なのだなと感じてしまう。

兄弟は今年十歳になった。犬にしてみればそろそろ老齢の域に入る年ごろだから、そう感じるのも致し方ない話ではあるのだが、それにしても……。

エラリイはロスのことを考える。

見かけではまるで判別がつかないくらい、何から何までそっくりな双子の兄。体臭もよく似ていて、注意しないと嗅ぎ分けが難しい。声も酷似している。たとえば遠吠えだけで、その主がロスなのかエラリイなのかを聞き分けられるのは、D＊＊団の中でもとりわけ聴覚が優れたアガサだけだろう。

長年にわたって、リーダーとして群れを率いてきたロス。その様子がどうもおかしくなってきたのは今年の初めごろから、であった。昨年の暮れ、突然のマーガレットの死が彼の精神に与えた甚大なショックとダメージ……きっとそのせいもあるのだろうが。

確かに最近のロスは変だ、とエラリイは思う。

以前のロスとは、何だか別犬のようだとも思える。自分と同じで体力の衰えも隠せない。ボスの座を誰か別のものに譲る、いいかげん今が潮どきなのではないか。

――と。

『なに？　これ』

アリスのそんな当惑の声が聞こえてきて、エラリイはぴくりと耳を立てた。何かしらとても嫌な予感が一瞬、した。

けだるい体を持ち上げ、エラリイは洞窟の出口へ向かった。異臭が強くなってくる。いったい、これは何が……？

洞窟の外にアリスの後ろ姿が見えた。砂色の尻尾を振りながら、前へ進んでいく。そしてその向こうに、見知らぬもの（人間か？　あれは）が立っていた。エラリイにはその名を知るすべはなかったわけだが、云うまでもなくそれは、パチンコを構えた悪童ユキトの姿であった。

『逃げろ、アリス！』

とっさにエラリイは吠えた。

『危ない。逃げるんだ！』

人間に敵意を見せてはいけない、というのが、D＊＊団の開祖ポウの〝教え〟である。ロスもエラリイも、それを遵守《じゅんしゅ》してこれまでこの森で生きてきた。アリスも当然、幼いころからその〝教え〟を内面化させられている。だから今、このような状況であっても、フレンドリーに尻尾を振りながら相手に近づいていこうとしているのである。

——が。

そいつはいけない、とエラリイはほとんど本能的に察知したのだった。その人間は危険だ、邪悪だ、と。

エラリイの声を聞くなり、アリスはその場から逃げ去っていった。エラリイは自分が相手の注意を引きつけようと、洞窟の外へ脚を踏み出した。

びゅん、と音がして、何かがエラリイに向かって飛んでくる。

避けようとしたが、駄目だった。

鼻がおかしくなってしまいそうな強い異臭が漂う中、エラリイは横腹のあたりに鈍い痛みを感じた。ほぼ同時に、何か冷たい感触が痛みの周囲に広がっていく。

エラリイは前方を睨みつけ、唸《うな》り声を上げた。だが、相手はまるで怯《ひる》む様子がない。さらなる攻撃を加えようと身構えている。

戦う気力は湧《わ》いてこなかった。次の攻撃が仕掛けられてくる前に、エラリイはほうほうの体《てい》でその場から逃げ出した。

＊

あいつじゃなかったのか、とユキトは思った。ちょっとがっかりした気分だった。大きさも色も体つきも、二ヵ月前のあの犬とそっくりだったのだ。けれどもそう、今の犬には右目の傷がなかった。あのときナイフで切りかかって負わせた右目の傷が……。

命中したガシャポン爆弾の青いペンキで汚れた横腹をかばうような恰好《かっこう》で、犬はよろよろと森の奥へ逃げていった。――時刻は**午後二時四十分**である。

7　カーとレイト

エラリイとアリスが悪童ユキトの暴虐を受けていたのと同じころ、ぼうぼう森の奥の、尾根筋から少し西に外れたあたり（添付の地図で〈A〉と示された地点）にて――。

『ねえ、カーはどう思います？』

風邪《かぜ》でもひいているのか、先ほどから立て続けに大きなくしゃみをしていたレイトが、改まった調子で切り出した。

『このごろ、ロスはやっぱり変ですよね』

『ん？　――ああ、まあな。あいつももう年だからな』

そう答えるカーも、ロスやエラリイと同じ年齢である。犬種や個体による差異はあるにせよ、もはや決して若くないのは確かだった。

かつてボスの座を狙ってロスと戦ったときの記憶が、カーの脳裡《のうり》に蘇る。もうずいぶん昔の話になる。負けて悔いることも、相手を恨むこともなかった。あのときのロスは本当に強かった……。

最近のロスの、いろいろな意味での衰えようには、だからよけいに悲しいものを感じる。苛立たしい気持ちもある。

『ロスの右目の傷ってね、あれ、ほんとは人間にやられたんじゃないかなと僕は疑ってるんですけど。でもロスは、猿だと断言してるでしょう』

『ああ、そうだな』

『変ですよ。この森には猿なんていないじゃないですか。なのに……』

レイトの云うとおりだった。

ぼうぼう森に猿は棲息していない。なのにロスは、二ヵ月前にあの右目の傷を負って以来、猿だ猿がいると訴えつづけているのである。

そんなものはいない——と、誰が説得しても耳を貸そうとしない。あまり強く否定されると怒りだす。将来の群れの繁栄のために今こそ、われわれは森の猿たちを壊滅させるべく闘争を始めねばならないのだとか何とか、声高にぶちあげてみたりする。

そのくせ、そう云った翌日には云った内容をころりと忘れていたりもするのだから、皆が不審を感じるのは当然であった。

『ねえカー、どう思います？』

『ううむ。——確かにロスのあの傷は、人間の仕業だったのかもしれんな』

人間に敵意を見せてはいけない。

開祖ポウのその〝教え〟は、何よりもまず「人間の恐ろしさ」を説いたものである——と、カーは解釈している。

人間は恐ろしい。捕って食べるためでなくとも他の動物を殺す。

人間は残酷だ。自分たちに危害をもたらすと判断したなら、あるいは単なる遊びや気まぐれででも、平気で他の動物を殺す。

だから、決してこちらから敵意を示してはいけない。敵と見なされてはいけない。それによって初めて、彼らとのあいだに友好的な関係が成り立つ可能性が生まれる。

——と、要はそういう話なのだろう。

ポウの死後、群れの統率が乱れそうになった時期が幾度かある。〝教え〟にそむこうとするものも現われた。そんなとき、ロスは口癖のようにこう云ったものだった。

『ポウに還《かえ》れ』

と。——しかし。

いつのころからかロスは、〝教え〟の本来の意味を見失い、さらには誤解しはじめていたのではないか。人間に敵意を見せてはいけない。なぜなら、彼らはわれわれの敵ではないのだから、彼らは決して恐ろしい存在ではないのだから、彼らはすべてわれわれの友人であるはずなのだから……とでもいった具合に。

ロスの右目の傷が、やはり誰か人間の手によって負わされたものだったとしよう。「敵意を見せてはいけない。そうすれば親しくなれる」と信じ込んでいた相手にそのような仕打ちを受けて、ロスの心はその肉体以上に深く傷ついたに違いない。こんなことがあって良いものかと、彼の精神は危機的な混乱状態に陥った。こんな現実を現実として認めるわけにはいかない。絶対にいかない！

みずからの均衡を保つため、そこでロスの精神が作り出したのが、いるはずのない「この森の猿」だったのではないか。

　自分を傷つけたのは人間ではない。あれは猿だったのだ。「犬猿の仲」と云われるくらいだから、それで大いに納得がいく。そうだ猿だ、猿に違いない猿がいるのだこの森には猿が。

『ロスはそろそろボスをやめるべきだと思うんですよ、僕は』

　と、レイトが云った。『ほほう』と頷きながら、カーはしげしげと相手の狐色の体を見る。柴犬レイトの体長は、カーの半分にも満たない。

『おまえがロスに挑むつもりなのかな』

『無理でしょうか』

『まあ、百パーセント不可能だとは云わないが……おや？』

『どうしました？』

　カーは尾根のほうに向かって顔を上げ、しきりに鼻を動かした。レイトは首を傾げ、前脚で自分の鼻の頭をこする。

『風邪をひいていて僕、においがよく分からないんですけど』

『ふん、タケマル並みだな』

　ロスの養子であるタケマルは、昔からあまり鼻が良くないことで仲間に莫迦にされている。

『ねえ、何か？』

『ああ。何だろうな、こいつは……』

カーは嗅覚に神経を集中させる。おりしもそのとき、尾根の北のほうから強い風が吹き下りてきた。——とたん。

『まずいぞ』

カーは低く呟いた。

『どうしたんですか』

『——燃えている』

『ええっ』

『山が、燃えているのだ。そのにおいが……遠くはないぞ。こっちへ広がってくる。

——ああほら、あそこに煙も見える』

『あ、ほんとだ』

『大変なことになるぞ、これは』

時刻は午後二時五十分。ぼうぼう森の奥地で発生した火災は、そのころ急に強くなってきた北からの風に煽《あお》られ、どんどんと勢いを増しながら広がってきつつあった。

8　タケマルとマヤ

カーとレイトが山火事に気づいたのと同じころ。D＊＊団の根城の一つである例の洞窟から北西方向へいくらか離れたあたり（添付の地図で〈B〉と示された地点）に、タケマルとマヤがいた。

　群れの中でも変わりもので通っているタケマルと、亡母マーガレットからゴールデンリトリーバーの血を受け継いだ美犬マヤ。――見るからに異色のコンビである。血はつながっていないけれども、彼ら兄妹は昔から変わらず大の仲良しで、行動をともにすることも多い。先ほども協力して野兎を一羽仕留め、分け合って食べおえたところだった。

『なあ、マヤはどう思う？』

　手近な木の前で片脚を上げて、におい付け《マーキング》を兼ねた小用を済ませたあと、口のまわりに残っていた獲物の血をきれいに舐《な》め取りながらタケマルが、おもむろに切り出した。

『このごろのロスの様子、やっぱりどう考えても変や。いったいどうしたんやろか』

『そうねえ』

マヤは物憂《ものう》げに後ろ脚で耳の裏を掻きながら、

『まあ、きっといろいろと悩みが深いのよ、ロスも』

ここのところお決まりになっている話題だった。

昨年マーガレットが死んで以来、だんだんと言動に不審の目立つようになってきたロス。——タケマルにとっては育ての父、マヤにとっては実の父である。もともとの愛情が大きいぶん、よけい最近の彼に対する心配や苛立ちも大きいのである。

『だいたいこの森に猿なんか、おるわけがないんや。そんなもん幻や』

『あら。でもタケマルだって、猿のチャッキーがどうのこうのって云ってたこと、あるじゃない』

『う……あれは夢で見ただけや。現実にはおらへん。ちゃんと分かっとるわ。そやけどロスの場合は……』

この森で育ったタケマルとマヤは、実物の猿などむろん見た経験がない。仲間から話を聞いて、そのようなものが世には存在すると知っているにすぎないわけだが、それで夢にまで見てしまう（なおかつ勝手に名前までつけてしまう）タケマルは、なかなかの知能の持ち主だと云えるかもしれない。

『アガサの件もあるやろ』

汚れた宍色《ししいろ》の体をぷるぷると震わせて、タケマルが続ける。

『知っとるんや、俺。こないだロスは、アガサを無理やり……』

『それ、ほんとなの？』

『ほんまや。許せへんことや。アガサはオルツィからチャウチャウの血を受け継いどるんやで』

『オルツィって、わたしたちのお祖母ちゃんね』

『そや』

『だったら、わたしにもチャウチャウの……』

『ちゃうちゃう！　アガサのは、マヤよりももっと濃いチャウチャウの血や。チャウチャウの女は生涯、一匹の男としか交わらへんのや。アガサはエラリイの女や。そやのに……』

仲間たちに比べて運動神経が鈍く、健康を損なうことも多いタケマルだが、こういったときの弁舌には妙な勢いがある。相手の反応にはお構いなく、単独でえんえんと熱弁しつづけることもよくある。

『……やっぱりロスは変や。何とかせなあかん！　あかんのや！』

ひとしきり吠え立ててタケマルは、はあはあと舌を垂らす。マヤは小さく鼻を鳴らして、

『何とかするって……でも』

『育ててもろた恩義は感じとる。そやけど、それとこれとはまた別や』

『でもね、でも……』

『許せへんもんは許せへんのや！』

そんな調子でしばらく兄妹のやりとりが続いたころ、南のほうから何ものかの足音が近づいてきた。

マヤが耳を立て、ひくひくと鼻を動かす。何やら異様なにおいが漂ってくる。嗅ぎなれない、何か強烈な……ああ、いったいこれは何なのだろう？

そうしてやがて彼らの前に姿を現わしたもの——それは、ユキトの暴虐から逃れてきたエラリイであった。ロスにそっくりの真っ白な体毛が何かでべったりと汚れている。異臭の源はその汚れだった。

『どないしたんや』

『どうしたの、エラリイ』

タケマルとマヤが、びっくりして訊いた。エラリイは力なく身を伏せながら、

『やられた』

と答えた。

『タケマルとマヤ、か。――洞窟には近づくな。邪悪なやつがうろうろしている』

『邪悪な？』

首を捻るマヤ。戸惑い顔のタケマル。エラリイはちょっと返答をためらったのち、

『人間、だ』

『そんな……』

『私たちを狙っている。見つかるとこのとおり……ああもう、何てにおいだ。鼻が莫迦になってしまう』

エラリイはごろりと地に寝転がり、こびりついた汚れを落とそうと身をよじる。そのくらいの対処ではしかし、さしたる効果は望めなかった。

『ね、変なにおいがしない？』

と、そのときマヤが云いだした。

『エラリイのそのにおいじゃなくて……ほら、分からない？　あっちのほうから』

マヤは北の方向を見やる。

『これは……凄く焦《こ》げ臭《くさ》い。木が燃えてるみたいなにおい』

『燃えてる？』

エラリイが呻《うめ》くように云った。

『まさか……』

時刻は午後三時。風の強さに比例した速さで燃え広がってくるその火災に気づいた彼らは、このあと散り散りになって森の中を逃げ惑うことになる。

9　アガサとルルウ

タケマルとマヤがエラリイと出会ったのと同じころ、尾根の西側の谷筋からさらに西へと進んだあたり（添付の地図で〈C〉と示された地点）に、アガサとルルウがいた。先述のとおり、二匹はロスとエラリイの一つ年下の妹と弟である。

『大丈夫？　ルルウ』

アガサが心配そうに声をかける。彼女の足もとに、ルルウはぐったりと横たわっている。

『ルルウ？　ね、しっかりして』

『う、ううう……』

応じるルルウの声は弱々しい。先ほどから幾度か立ち上がろうとしたのだが、そのたびに苦痛の呻きを洩《も》らして倒れ伏した。母オルツィ譲りの赤茶けた毛並みが、すっかりどろどろに汚れてしまっている。

『駄目だよ、アガサ。脚が……』

ルルウの左前脚はひどい有様だった。折れた骨が肉を破って外へ突き出している。出血も多い。立ち上がれないのも仕方ない。

目の前の地面に口を開けた穴を、アガサは怨《うら》めしげにねめつける。この穴のせいでルルウは、こんな大怪我をしたのだ。

直径にして約一・五メートル、深さも同じくらいあるだろうか。周囲の地面と見分けがつかないよう、木の枝と草で覆い隠されていた。何も知らずに走ってきたルルウは、まんまとそれを踏み抜いて転落してしまった。脚を折ってしまったのもそのさいである。

穴の底で苦しんでいるルルウをアガサが見つけ、どうにかこうにかここまで引き上げたのだけれど、これ以上動かすのは無理なようだった。

『いったい誰が、こんな穴を』

自然にできたものではない。何ものかが作った〝落とし穴〟だったのだ、これは。

『人間が……なの？』

彼らには知るよしもなかったが、読者諸氏はすでにお察しだろう。

この〝落とし穴〟もまた、H＊＊村の悪童ユキトの仕業であった。夏休みに入ったばかりのころ、わざわざ家からスコップを持ち出してこの奥地までやってき、何時間もかけて掘ったのである。そのうち有刺鉄線でも調達して穴の底に敷きつめてやろう、などと目論《もくろ》んでもいたようだが、それはまだ実行されていなかった。

『待ってて、ルルウ』

アガサが云った。

『あたしだけじゃどうしようもないから、エラリイを呼んでくるわ』

それでどうなるとも思えないけれど、このまま放ってはおけない。何とか水場まで移動させて、そして……。

ルルウをその場に残し、谷のほうに向かって駆けだしたところで、アガサはひと声、助けを求める遠吠えを発した。立ち止まって耳を澄ますと、ややあって誰かの遠吠えが、かすかに聞こえてきた。

『今のは……』

群れの中でも飛び抜けて鋭い聴覚を持つアガサには、その声の主が分かった。他のものたちには聞き分けることができない。エラリイにそっくりの、けれども微妙に違う、今の声は……。

『……ロスだわ』

アガサは複雑な気持ちになる。ロスに対する不信感は、このところ日を追うに従って大きくなってきていたから。

ロスの遠吠えは尾根の北のほうから響いてきた。何か危険を知らせようとしているふうにも聞こえたが……。

注意深く周囲を見まわす。嗅覚をめいっぱい研ぎ澄ませる。そこでアガサは、北から吹きつける風に乗って、何かしら不穏な臭気が流れてくるのを感じ取った。

『……火事？』

思うまに異臭は強くなってくる。

『森が燃えているの？』

だとしたら大事である。火のまわりが速かったなら、今から誰かを探して呼んできて何とかルルウを助けて……というわけにはとてもいかない。

エラリイはどこにいるのだろう。そして娘のアリスは？　二匹とも、もう火事には気づいているだろうか。

アガサはいま一度、遠吠えを発した。ややあってまた、今度は南のひょうたん池の方向から返ってくる声があった。ああ、これはアリスの……。

『ごめんね、ルルウ』

あとで必ず戻ってくるから、とは誓えなかった。

火は急速にこちらへ燃え広がってきている。流れてくるにおいの加減で、それが分かる。この場から逃げてアリスのもとへ行ってしまえば、もう……。

『ごめんね』

血を吐く思いで呟くと、アガサはひょうたん池めざして駆けだした。

アガサが池の北側の岸辺で娘アリスと落ち合ったのは、**それから三十分後、午後三時四十分ごろ**のことである。アリスは池の水に浸《つ》かり、前脚に付いたペンキの汚れを落とそうと躍起になっていた。

10　ぼうぼう森、燃える中で

思いのほか短時間で、ぼうぼう森のかなりの部分が炎に呑《の》まれていった。非情な強風に煽られて、火の手はいよいよ勢いを増す。

舞い散る火の粉。渦を巻く熱気と煙。次々に燃え上がり、倒れる木々。破滅的な異音と異臭に満ちた森の中を、激しい恐慌状態に陥って逃げ惑うさまざまな動物たち。

…………そして。

時刻が**午後四時をまわったころ**。

尾根筋の南端近くから東側へ降りたあたり（添付の地図で〈D〉と示された地点）と西側へ降りたあたり（添付の地図で〈E〉と示された地点）――離れた二つの地点において、奇しくも同じような事態が発生していた。

＊

D地点にはそのとき、エラリイがいた。

タケマルやマヤと出会ったときに気づいた山火事はその後、驚くほどの速さで彼らのいる場所にまで燃え広がってきた。迫りくる炎と煙から逃れて森の中を駆けるうち、いつのまにかタケマルともマヤともはぐれてしまったエラリイであった。

ユキトに撃たれたガシャポン爆弾のペンキが、彼の大きな足枷《あしかせ》になっていた。その強い刺激臭のため、本来のようには鼻が利《き》かないのである。火災によって発生した強烈な異臭が、それに追い討ちをかける。自分がどこにいて、どこへ向かって走っているのか、まるで分からなくなってしまう。

加えて、横腹に弾を受けたさいの肉体的ダメージが、今ごろになってじわじわと効いてきていた。速く走ろうとすると、そこがひどく痛む。痛みのため、脚が止まる。何とか走ろうとする。やはり痛む。止まる。……と、そんな繰り返しのうちに、ポンプで汲《く》み出されるように体力が失われていくのだ。

この間エラリイは、散り散りになったタケマルやマヤをはじめ、群れの他の仲間の誰とも出会うことがなかった。

もう駄目だ、とエラリイは思った。

もうこれ以上、動けない。仲間に自分の位置を知らせるべく、遠吠えを上げる気力も湧いてこない……。

そうしてついに彼が膝を折ってしまった、そこがD地点なのであった。

＊

E地点にはそのとき、ロスがいた。

森の北部まで一匹で出かけていって、そこで彼は山火事の発生に気づいた。危険を知らせようと何度か遠吠えを発したのだが、それが仲間たちの耳まで届いたかどうかは心許ない。いかんせん、普段の群れの行動範囲からはずいぶんと離れたところまで来てしまっていたからである。

風が強くなるとともに、炎は見る見る勢いを増してこちらへ広がってきた。降りかかる火の粉から逃れて、ロスは尾根に駆け上がった。そのまま尾根筋に沿って逃げてきたのだが、立ち込める煙を不用意に吸い込んでしまったせいか、あるいは初めて経験する火災の恐怖のせいだろうか、なかなか思うように体が動いてくれない。何度も脚を止め、呼吸を整え、気を取り直さなければならなかった。

尾根筋の南端近くに、〈烏帽子岩《えぼしいわ》〉と呼ばれるそれなりの形をした岩がある。D地点とE地点のちょうど中間地点に、それは位置する。

やっとの思いでその烏帽子岩の手前まで辿《たど》り着くと、そこでロスは、尾根の東側か西側か、どちらかへ降りなければならない選択に迫られた。地形上、他に選ぶべき進路がないのである。

深く考える余裕もなく、ロスは西側へ降りる道へと進んだ。それが結果として、自分の命取りとなってしまうとは思いもせず――。

急な傾斜を駆け降りていく途中、思わぬところで足場が崩れた。肉体的な疲労がすでにピークに近づいていたため、とっさの動きが取れなかった。二ヵ月前に負った例の傷で片方の目が見えなくなっているのも、大いに災いした。体勢を立て直すことなどまったくできないまま、ロスは崩れた足場もろとも斜面を転がり落ちていった。そして――。

角張った大きな岩が、転がり落ちた先には待ちかまえていたのだ。なすすべもなく激突、である。

このとき尖った岩の角が、刃物さながらの鋭さで皮と肉を切り裂いた。おびただしい鮮血が流れ出し、ロスの白い毛並みを真っ赤に染めた。

『……猿だ』

激痛に朦朧《もうろう》とする意識の中で、ロスは譫言《うわごと》のように呟いた。

『この火事も、きっと猿の……』

そうして彼が動けなくなってしまった、そこがE地点なのであった。

11　ロスの最期

そのときXが烏帽子岩のところへやってきたのは、まったくの偶然だった。他のものたち同様、予想外の速さで燃え広がってくる炎を見てパニックに陥り、おのれの現在位置や方向すらも見失って右往左往するうち、いつしか尾根に登ってきてしまったのである。

北からの風に押されて、炎と煙は南へ南へと広がってくる。尾根のあたりは他よりも風が強い。当然、火の進み方も速い。

Xが烏帽子岩に辿り着いたとき、炎の前線はもう、何十メートルか後ろまで迫ってきていた。今やこの森全体を火災の異臭が覆い尽くしつつあり、まるで鼻が役に立たない。煙のせいで視界も悪い。

烏帽子岩の手前でXは、先にここへ逃げてきたロスと同じ二者択一問題に直面せねばならなかった。東側か西側か、どちらへ降りる道を選ぶか？　である。

強く焦りながらも、Xは東西両方の進路を見下ろしてみた。すると——。

驚いたことに、どちらの道の先にも、倒れて動けなくなっていると思われる犬の姿があるではないか。双方ともに、ちょうどどこの場所から同じくらい距離を隔てたあたりである。

遠くて細部までは見て取れないけれど、どちらも同じような毛並みの、同じような体型の……。

（……あれは？）

迫りくる炎の恐怖もいっとき忘れて、Xは思案した。

(あいつは……どっちが?)

迷っている場合ではもちろんない。ためらっている場合でもない。

東か西か、選択は一度だ。炎はすぐそこまで来ている。いったん片側へ降りてしまえば、そこから反対側へ引き返すのはもはや不可能だろう。

結果、Xは西側を選んだ。**午後四時十分**のことである。

＊

『……猿だ』

朦朧とする意識の中で、ロスは呟きつづけていた。

『猿がいる……』

繰り返し念を押しておくが、この森には猿はいない。D＊＊団のものたちが話し合っていたとおり、年老い傷ついたロスの、それは哀れな妄想にすぎないのだった。

『……猿が』

と、さらに呟いたところでロスは、はっと気がついた。何ものかがこちらへ近づいてくる、その気配に。

『だ、誰だ』

ロスは掠《かす》れる声を絞り出した。

『誰だ。まさか……』

「何ものか」というのはもちろん、烏帽子岩から降りてきたXであった。

横腹のあたりから血を流し、力なく地に伏して動けずにいるロスを見据えながら、Xは慎重な足取りで間を詰めていく。その目には明らかな殺意の色が宿っている。

『まさか……やめろ』

相手の意志を察知したロスが、今にも消え入りそうな声で訴える。

『私は……このとおりの有様だ。抵抗はしない。だから……ああ、やめろ。こっちへ来ないでくれ』

痛みをこらえつつ、ロスは血にまみれた体をごろりと仰向けにする。四本の脚を開き、顎《あご》を上げ、喉の急所を露わにする。完全な服従のポーズである。

そんなロスの姿を、Xは哀れむようなまなざしで見下ろした。ためらいはもはや微《み》塵《じん》も感じなかった。

『死ね』

と、吐き出すようにひと言。

Xはロスに躍りかかると、その喉笛めがけて……。

時刻は**午後四時二十分**。D＊＊団のボス犬ロスは、こうして無惨な最期を迎えたのである。

12 〝神〟によるデータの提供

その後の顚末《てんまつ》については、あまり記すべきことがない。

山火事はぼうぼう森の半分近くの面積を焼き尽くし、その日の夜になって降りだした激しい雨によって一応の鎮火を見た。それ以前にももちろん、火災発生を知ったH＊＊村の消防団が駆けつけて消火活動を敢行したのだが、文字どおり焼け石に水といった効果しか上げられなかった。

火災鎮火ののち、森の焼け跡において見つかった動物たちの死体は多数にのぼる。それらのうち本作に登場したものは、エラリイにルルウ、そしてロスの三匹だけであった。

D地点で倒れ伏していたエラリイは、結局そのまま逃げることができず、炎に呑まれて焼死した。C地点の〝落とし穴〟で左前脚を骨折し、自力で動けなくなっていたルルウも同様である。だが、ただ一四、ロスについては事情が違った。

ロスの死体もまた、真っ黒に焼け焦げた状態でE地点に残されていたわけだが、その死因は焼死ではなかったはず——という事実を、読者諸氏はすでによくご存じのはずである。炎に包まれる前の時点で、ロスはXに襲われて殺害されていたのだから。

仮にこのロスの死体に対して念入りな検屍が行なわれたとしたら、次のような報告がもたらされるだろう。

死因は出血多量。大きな外傷は腹部と頸部《けいぶ》に見られるが、致命傷となったのは頸部のほうと考えられる。さらに、この頸部の損傷は事故や自傷によってではなく、何ものかによって意図的に加えられたものだろうと推察される。つまりは他殺の可能性がきわめて高いということである。

——と、七面倒臭い書き方はやめにしておこう。

ロスはXによって殺害された。死因は頸部の動脈を傷つけられたことによる出血多量。犯行時刻は八月一日の午後四時二十分。

——であったわけである。

エラリイ、ルルウ、ロス以外のD＊＊団のものたちは、それぞれに火災から逃れて生き延びた。棲《す》み処《か》の森の多くの部分とリーダーを失った彼らが、その後どのような行動を取り、どのような生を送ったのか？　D＊＊団は存続したのか、それとも消滅したのか？　などなどの後日談については、ここでしいて言及することもあるまい。読者諸氏のご想像に委《ゆだ》ねれば良いような話である。

しかしながら、さて――。

本作の〝問題〟の解決に必要なデータについては、この場ですべてを明らかにしておかねばならない。そのために、この小説において〝神の視点〟を取る作者はこれより、みずからの特権を行使したい。すなわち、ロス殺害事件に関係するものたち全部に対して必要最低限の質問を行ない、それに答えてもらおうというわけである。

【質問】

ロスが殺害された午後四時二十分前後、あなたはどこで何をしていたか？

【回答】

○アガサ……午後三時十分にはルルウを残してC地点を離れ、ひょうたん池に向かったのだが、その途中では誰と会うこともなかった。三時四十分ごろにアリスと落ち合ったのち、少なくとも四時半くらいまでは、二匹で池の北岸あたりにいた。

○カー……午後二時五十分にはレイトと二匹でA地点にいたが、その後、急速に火災が広がってきたので逃げ出した。レイトとは途中で離れ離れになってしまい、以降は誰とも会っていない。森からの脱出に成功したのは五時過ぎだった。
○レイト……カーにおおむね同じ。
○タケマル……午後三時ごろにはマヤおよびエラリイと一緒にB地点にいたが、その後、森の中を逃げ惑ううちに二匹とははぐれてしまった。五時ごろにはようやく森から脱出したのだが、それまでのあいだは誰とも会っていない。
○マヤ……タケマルにおおむね同じ。
○アリス……午後二時半ごろに洞窟から逃げ去ったあと、ほぼまっすぐひょうたん池に向かった。池の北岸に着いたのが三時ごろ。三時四十分ごろにはそこへアガサがやってきて、以降は四時半くらいまで二匹で池のほとりにいた。
○ユキト……弾がなくなるまでガシャポン爆弾で遊んだあと、これといった当てもなく森の中をぶらぶらしていたのだが、やがて山火事に気づき、森の東へと抜ける道を通って外へ逃げた。午後四時二十分と云えば、まだ森の中にいた時間である。

○ダイスケ……村にいて独りやきもきしていた。

そもそも犬たちが何時何分という時間を把握できるはずはないのだが、そこはそれ、本作はそのような小説なのであるから——と了解していただきたい。

さてさて、最後に登場願うのはもちろん、「悩める自由業者」リンタローである。

本作における彼の役割は、「どんどん橋、落ちた」のリンタローほど重要ではない。ぼうぼう森からの唯一の脱出経路を見張っていたわけではないからだ。だがしかし、ここで彼に話を聞かない手はやはりないのである。

作者がまず、「山火事の発生に気づいたのはいつだったか？」という質問をしてみたところ、リンタロー答えていわく——。

「午後四時ごろだったと思います。それまではひたすら悩んでいました。何だか妙なにおいの風が吹いてくるなあとは感じていたんですけど……何せ悩んでいたもので」

午後三時ごろ、ひょうたん池の北岸に砂色の犬（＝アリス）が現われたのには気づかなかったか？

「さあ……何せ悩んでいたもので。でも、そう云えばそのころ、近くで犬が鳴く声を聞いたような気もします」

午後三時四十分ごろにもう一匹、今度は赤茶けた犬（＝アガサ）が現われたのには気づかなかったか？

「ああ、それは憶えています。砂色の犬と赤茶けた犬が二匹、池の向こう側に……ミドロがちょっと怯えてましたっけ。でも、対岸だったし、ぼうぼう森の野犬は昔から人を襲ったりしないので、あまり気には懸けませんでした」

火事に気づいたあとも、ひょうたん池のそばにいつづけたのか？

「ええ。けっきょく五時過ぎくらいまでは。ああいうのって、なかなか見る機会がないじゃないですか。池のこちら側までは危険は及ばないだろうと思ったし、僕が急いで知らせに戻らなくても、煙が見えて村の人たちもすぐに気づくだろうと思いましたし……」

森から動物が逃げ出してくるのは見た？

「いろんなのが出てきましたよ。あれは凄かったなあ。駆け出してきてそのまま池に飛び込むのもいたり」

逃げ出してきたものの中に犬はいたか？

「ええ。何匹かいたように思います。でも、どんな犬が何時何分に、というところまではちょっと……」

膝の上で丸くなった愛猫に向かってときおり、「ねえミドロさん」と同意を求めながら、リンタローは終始にこやかに答えてくれたのだが、最後の最後にふと表情をこわばらせて、こう付け加えた。

「ひょうたん池のそばを離れるちょっと前だったかな、何か恐ろしいものを見たような気が、実はするんです。赤黒い血にまみれた……ああ、あれは僕の幻覚だったんでしょうか。悩むなあ」

念のために明記しておくと、リンタローとミドロが**午後二時前から五時過ぎまでのあいだ**、ずっとひょうたん池の南岸あたりにいたという事実に間違いはない。諸々の彼の証言に故意の〝嘘〟が含まれているというようなこともない。

これは〝神〟たる作者が、絶対的に保証するところのものである。

【読者への挑戦】

○問題

ロスを殺したXの名前を当ててください。

単独犯で、いかなる意味においても共犯は存在しません。作中に名前の出てこない何ものかの犯行だったというようなこともありません。さらに云えば、Xは冒頭の「主な登場動物」表に記載されているものの中にいます。

望むらくは、Xを特定するに至る論理の筋道も併せてお答えくださいますよう。

この種のパズル小説の仁義に則《のっと》り、今回の〝問題〟でもやはり、地の文にはいっさい虚偽の記述がないことを明言しておきます。

また、いたずらに論理が複雑化するのを避けるため、今回も登場動物たちの台詞《せりふ》について同様のルールを設定しました。すなわち、X以外のものの台詞には故意の〝嘘〟はない、ということです。

ではでは、健闘をお祈りします。

作者拝

「ぼうぼう森、燃えた」の「問題篇」を読みおえると、僕はいま一つ釈然としない気分でU君のほうを見た。二年前のときと同じように、彼は書棚から勝手に漫画本を引っぱり出してきて読んでいる。

「あ、終わりました？」

僕の視線に気づくと、U君は本を閉じてテーブルの上に置いた。美内《みうち》すずえの『ガラスの仮面』、花とゆめCOMICS版の第二十九巻である。どうしてここで『ガラスの仮面』なんだ？ と一瞬、訝《いぶか》しく思った僕だったのだけれど、U君はにこにこと微笑みながら、

「これって、まだ完結してないんですよね。凄いなあ、いつまで続くんだろうな。あ

あいや、べつに僕、美内すずえを人生の師の一人だと思ってるわけじゃありませんけど」

などと云う。それから「さて、綾辻さん」と背筋を伸ばして、僕の顔を見やるのだった。

「どうですか。まさかもう、分かっちゃいました？」

「二年前とおんなじ台詞だね。——考えてるところだよ。制限時間は？」

「あと三十分ってところでしょうか。って、これも同じ台詞ですね」

U君は腕時計をちらと見て、

「じゃあ、あと二十分ということで」

と云い直した。

「何で十分も減らすわけ？」

「いやあ、続編ですから、それ。『どんどん橋』みたいな仕掛けって、やっぱり一回きりだからこそっていう部分があるじゃないですか。二回目には相手もそのつもりで身構える。仕掛けるほうはやりにくい。まるで違ったパターンのもので勝負したほうが断然、こっちには有利ですよね。それを性懲《しょうこ》りもなく、前作のパターンを踏襲したような形で今回のを書いてきてしまったわけで……」

「ふうん。僕のほうに当然、アドヴァンテージがあるだろうと？」

「そうです」

U君は大袈裟に頷いて、

「『館《やかた》』シリーズでの綾辻さんの苦労がよく分かります」

「そりゃどうも」

そっけなく応えて、僕は煙草《たばこ》をくわえる。

二年前「どんどん橋、落ちた」の「問題篇」を読みおえたときに感じた腹立ちが、おのずと思い出された。あれとまったく同じではないけれども、どこか形の類似したネガティヴな感情が、今の僕の心中にもやはり存在する。そして、そんなことにはまるっきり無頓着であるかのようなU君の表情や口ぶりが、その感情をさらに増幅するのだった。

二年前のあの夜、いきなりU君が訪ねてきたことの意味を、むろん僕は理解しているつもりだ。あれから二年が経って、今夜またこうして彼が現われた——それが何を意味するのかも、ある程度は自覚できている。思うにきっと、この原稿を読んでこのような感情を抱いてしまう、そのこと自体が彼を招いた原因の一つなのだろう。それくらい分かっている。よく分かっているつもりなのだけれど……ああもう、やっぱり苛々する。

「どんどん橋」と同じく、またしても「ユキト」はどうしようもない悪ガキとして登場する。だが、もちろんこんなところで気分を悪くしてはいけないのである。

「リンタロー」は相変わらず悩んでいるし、「タケマル」はやはり犬だ。これもまあ、文句をつける筋合いではあるまい。僕自身、次に取りかかる某社の書き下ろし長編（『鳴風荘《めいふうそう》事件』という作品なのだが――）に、タケマルという名前の犬を出す予定でいるし……。

その他のものたちのネーミングも、例によって「エラリイ」だの「アガサ」だの「ルルウ」だの……しかしまあ、続編なのだからこれも仕方ないか。ここは鷹揚《おうよう》に受け止めてやるべきだろう。だが、それにしても――。

D＊＊団の犬たちの名前の中で、最も気になるのは被害犬「ロス」である。「エラリイ」の双子の兄弟だというから、これはバーナビイ・ロスの「ロス」かと思われる。一方、雌犬「マーガレット」はマーガレット・ミラーの「マーガレット」であると解釈するなら、「ロス」はロス・マクドナルドの「ロス」だということにもなる。

おそらく作者はダブルミーニングのつもりなのだろうが、ああ、それにしても何だか……なのである。

あれこれ考えるうち、やはり苛立たしい気分は強くなってくる。無理やり抑え込もうとしても、なかなかそうはいかない。

人間が描けていない！　などと云って怒りだすつもりは毛頭ないのである。ふざけるのもいいかげんにしろ、などとも云いたくない。云いたくはないのだけれども、しかし……。

「どうしました」

U君が小首を傾《かし》げて問いかけてくる。

「何だかむっとした顔してません？」

「いや、べつに」

「まさか『人間が描けてない！』とか？　でもほら、たいがいは犬なので」

「分かってるよ。——コーヒー、飲む？」

「はい、いただきます」

相も変わらず屈託のない笑みを、U君は満面に広げる。僕は、相手には聞こえないようにかすかな溜息をつくと、「問題篇」の原稿を傍らに置いてソファから立ち上がった。

「さて、と」

二人ぶんのコーヒーをテーブルに出し、自分のぶんをブラックで少し飲んでから、僕はどうにか気を持ち直しつつ口を切った。

「いろんな意味で、なるほど苦心の跡が見られる原稿だとは思う。文章も前のよりはだいぶ良くなっているようだし」

「わあ、そうですか。嬉しいな」

「でもね、〝犯人当て〟――いや、〝犯犬当て〟の問題として見た場合、『どんどん橋』に比べると謎が小さいって云うか……」

「ああいった不可能状況が、今回のはありませんからね。それは自覚してます。だけどそのぶん、純粋なフーダニットの問題として取り組んでもらえるはずなので」

「ふん、確かに」

僕は「問題篇」の原稿を取り上げ、しかつめらしい面持ちでぱらぱらとページをめくってみる。だいたいどういった方向で論理を組み立てていけば良いか、実を云うとその時点ですでに考えは決まっていたのだが、本題に入る前に一つ、確認しておきたい点があった。

「ローレンツ博士の『ソロモンの指環』は読んでるわけだよね」

「あ、はい。犬のことを書くのにちょっと参考にしたんですけど……分かります？」

「チャウチャウの雌が一夫一婦主義だっていうのは、あの本で紹介されている印象的なエピソードだしねえ」

「記憶力、衰えてなんかいないじゃないですか」

「ものによっては、まだね」

『ソロモンの指環』と云えば、刷り込み理論《インプリンティング》で有名な動物行動学者コンラート・ローレンツ博士の名著である。僕が読んだのはもうずいぶん前になるが、今でもその内容はよく憶えていた。

「あの本や『人イヌにあう』っていう別の著作の中でローレンツ博士は、犬はその祖先によって二系統に大別できる、と論じているよね。狼系とジャッカル系。どちらの系統に属するかによって、同じ犬でも気質や行動がまるで異なるという」

「いわゆる二重起源説」

「そう。――で、念のためここで確認しておきたいんだけど、この『ぼうぼう森』に登場する犬たちについては、それを考慮する必要があるのか、ないのか」

「と云うと？」

「この犬はこうだから狼系だとか、いや違う、ああだからジャッカル系のはずだとか……そういった判定が問題の解決に関係してくるのかどうか、ってこと」

「なるほど」

U君はにこやかな顔で頷いて、

「それは考慮する必要なし、です。そんな専門知識がなくても、常識レベルの知識と推理で簡単に解けるようになってますから。それから、狼とジャッカルの二重起源説は、のちにローレンツ博士自身が誤りだったと撤回してるんでしたよね。犬の祖先は狼だけである、と」

「何だ。知ってたのか、そのことも」

「知らないようなら、突っ込むつもりでした？」

ああもう、何だかやっぱり小憎らしいやつ。

わざとまた、少し威圧的な目でU君をねめつける。彼はしかし、あくまでも屈託のない笑顔を崩そうとしない。

取って付けたような咳払《せきばら》いを一つして、「それじゃあ——」と僕は本題に入ることにした。

「この犯人……いや、〝犯犬当て〟の」

「そんな、いちいち云い直す必要はないですよ」

満足に言葉を連ねるまもなく、U君が口を挟んできたので、

「そういうわけにはいかないだろう」

僕は眉根を寄せながら云った。

「こういう場合には、できるだけ語義の厳密性にこだわらなきゃならないわけで」

「まあ、それはそうですけど」

と、今度はU君、ちょっときまりが悪そうに髪を撫でつける。僕は新しい煙草（本日三箱目の、相変わらず銘柄はセブンスター）の封を切る。火を点けてひと吹かししてから、

「この〝犯、犬、当て〟の問題を考えるさいのポイントは、一読して明らかだね。それはつまり、章題で云うと『11　ロスの最期』のあたり――」

云いながら、原稿の該当ページを開く。

「烏帽子岩に辿り着いたXが、東側のD地点にいるエラリイと西側のE地点にいるロスを見つける。そしてそのすぐあと、一度きりしか許されない選択によって、E地点のほうへ降りていった。つまり、殺意の対象としてロ、ス、の、ほ、う、を、選、ん、だ、わけだ。E地点に降りたXは相手の間近まで行き、当然その右目の傷を見たうえで襲いかかっているはずだから、これは間違いない。ロスでもエラリイでもどちらでも良かったわけじゃなくて、あ、く、ま、で、も、X、は、ロ、ス、を、殺、そ、う、と、思、っ、て、殺、し、た、の、だと断定できる。

さて、そこで重要となるのは、XはどうやってE地点にいる犬のほうがロスであると判断したのか、だよね。これが事件解明のポイントだと考えられる」

すでに結論を導き出してあるわけではなかった。こうして話しながら推理を進めていこう、という寸法である。制限時間を考えると、これはまず妥当なやり方だろう。

「烏帽子岩のそばに立ったXがいかにして、E地点にいるのがロスでD地点にいるのがエラリイだと識別しえたのか。それを、そうだな、知覚ごとに分けて検討してみることにしようか。いいかな」

「はい、どうぞ」

「その一は、嗅覚。一説によると、犬は人間の百万倍もの嗅覚を持つと云われるね。離れた場所からでも微妙な臭気を嗅ぎ分けられる。

ロスとエラリイは体臭もよく似ていたとされているけれど、『注意しないと嗅ぎ分けが難しい』ということはすなわち、『充分に注意すれば嗅ぎ分けられる』ということでもある。もともと鼻が良くないタケマルと、風邪をひいて鼻が利かなくなっていたレイトを除けば、どの犬にもそれは可能だったはず——。

ところがこのときは、そうはいかない悪条件が存在した。山火事のせいであたり一帯に広がっていた猛烈な異臭。これを免れたものは一匹もいなかったはずで、すると

Xは体臭によってロスとエラリイを識別したのではなかった、という話になる。D地点のエラリイの体からはそのとき、ペンキの刺激臭も発せられていたはずだけど、仮にXが『エラリイはペンキで汚れている』という事実を知っていたとしても、すぐ後ろまで炎と煙が迫ってきているようなその状況では、それを嗅ぎ分けることすら無理だったに違いないと考えられるわけで……」

僕はU君の表情を窺いながら、

「どうかな、この点は」

と尋ねた。多少は緊張しているのだろうか、彼は神妙な面持ちで頷いて、

「そのように解釈してくださって差し支えないと思います」

「よし。じゃあ次は、聴覚」

僕はすぐに続けた。

「たとえば烏帽子岩のそばにXが立ったさい、ロスあるいはエラリイが何らかの声を発したのだとしよう。その声を手がかりにしてE地点のほうがロスだと判断することが、Xには可能だったか？

ロスとエラリイの声は、これもまたそっくりと云ってもいいほど似ていた。どちらがどちらかを聞き分けるのはほぼ不可能に等しい。唯一それが可能なのはアガサだけ

だと記されている。つまり、仮にXがアガサだったとしたなら、声による識別でもってE地点のロスを選べたわけだね。

ところが、犯行時刻である午後四時二十分の時点で、そのアガサはアリスと二匹でひょうたん池の北岸あたりにいた。リンタローも池の対岸からそれを目撃している。完全にアリバイが成立するっていうことだ。従って当然、X＝アガサではありえない。となると――」

言葉を切り、U君の表情をまた窺う。彼は神妙な面持ちのまま、僕の手もとの原稿に視線を向けている。

「ここで検討すべき知覚はあと一つ、視覚だけだね。五感のうち味覚と触覚は、遠距離での個体識別には使えないから」

「時間、あと五分少々です」

目を上げて、U君が云った。

ううむ。十分短縮というのはやはり、ちょっと厳しいか。

はっきりした結論はいまだに見えないが、方向性はこれで間違っていないはずだ。

とにかくこのまま論を進めるしかない。

「Xは烏帽子岩のところからエラリイとロスの姿を見て、E地点のほうがロスであると判断した——視覚によって二匹を識別した、ということになる。それはさて、可能だったか？

　もともとエラリイとロスは瓜二つ、どちらも真っ白な毛並みで体型もそっくりで、見分けは非常に難しい。ロスには二ヵ月前から右目に傷があったけれど、これはかなり近くまで寄ってみないと分からない。ただし、このときの二匹にはそれ以外にも明らかな外見の差異が生じていた。エラリイの体はユキトのガシャポン爆弾を喰らってペンキで汚れており、ロスのほうはひどい怪我をして大量の血を流していたんだな。だから、Xはこの差異によって二匹を見分けたとしか考えられない。

　ところで、こうして二匹をそのときの外見の差異で識別するためには、予備知識が一つどうしても必要になってくる。エラリイの体がペンキで汚れていると知っているか、ロスの体が血で汚れていると知っているか。でないと、いくら明らかな差異があっても、どちらがどちらかは判定できないよね。

　ロスの負傷は、Xが烏帽子岩までやってくるちょっと前の出来事だったから、Xがあらかじめ『ロス＝血で汚れている』と知りえたはずはない。知りえたとすれば、それはエラリイのペンキのほうだろう。

　Xはエラリイがペンキで汚れているとあらかじめ知っていた。ゆえに、そうじゃないほうがロスであると判断できたわけだ」

「うーん、さすが綾辻さん」

U君が口を挟んだ。

「きちきちと論理を詰めてきますね」

「問題はここから先だろう」

僕は原稿をテーブルに置き、冒頭に付された「主な登場動物」の表を睨んだ。

「では、『エラリイ＝ペンキで汚れている』という事実を知っていたのは誰か？　これが要だね。殺されたロスと当のエラリイは最初から除外できるとして――。

エラリイは、B地点でタケマルとマヤに会ったあとは誰とも会っていない。タケマルとマヤも、散り散りになったあと森から脱出するまでは誰とも会っていない。彼らがペンキの件を彼ら以外の犬に話す機会はなかった、ってことだね。従って、彼ら以外の犬たち――アガサ、ルルウ、カー、レイトの四匹は『エラリイ＝ペンキで汚れている』という事実を知りえなかったことになり、消去される。

微妙なのはアリス。彼女は、エラリイがユキトに撃たれる前にその場を逃げ出していたんだから、基本的には『知らなかった』はずなんだけど、『自分が逃げたあとエラリイもあれを撃たれたんじゃないか』と推し測った可能性、これは否定できない。

ただ、仮にその可能性を認めたとしても、アリスには犯行時刻の確かなアリバイがあるから、決してXではありえない。

結局のところ、タケマルとマヤの二匹に絞られるのか。Xは彼らのうちのどちらかである、という話になるけれども……」

けれどもさて、どちらなのだろうか？

テーブルの灰皿の端で、先ほど火を点けた煙草が根元まで燃え尽きてしまっていた。新たに一本、取り出してくわえる。しかつめ顔で腕組みをする。

タケマルか、それともマヤか。

二匹はともに、エラリイの体に青いペンキが付いている事実を知っていた。ロスが負傷して血にまみれている事実は知らなかった。白い体毛を染めた、青いペンキと赤い血。どちらも同じ横腹のあたりを、べったりと汚していた。ペンキと血、青と赤、青と……と、そこでようやく（いささか遅すぎたきらいはあるが）、僕はあ、い、ことに気づいたのだった。

なるほど、そういう話か。

U君はさっき「常識レベルの知識と推理で簡単に解けるようになってますから」と明言したが、これならばまず「常識レベル」と見なしても良いだろう。

「すみません。時間いっぱいです」

腕時計を確認して、U君が云った。

「結論を出していただけますか」

「分かった。答えはもうすぐそこだから」

僕はくわえた煙草に火を点け、

「その前にもう一つだけ、確かめておきたいことがあるんだけどね」

「はい？」と首を傾げるU君の顔を見据え、僕は訊いた。

「犬は色盲であるっていう俗説を、ここで正しいものとして持ち出してきても構わないんだろうか」

「それは……」

U君はさらに首を傾げて、

「はて、どういう意味でしょう」

「一般に、犬は色の見分けがまったくつかないと云われるよね。ところが、実は必ずしもそうじゃないってことが、最近の研究で分かってきてるんだな」

「えっ、本当に？」

U君は意表を衝《つ》かれた様子である。

「色彩を感知する錐状体《すいじょうたい》という視細胞が、犬の網膜《もうまく》にも存在しているんだよ。人間に比べると遥かに数は少ないんだけど。だから、確かに能力値は低いけれども、完全に色盲であるわけでもない。少なくとも赤い色はちゃんと見えてるらしいね。知らなかった？」

「――知りませんでした。参ったなあ」

複雑な微苦笑を浮かべながら、U君は頭を掻く。僕は「よしよし」という気分で煙草を吹かしつつ、

「そんなわけで、これはここで確かめておくべきだろうなと。犬は色盲である、という『常識レベルの知識』に素直に従って、この先を進めてもいいのかどうか」

「――それでいいです」

珍しく殊勝な声で、U君は答えた。

「この〝問題〟では、そういうことになってますから」

「了解。じゃあ結論に向かうとしよう」

僕は得々と話を再開した。

「犬は色を識別できない。となると、ここで大問題にぶちあたってしまう。エラリイとロスの外見的な差異は、まさにその〝色〟によってこそ成り立っているからだ。

エラリイの体は青いペンキで、ロスの体は赤い血で、それぞれ横腹のあたりが汚れていた。色が分からなければ、遠目にはやっぱり二匹は同じに見えたはずだね。いくら『エラリイ＝ペンキで汚れている』と知っていたって、識別の役には立たない。よって、さっきまでの絞り込みで残ったタケマルとマヤ、この二匹は二匹ともXではありえないことになる」

目を伏せたU君が軽く下唇を嚙《か》むのを、僕は見逃さなかった。よし勝った――と満足しながら、僕はカップに残っていたコーヒーを渇いた喉に流し込んだ。

「要するに、Xは犬ではなかった、という話だね。だからつまり、この〝問題〟は〝犯犬当て〟じゃなくて〝犯人当て〟だったわけで……」

ははあ、なるほど。それでU君はさっき、僕が幾度か〝犯犬当て〟という言葉を使ったとき、「いちいち云い直す必要はないですよ」と釘を刺したのか。うん、なかなかフェアな態度ではないか。褒《ほ》めてやらねばなるまい。

「Xは犬ではない。すなわちXは人間だった。D＊＊団の内部ではなくて、この『主な登場動物』表の、〈H＊＊村〉の項に含まれるものたちの中にこそXはいる。

リンタローと猫のミドロは、地の文においてアリバイが明示されている。ダイスケはエラリイのペンキの件を知らなかったはずだから、アリバイの有無にかかわらずX

ではありえない。従って――」

　僕は自信たっぷりに結論を述べた。

「Xの正体はユキト。これが答えだね」

「…………」

「云うまでもなくユキトは、エラリイの体が青いペンキで汚れている事実を知っていた。ロスとエラリイを遠目に見比べて、青い汚れのほうがエラリイだと判定できた。一方のロスは赤い血にまみれている。ひどい怪我をしているらしい。これはチャンスだと思って、ユキトはロスのいる側へと降りていった。

　凶器は、この日も森に持ってきていた例の飛び出しナイフ。それで相手の喉笛を切り裂いた。動機は、二ヵ月前に逃した〝獲物〟を今度こそ仕留めようとして。かくも執念深く残虐きわまりない悪童ユキトであった――と、まあそんなところかな」

　僕は口をつぐみ、目を伏せたままでいるU君の反応を待った。

　何秒かの沈黙が続いたのち、U君はふいと顔を上げて、

「おしまい、ですか」

　と訊いた。僕は「もちろん」と頷いて、

「これでQ.E.D.《証明終わり》だろう」

——と、そのとたん。

うふふ……という含み笑いが、U君の口から洩れた。ふたたび顔を伏せ気味にして自分の手もとを見ながら、にやにやと目を細めている。

何だこいつ、気色が悪い。

そう思って「あのねえ」と声をかけようとしたところで、U君はふいとまた顔を上げて云った。

「『解決篇』、読みます？」

それがあまりにもきっぱりとした口調だったものだから、僕はちょっと気圧されてしまい、

「まあ、そりゃあ」

と曖昧《あいまい》な返事をした。まっすぐにこちらへ視線を向けたU君は、どうしたわけかいやに楽しげな表情である。

「どうしたの、きみ。この状況で、どうしてそんな」

「だって、ほら」

U君はにこやかに笑って答えた。

「僕の勝ち、ですから」

「はぁ？」

声をうわずらせて僕は、思わずソファから腰を浮かせてしまった。U君は云った。

「サルと呼ばれないで済むから、実はほっとしてるんです」

「ちょっと待てよ。何で……」

「ユキトはXではありません」

「ど、どうして……」

「分かりませんか」

「……って？」

「この『問題篇』では基本的に、人間たちの台詞は一重のカギカッコで、犬たちの台詞は二重のカギカッコで括《くく》ってあります。そうすることで、人間の言葉と犬の言葉をきちんと差別化する狙いがあるわけです。この書き分けには当然、気づいてましたよね？『どんどん橋』でもまったく同じようにしてましたから」

「ああ、うん。それはもちろん了解して……ん？　あ、まさか」

僕は慌てて「問題篇」の原稿を取り上げ、ページを繰った。

「11　ロスの最期」の終わり近くで、Xがロスに襲いかかるシーン。そこで確か、Xが……。

『死ね』

と、吐き出すようにひと言。

Xはロスに躍りかかると、その喉笛めがけて……。

「うう……」

僕は低く呻いた。

「だから――H＊＊村の人間であるユキトが二重カギカッコで括られた犬の言葉を話せたはずがないから、彼はXじゃないと？」

「そのとおりです。手がかりとしてはちょっと小さすぎたかもしれませんけど」

確かに小さい、と云うか、せこいぞ。だがしかし、ここにこうしてあからさまに『死ね』と書いてあるのだから、見落としたほうが悪いんだと云われれば認めるしかない。

「では、どうぞ。『解決篇』です」

U君はデイパックの中からそれを取り出し、僕に渡した。「どんどん橋、落ちた」のときと同じく、ほとんど箇条書きのようにして「解答」が記された、わずか二枚だけの原稿だった。

13　解答

○烏帽子岩においてXは、D地点にいる犬がエラリイでE地点にいる犬がロスであるという識別を行なわねばならなかった。
○嗅覚による識別は、山火事が間近に迫る状況下では不可。聴覚による識別はアガサにのみ可能だが、彼女にはアリバイがある。よって、Xは視覚によってエラリイとロスを識別したと考えられる。
○視覚による識別のためには、エラリイの体が青いペンキで汚れていた事実を知っていなければならない。この条件に当て嵌まるものは、エラリイ自身およびタケマルとマヤ、ユキトである。
○D地点から動けないでいたエラリイには当然、犯行は不能。
○ユキトは普通の人間だから、犬同士で用いられるコミュニケーション方法に通じていない。犯行にさいして『死ね』と云えたはずがないので、Xではない。
○犬は色の見分けがつかない。エラリイの青いペンキとロスの赤い血の識別が不可能なので、マヤはXではない。
○以上により、Xでありうるのはタケマルのみである。
○タケマルは最近のロスの言動に対して、強い違和感や苛立ち、不満、さらには怒りを抱きつづけていた。山火事に追われる中、大怪我をして倒れているロスを見つけたそのとき、それまで鬱積《うっせき》してきたさまざまな感情が一気に爆発し、なかば衝動的な〝親殺し〟の実行に至ったのだった。
○リンタローがひょうたん池のそばを離れる前に目撃した「何か恐ろしいもの」とは、ロスの喉笛をみずからの歯で嚙み破って森から逃げ出してきたタケマルの、赤黒い返り血にまみれた姿なのであった。

――了

「いやあ、惜しかったですね。あと一歩ってとこだったのになあ」

U君はにこにこと微笑んでいる。僕は憮然《ぶぜん》と唇を尖らせながら、「解決篇」の原稿をテーブルに放り出した。

「何なんだよ、これ」

例によってまるで小説の体をなしていない、読者を小莫迦にしたような……。

「X＝人間っていうところまでは、きっちり見破られちゃいましたからね。さっき綾辻さんは持ち出さなかったけど、仮にXが犬だとしたら、完全な服従のポーズを取っている同類に襲いかかってとどめを刺すなんて行動は、ふつう取れないはずなんですよね。種を存続させるため、本能レベルでそういったプログラムが組み込まれているらしいから。――って、これもローレンツ博士の受け売りですが」

そう云えば確かに、そのような話が『ソロモンの指環』に書かれていた気もするが……いや、そんなことはこのさいどうでも良い。いったいどうしてタケマルがXなのか？　それをちゃんと、納得がいくように説明してもらわないと……。

「何でこうなるわけ？」

僕はU君の笑顔を睨みつけた。

「何でタケマルが……」

「あれ？　まだ分かってないんですか」

「分かるも何も……変じゃないか、この『解決篇』。一方で色盲の犬には識別不可＝犯行不可であるとしておきながら、Xはタケマルだと結論づけるなんて。タケマルはD＊＊団の……」

そこまで云ったところで、はっと思い至った。

「……まさか、そんな」

「そのまさかです、答えは」

「タ、タケマルは犬じゃない、ってか？」

U君は満足げに頷いた。

「D＊＊団の他の成員についてはすべて、地の文のどこかで『犬』と明記してますけど、タケマルが『犬』だとはどこにも書いてません。グループの中に彼が含まれている場合には、『何匹』といった書き方もしてないし」

「しかし……じゃあ、タケマルは人間だったと？」

「もちろんそうです」

U君は「問題篇」の原稿を取り上げてページをめくりながら、

「マーガレットが最初の子供たちを亡くしたあと、『どこからか、まだ乳離れしていないような幼い雄の子を連れてきた』――それがタケマルでした。『人間という動物の雄の子供』と考えれば、『雄の子』という表現もありでしょう？　『ロスは、その子を自分たちの息子として育てるのを認め、子にタケマルと名づけた』――ね？　要するに、傷心のマーガレットはふらりと森の外へ出かけてH＊＊村まで行った。そしてある家の庭先で、たとえば縁側から入ってすぐのところに寝かされていた生後何ヵ月かの人間の赤ん坊を見つけて、その子をさらってきてしまったわけで……と、そんなふうに想像してみても差し支えありませんよね。タケマルの年齢から推すと、それがだいたい七年前の出来事です。

一方、かつてH＊＊村のある家で、やはり生後何ヵ月かの赤ん坊を巡って何か『不幸な、そして不可解な出来事』があったという記述があります。あまりにも大きなショックのためにその子の祖母が寝込んでしまう、そんな出来事が」

僕は「うっ」と声を洩らした。

「それは、リンタローの……？」

「リンタローの弟、ケンタローですね」

U君は笑みを広げた。

「母が急用で出かけ、子守を任されていたリンタローがしばらく目を離した隙に、その、事件は起こった。要は、ケンタローが忽然と姿を消してしまったわけです。慌てて近辺を探しまわったけれども、ケンタローはついに見つからなかった。まるで神隠しのような、不可解な出来事でした。ショックのあまり祖母は倒れ、リンタローは悩みつづけることになります。

リンタローは祖母の七回忌で村に帰ってきていました。つまり、祖母が死んだのは六年前の夏。問題の事件が起こったのはその一年ほど前だから、もしもケンタローが生きて育っていれば七歳。タケマルと同じ年齢でしょ」

「…………」

「D＊＊団のタケマルは、むかしマーガレットにさらわれて行方不明になったリンタローの弟ケンタローだった。七年にわたって彼は、ぼうぼう森の中で犬たちの群れの一員として育てられてきたわけですね。だからタケマルは、自分は犬だと思い込んでいる。犬たちもタケマルを、人間ではなくて自分たちの同類であると見なしている。タケマルは人間の言葉は話せないけれども、犬たちとのコミュニケーションはできる。それはすなわち、この小説の中では二重カギカッコで括られて記述されているところの〝犬語〟が喋《しゃべ》れる、ということです。当然、二重カギカッコ付きで『死ね』とも云えます」

「…………」

「タケマルが犬ではない、という真相を示す伏線はいくつも張ってあります。『昔からあまり鼻が良くない』とか『群れの中でも変わりもので通っている』とか。マヤとは大の仲良しだけど、『性的な関係』なんて発生のしようがなかった。『仲間たちに比べて運動神経が鈍く、健康を損なうことも多い』――タケマルは七歳の人間の子供なんだから、そりゃあ犬たちに比べたら運動神経は鈍いでしょう。仲間と同じように全裸で森の中を駆けまわっていたら、よく怪我もしただろうしお腹《なか》も壊しただろうし、風邪もひきやすかっただろうし……ね？」

U君は同意を求めるようなまなざしを向ける。僕は何とも云わず、ぐったりとソファの背に凭《もた》れ込んだ。U君は続ける。

「タケマルを指して『なかなかの知能の持ち主』と述べているのも、まあ伏線だと云えなくもないでしょう。犬たちに比べれば、彼の本来的な知能は遥かに高くて然るべきなので。また、タケマルについて『汚れた宍色の体』という表現がありますけど、『宍色』っていうのは『肉色』『肌色』の古い云い方ですので……念のため。

ちなみにもう一つ。タケマルはD＊＊団の中では唯一、関西弁を使ってますよね。これは、タケマルの話す〝犬語〟が、普通の犬とはちょっと違う、変な感じがする、ということを暗に示したもので……要は〝人間訛《なま》り〟があるわけですね」

「…………」

「リンタローは、そりゃあもうびっくりしたことでしょう。いろんな動物たちに交じっていきなり、素っ裸であるうえに血まみれ泥まみれの人間の子供が、獣さながらの走り方で森から逃げ出してきたんですから。幻覚だったのかと悩むのも無理はありません」

ソファに凭れ込んだまま、僕はまた憮然と唇を尖らせた。なるほど、それらはすべて「伏線」だったのかもしれない。中にはちょっと気に懸かっていたものもある。ああ、だがしかし……。

引き裂かれる僕の心中など知らぬげに、U君はさらに続ける。

「犬ではないけれども、人間の子供が野生の狼に育てられた、という実例はありますよね。有名なのはほら、一九二〇年にインドで報告された事例です。狼の群れの中で暮らしている八歳と三歳の少女が見つかった。彼女たちは自分のことを狼だと思い込んでいて……」

うむ、その話は確かに聞いた憶えがある。〝狼少女ジェーン〟とかいう……はて？「聞いた」のではない、これは何かで読んだ憶えが……。

「この〝狼少女〟をモデルにした芝居もあるようです。『忘れられた荒野』っていうタイトルの。ほら、綾辻さんもよく知っているはずの……ね？」

と、U君はテーブルの上に視線を投げかける。

「うっ」とまた、僕は不覚の呻きを洩らさねばならなかった。

そこには、先ほど彼が引っぱり出してきて読んでいた漫画の単行本があった。『ガラスの仮面』の第二十九巻である。

僕はそろりとその本に手を伸ばす。目次を確かめる。

主人公の北島《きたじま》マヤが「忘れられた荒野」の〝狼少女〟を演じる第十一章「紫の影」が、この巻には収録されていた。

長大なこの漫画の、よりによって二十九巻目……妙だな、という気は一瞬したのだ。今回はこんなところで、あらかじめ手がかりをちらつかせていたのか。

結果として、またしてもU君の子供じみた企《たくら》みに引っかかってしまったことになる。ここは爽《さわ》やかに〝負け〟を認めるべきなのだろうが……ああ、どうにもそういう気にはなれない。

「いやあ、苦労したんですよ、これ」

U君は無邪気に微笑みながら云う。

「『どんどん橋』の眼目は、全部が人間だと思わせておいて、実は片方のグループがまるごと猿だというところにあった。だから、あの集落の猿たちについてはあまり詳しい描写ができなかったわけで、それはそれで難しかったんですけどね、今回はその逆で。犬のグループの中に一人だけ人間をまぎれこませるためには、登場する犬たちについてもある程度、もっともらしいディテールを描いておかなきゃいけない。そのぶん、枚数もだいぶ増えてしまって……」

おいおい、そんな解説はここでみずからしてみせるものじゃないだろう。そう思って、僕はまたまた憮然と唇を尖らせる。

「あれ、どうしました？」

と、U君が小首を傾げた。

「ひょっとして怒ってるんですか」

「――べつに」

努めてそっけなく答えたつもりが、明らかに声は怒っている。

二年前のあの夜の腹立ちと形の類似した、けれどもあれとはまた違う、このネガティヴな感情。――彼が訪ねてきたことの意味は理解している。彼の無邪気な微笑の意味ももちろん承知している。この〝犯人当て〟を書くためにどれほどの莫迦げた情熱とエネルギーを要したか、それもよく分かる。なのにどうしても抑え込むことのできない、この……。

「綾辻さん?」

こちらを窺うU君の表情が、不意に心配そうな翳《かげ》りを帯びた。何とも云えず複雑な気分で、僕はきつく瞼《まぶた》を閉じる。彼の姿が見えなくなる。

「ねえ、綾辻さん……」

僕は両手で耳を塞《ふさ》ぐ。彼の声が聞こえなくなる。――と、そこで。

今さらのようにふと、記憶の底から浮かび上がってきた言葉があった。

あれはもう十年以上も昔、僕がまだ学生だった時分のことだ。所属していた推理小説《ミステリ》研究会の〝犯人当て〟例会で、僕はある作品を発表した。いくつかの点でかなり型破りな、アンフェアすれすれの線を狙ったような野心作(――のつもりだった)で、結果、正解者はゼロ。参加した強者《つわもの》たち全員をまんまと騙《だま》しおおせて、僕はたいそう悦に入ったものだったのだが……あのあと。研究会で作っていた会誌の、当時の編集長を務めていた某氏が、僕のその作品に対してこんなコメントを……。

これは袋小路への道標である。

瞼を閉じ耳を塞いだまま、僕はゆるゆると頭を振る。

これは袋小路への……。

小さな溜息をついて、目だけを薄く開いてみる。

U君はさっきと同じ姿勢で、心配そうにこちらを見ている。何事か喋りかけているのが分かるが、耳を塞いでいるので満足に聞き取れない。

やがてそんなU君の、分厚い黒革のジャンパーを着た華奢な身体の輪郭が、ふっと揺らいだかと思うと徐々に滲《にじ》みはじめた。それに気づいてか気づかずか、彼は傍らに置いてあったデイパックと手袋、ヘルメットを引き寄せ、重ねて膝の上に置く。そうして、ばさっと髪を伸ばした生白い顔に、何だかひどく寂しげな淡い笑みを浮かべるのだった。

その間にもさらに、U君は輪郭を失いつづける。色が薄らいでいく。透明に近づいていく。まるで幽霊か何かのように――。

僕はふたたび瞼を閉じ、代わりに耳を塞いでいた両手を離した。自分の名を呼ぶ声がほんのかすかに聞こえたようにも思うが、確かにとは云えない。

「――消えろ」

僕は低く呟いた。

それからすぐに目を開いてみたのだけれど、そのときにはもう、U君の姿はどこにもなかった。僕の声が彼の耳に届いたのかどうかは、だから分からない。

第三話　フェラーリは見ていた

1

デビュー作出版のさいにお世話になって以来ずっと親交が続いているK談社の文芸編集者で、U山《うやま》さんという人がいる。

僕と同じ京都生まれの京都育ち。ひとまわり以上も年が離れているのに、年長者の威圧感のようなものをほとんど感じさせない。

D＊＊大学の経済学部を卒業後、そつなく某一流商社に入社したは良いが、二年目に退社。そうしてK談社に再就職したのは、何よりもまず『虚無への供物』の作者に会いにいって、一緒に仕事をしたいがため」だったという伝説があるくらいだから、編集者としてどのような志向性を持った人物なのかは明らかだろう。

小柄でちょっと色黒で、何となく絵描き歌の「かわいいコックさん」を思い出させる顔立ち。サングラスをかけると最近の吉田拓郎《よしだたくろう》に似ているという説もある。評論家の野崎六助《のざきろくすけ》さんにも、実は兄弟かと疑いたくなるほど似ている(——と僕は思う)。——のだが、いくらそう指摘されても、U山さん本人はどうも納得のいかない様子であったりする。

拙作『迷路館《めいろかん》の殺人』に登場する宇多山英幸《うたやまひでゆき》氏のモデルとなった編集者——と書けば、あるいはぴんと来る方もおられるだろうか。

作中、宇多山氏はたいそうな酒好きとして描かれている。泥酔すると床に這《は》いつくばって「僕は芋虫《いもむし》だぁ」「原始の世界に帰るのだぁ」と大騒ぎ……そんな笑い話も紹介されているけれど、何を隠そうこれは、現実のU山さんのエピソードをそのまま拝借したものである。

幸か不幸か、僕も実際に間近で目撃した経験がある。

「芋虫」になってしまって半裸で部屋中を転がりまわるU山さんの姿はかなり不気味で、なおかつ、いつも何だかとてもつらそうなので、やっぱりもう少しアルコールは控えたほうが良いのではないかなと、ついついお節介なことを考えたりもする。

そのU山さんが期せずしてK談社ノベルスの部長になってしまい、僕の担当が若手のA元《あきもと》君に引き継がれた年——一九九五年の、それは晩秋の出来事だった。

＊

「……そうそう。あのね。このあいだこの近くでね、変な事件が、あったらしいの」

おっとりとした調子でそんな話を始めたのは、U山さんの二歳年下の奥さん、K子《けいこ》さんである。

「変な事件？」

なかば朦朧《もうろう》とした頭で、それでも僕は「事件」というその単語に素早く反応した。ミステリ作家の悲しい習性である。

「どんな事件が起こったんですか」

「それがね……」

デザートの果物を盛りつけたガラスの器をテーブルに置き、「よいしょ」とソファに腰を下ろすK子さんは、U山さんよりもさらに小柄で華奢《きゃしゃ》で、何やら浮世離れして可愛らしい。趣味も良いし気立ても良い、料理も上手《うま》いしチェロも弾《ひ》ける……ので、彼女と会った人間の大半が「U山さんにはもったいない」と口を揃《そろ》えるのだけれど、するとU山さんはたいてい、わが意を得たりとばかりに「そうでしょう」と頷《うなず》くのである。

「あのね。何でもこのあいだ——火曜日の夜に……」

K子さんの話しぶりはいつも、何やら浮世離れしておっとりとしている。どんな状況でもどんな話題でも、その緩やかなペースが乱れることはない。

「ほらほら。お隣の村に住んでいる、ええと……」

「はい。はーい」

と、そこへ割り込んできたのはU山さんである。

「ボクぁ、そんな事件よりもっと重要な問題があると思うなあ」

夕食の前から、U山さんはずっとビールを飲みつづけている。呂律《ろれつ》はまだかろうじて確かだが、顔つきや口調はすでに立派な酔っ払いだった。

話の腰を折られてもいっかな気にするふうもなく、K子さんは「あら。そうぉ？」とU山さんのほうへ目を流す。

「何がもっと重要なんですか」

と、僕が訊《き》いた。U山さんは空っぽになったグラスを見下ろしながら、

「ビールがもうないんだよなあ。これっぽっちでなくなるはず、ないんだけどなあ」

テーブルの上にはビールの空き缶がずらりと並んでいる。少なくともその半分を消

費したのはU山さんである。

あと半分のうち、グラス一杯ぶんを僕が、残りをA元君が飲んだ勘定だった。K子さんはお茶しか飲んでいない。

「冷蔵庫の中にもないんだなあ」

U山さんは力を込めて訴える。

「そんなはずは断じてないんだけどなあ」

「今晩はもう、お酒はやめておきなさいって。そういうことね」

K子さんがさらりと受け流す。U山さんは物悩ましげに「うーん」と唸《うな》った。

「おかしいなあ。もっとたくさん買ってきたはずなのに」

それから上目遣《うわめづか》いでK子さんを見て、

「どこかに隠したでしょ」

「隠さないわよぉ。いくら隠したって無駄だもの。U山さん、すぐに探し出しちゃうんだから」

結婚して何年にもなる夫婦なのに、K子さんはU山さんのことを「U山さん」と呼ぶ。それ以外の呼び方を僕は聞いた憶《おぼ》えがない。

U山さんのほうもK子さんのことを旧姓に「さん」付けで呼ぶ。最初はちょっと違和感を覚えたものだけれど、慣れてしまうとこれはこれで良い感じなのだった。

「うーん」

U山さんは腕組みをし、いよいよ物悩ましげである。

「おかしいなあ。ビールがない。これは問題だと思うなあ」

「U山さんU山さん」

と、遠慮がちに口を挟んだのは新担当のA元君だった。

熊のぬいぐるみに眼鏡《めがね》をかけさせたような、実にまろやかな風貌の彼だが、なかなかどうしてひと筋縄ではいかない男だということが、最近になって少し分かってきた。財布を持たない、腕時計をしない、車はMG、お櫃《ひつ》で出された白いご飯は残さず食べる。——こだわりの三十歳独身、なのである。

A元君も酒好きという点ではU山さんに負けていないが、いくら飲んでも顔色一つ変えることがない。酔い潰《つぶ》れて「芋虫」になったりもしないから、周囲の人間は安心である。ちなみに僕はと云うと、ビールならグラス二杯も飲めばすっかり酔っ払って寝てしまうという、何とも安上がりな体質をしている。

「買ってきたビール、ここに着いてすぐにU山さん、自分でヴェランダに出してたじゃないっすか。忘れないでくださいよ」

云われて、U山さんは一瞬きょとんと目を見張ったが、すぐに「おお」と歓喜の声を発してヴェランダへ向かった。そうしてまもなく、外気の寒さでよく冷えた缶ビールを、ごっそりと両腕に抱えて戻ってくる。

呆《あき》れ顔のK子さんのほうをちらちらと窺《うかが》いつつも、U山さんは嬉々《きき》としてグラスを新しいビールで満たした。

「綾辻《あやつじ》君もどう？」

勧められたが、「今夜はもうやめておきます」と辞退した。

先述のように安上がりな体質であるうえ、今朝がたからどうも身体が熱っぽい。風邪《かぜ》でもひいてしまったらしい。先ほどK子さんに頼んで風邪薬を分けてもらい、すでにビールが一杯ぶん入っていたところへそれを重ねて飲んだものだから、何だか頭が朦朧としてきているのだった。

「A元君は飲むでしょ」

と云って、U山さんは部下のグラスにビールを注ごうとする。A元君はすると、

「ぼくは他のお酒のほうがいいな。U山さん、よくそんなにビールばっか、飲みますねえ」

U山さんは「おお」と大袈裟《おおげさ》にのけぞってみせ、

「A元君は他のお酒だって。ウィスキーがあったよね」

と、K子さんに注文する。

「あ、はあい。——何かで割る？」

「ロックでお願いしまーす」

K子さんがキッチンのほうへ行き、新しいグラスと氷の用意を始める。

「綾辻さんも、何か。お茶かコーヒーにしておく？」

「コーヒーをお願いします。思いきり濃いのを」

「じゃあ、あたしもコーヒーにしよっと」

そうこうして各自の前にそれぞれの飲み物が揃ったところで、U山さんが改めて
「かんぱーい」とグラスを挙げる。ビールがまだふんだんに残っていると分かって、
すっかり上機嫌な様子だった。

「さてさて、それで？」

何事もなかったかのようにU山さんが、話をもとに戻した。

「どんな事件があったの。その話、ボクもまだ聞いてないと思うなあ」

「あたしもね、きのう知ったばかりだから」

K子さんはおっとりと答えた。

「ここのお隣の村に……ほら、カサイさんっていう方が住んでらっしゃるでしょ」

カサイさん？

聞いてまず、僕が作家の笠井潔《かさいきよし》さんのことを思い浮かべたのは云うまでもない。

しかしはて、笠井さんが住んでいるのは「ここのお隣の村」だったろうか。〈ヴァンピル亭〉の異名を持つ笠井邸があるのは確か、同じ八ヶ岳《やつがたけ》の麓《ふもと》でも、このあたりからはもっとずっと離れたところだったのでは……？

同様の疑問を、A元君も覚えたに違いない。ロックのグラスを振りながら、小熊のように首を傾げて僕のほうを窺っている。U山さんはどうかと云うと、これまた大いに訝《いぶか》しげな面持《おもも》ちで、

「そんな人、いたっけなあ」

「あれぇ。もう忘れちゃったの？」

出来の悪い子供を見る母親の目で、K子さんはU山さんをねめつける。

「ほらほら。フェラーリに乗ってる派手なおじいさんがいて……って。前に話したじゃない」

「えっ。あ……ああ」

U山さんはごつごつと拳《こぶし》でこめかみを小突きながら、

「そう云われれば、うん、聞いたような気もするなあ。フェラーリ……ああ、そうか。あの？」

「本当にもう、忘れっぽいんだから。前に話したときもU山さん、きっと酔っ払ってたのね」

「あはあ、面目《めんぼく》ない」

やはり「カサイさん」というのは、作家の笠井潔さんとは別人のようである。笠井さんと云えば、愛車はルノー・アルピーヌ。フェラーリに乗っているという話は聞いた憶えがないし、「おじいさん」と呼ばれるような年齢でも全然ない。

「――でね」

決して乱れることのないおっとりとしたペースで、K子さんは言葉をつなげた。

「そのカサイさんちのシンちゃんがね、今週の火曜日――十四日の夜に、誰かに殺されちゃったんですって」

2

十一月十八日、土曜日の夜。

信州《しんしゅう》は八ヶ岳の麓にU山さん夫妻が所有するセカンドハウスに、僕は来ていた。この地方ならではの美しい白樺《しらかば》の森の中に造成された別荘地、その一画に建つ瀟洒《しょうしゃ》なリゾートマンションの一室である。

僕がふだん活動の拠点としている京都の街を発《た》ったのは十七日の朝で、その日は東京を経由して軽井沢《かるいざわ》へ向かった。

毎年この時期には、「軽井沢のセンセ」こと内田康夫《うちだやすお》さんの主催で「軽井沢の晩秋を楽しむ会」というパーティが開かれる。内田さんとはちょっとしたご縁があり、「綾辻君も一度ぜひ」とお招きを受けたもので、久しぶりに信州の空気を吸いにいくのもいいなと思って重い腰を上げたのだった。

当初は軽井沢のホテルに一泊だけして、まっすぐ京都に帰る心づもりだったのである。ところがそこへ、「せっかくだからA元君と一緒に八ヶ岳にも寄っておいきよ」と、U山さんからお誘いがかかったのだ。内田さんのパーティにはU山さんもA元君も出席する、二人とも自分の車に乗っていくので翌日はどちらかの車に同乗して八ヶ岳まで移動すればいい、K子さんも時期を合わせて行く予定だから……とのこと。

あっさりと僕の心が動いたのは、当然と云えばまあ当然である。

この十月末には短編集『眼球綺譚《がんきゅうきたん》』がS英社から刊行されて、次はK談社から、これまでに書いた雑文のたぐいをいっさいがっさい詰め込んだエッセイ集のような本を出す約束をしていた。担当がA元君に替わって初の仕事になる。そんな状況でもあるので、それじゃあお言葉に甘えてお邪魔して、そこで本作りの打ち合わせなんかもしちゃいましょうか——と話がまとまったのだった。

K子さんはひと足先にこちらへ来ていて、その夜の食事には、彼女が昨日みずから採ってきたというキノコをたっぷり使った料理が出された。

「何だかよく分からないキノコもあったんだけど……でもね、たぶん大丈夫だと思うの」

そんなコメントを事前に聞かされたものだから、A元君と僕はちょっと怯《おび》えてしまったのだけれど、K子さんの手料理はどれも相変わらずの美味だった。食べるうちに手足が痺《しび》れてくるような事態にも幸いならず、風邪のせいで食欲が低下気味なのがたいそう悔やまれた。

エッセイ集の打ち合わせは夕食前にすんなりと終了していて、食卓ではおのずと、次の長編に関する話題が出た。『黒猫館《くろねこかん》の殺人』を発表したのが、一九九二年の春。以来、すっかり間が開いてしまっている「館《やかた》」シリーズの続編をいいかげんに書きなさい——と、要はそういう話である。

次は「館」を書く予定です——とは、今年の春に発表した『鳴風荘事件』の「あとがき」で、はやばやと公言してしまっていた。のだが、いまだになかなか書きはじめる踏ん切りがつかない。他にやらなければならない仕事があれこれと入ってきて、という事情もある。

「どんな『館』かはもう決まってるの?」

U山さんに真顔で訊かれて、

「ええ、それはもう」

と、僕は頷いた。

「今のところ、『きめんかん』っていうのを考えているんですけど」

「きめん？　鬼の面？」

「いえ。奇怪な面です。『奇面館《きめんかん》の殺人』」

「『3年奇面組』の奇面ですね」

と、A元君。U山さんは首を捻《ひね》って、

「なあに？　それ」

「そういう漫画が昔あったんですよ」

「知らないなあ、ボク。——その漫画とは何か関係あるわけ?」

てよね」

「とにかくまあ、今回のエッセイ集が終わったら、そろそろ本腰を入れて取りかかっ
「そのつもりではいるんですけど……でも、『奇面館』とは別にもう一つ腹案があって、ひょっとしたらそっちを先に書くべきなのかなと迷っていて」

「おお。それはどういう『館』？」

「まだ内緒です」

「いずれにせよ、来年には出そうよね。読者も待ってると思うなあ」

「――はあ」

「何だか覇気のない返事だねえ」

「はあ……いえ、書きます。TVゲームのソフトを作る仕事を引き受けちゃってて、それがかなり大変そうではあるんですけどね、並行して小説のほうも書き進めるつもりなので……」

そう応えた、そのときの考えはあまりにも甘すぎたことであるよと、のちに僕は嫌と云うほど思い知らされる羽目《はめ》になるのだが、それはさておき――。

「カサイさんちのシンちゃんが殺された」というK子さんのその言葉に、僕たち三人

は口々に驚きの声を上げた。「変な事件」と聞いても、まさかそれが「殺し」だなどとは予想していなかったからである。

　自分が書く小説の中ではお馴染《なじ》みの、もはや食傷気味でさえある言葉なのに、それがこのような日常的場面においてこのような形で飛び出してくると、こんなにもやはり、びくっとさせられるものなのか。今さらながら、そう実感せざるをえなかった。

「ニュースでやってたの？　その事件のこと」

　と、U山さんが訊いた。K子さんは「ううん」と小さくかぶりを振って、

「新聞やテレビが、わざわざ取り上げたりするような大事件でもないから」

「地方版とかには載《の》るんじゃないかなあ。このあたりじゃあ殺人事件なんて、めったに起こるもんじゃないだろうし」

「でもね。殺されたのは……」

「カサイさんちのシンちゃんねえ」

　U山さんはふと、どこか遠くを見るような目つきになって、

「うーん。何だか暗示的な名前の組み合わせだなあ」

「予見的とも云えますね」

　と、これはA元君。二人の台詞《せりふ》に思わず僕も頷いてしまったのだけれど、何がどう

「暗示的」で「予見的」なのか、それは云わぬが花というものだろう。

「あたしはね、きのうの夜、堀井《ほりい》さんの奥さんから聞いたの」

と、K子さんが云った。

「堀井さんって……この上の階の?」

「うん、そう。U山さんも会ったこと、あったわよね」

「うーん。あったっけなあ」

「ほら。お盆のころにご夫婦で来てらしたでしょ。猫ちゃんも一緒に連れてきてて、その子がうちのヴェランダに降りてきちゃって」

「——ああ、あの三毛猫の」

「思い出した?」

「名前は何ていったっけ」

「だから、堀井さんよ。奥さんはひろ美《み》さんね」

「そうじゃなくて、猫の名前」

「ミケちゃん」

「ミケ……ああもう、何でそんな名前をつけるんだろうなあ」

「駄目なの?」

「ミケなんて呼ばれる三毛猫の身にもなってほしいよなあ。ボクぁ断じて納得できないなあ」

「そんな文句、云ったって……」

べつにどうでも良いような話だと思うのだが、そのあたり、U山さんはこだわりがあるらしい。不満そうに大きく首を振って、若干もつれ気味の舌で力説する。

「黒猫だからクロ、小さいからチビ……ああもう、ボクぁ許せないなあ。せめてオペラとかペリカンとか」

「前にうちで飼ってた子の名前でしょ、それ」

何を驚いたものか、U山さんは大袈裟にまた「おお」とのけぞった。

「ああもう、何でオペラはあんな獰猛《どうもう》な性格になったんだかなあ。ボクの育て方が悪かったのかなあ」

相当に酔っ払い度が進行しているのは確かである。K子さんは「よしよし」という目で頷いて、先を続けた。

「その堀井さんご夫妻がね、今週もたまたまこっちにいらしてたのね。きのうの夕方、ロビーで奥さんにばったりお会いしたものだから、採ってきたキノコをお裾《すそ》分けしたの。そしたら、そのときに……」

「やっぱりボクぁ、ミケとかポチとかいうのには納得がいかないなあ」

「あたしはミケでもいいと思うけど」

「その堀井さんの奥さんから、事件について聞いたわけですね」

と、僕があいだに入ってK子さんを促《うなが》した。酔っ払ったU山さんに任せておくと、いつまで経《た》っても本題に入らないおそれがある。

「そうなの」

K子さんはこくり、と首を縦に振り、

「堀井さんの奥さんのひろ美さんがね、実はカサイさんの娘さんの旦那《だんな》さんの妹さんなんですって。それで、ひろ美さんはそのお兄さんから聞いて……」

「娘さんの旦那さんの妹さん……」

……ああ、何だかややこしい。もしもK子さんが早口だったなら、一度聞いただけではとても把握できなかっただろう。

「いちおう確認しておきたいんですが」

云って、僕はコーヒーをひと口すすった。

「さっきから云ってるそのカサイさんっていうのは、笠井潔さんとは別のカサイさんなんですよね」

「えっ……あ、うん。そうよ。もちろん違う人。字も違うし」

K子さんはおっとりと微笑《ほほえ》んで、その違いを説明してくれた。

「ええとね。葛飾北斎《かつしかほくさい》の『葛』に『西』って書いて、葛西《かさい》さん。葛西源三郎《げんざぶろう》さんっていうおじいさんでね。この辺じゃ、ちょっとした有名人なの」

3

「もともとは東京に住んでらして、どこか一流どころの商社に勤めていた方なの。それが、定年で会社を辞めたのを機会に、何年か前にこっちへ越してらしたのね。都会はもううんざりだって。で、古い農家を買い取って、住みやすいように改修して。いろいろ動物を飼ったりしてね。一人でのんびりと暮らしてらっしゃるの」

「羨《うらや》ましい話だよなあ」

U山さんが心底、羨ましそうに云う。

「ボクも会社なんか辞めて、ずっとこっちにいたいもんなあ」

「とか云って。もしもそうなったらなったでU山さん、すぐにまた、やっぱり都会がいいなあ、なんて云いだすのよね」

「うう……」

「奥さんはおられないんですか」

僕が訊くと、K子さんは微妙に表情を翳《かげ》らせて、

「もうだいぶ昔に亡くなったんですって。娘さんが二人いらして、上の娘さんは外国の人と結婚して、今は海外に。下の娘さんがひろ美さんのお兄さんの奥さんなんだけど。このご夫婦は、旦那さんの仕事の都合で甲府《こうふ》のほうに住んでいらっしゃるそうよ。だから、葛西さんは一人でこっちに……」

「で、フェラーリに乗っていると？」

「そうなの。フェラーリ。それで有名なのよね、葛西さん」

「確かにまあ、六十をとうに過ぎたおじいさんがフェラーリを乗りまわしていたら、みんなの目を引きますよね」

「うん。フェラーリはいいねえ。ボクぁ断固、支持するなあ」

と、U山さん。また何か力説しはじめようとするのを、僕はすかさず遮《さえぎ》って、

「やっぱり真っ赤なフェラーリなんですか」

「ううん。黒いの」

K子さんは目を細め、ちらりと窓のほうを見やった。

「あたしも何度か見かけたことがあるのよ。葛西さんは真っ白な鬚《ひげ》を長く伸ばして、真っ赤なブルゾンを着てて……凄《すご》い派手なの。最初はちょっとびっくりしたけど。でも、なかなかカッコいいのよね。何でもね、昔からの夢だったんですって」

「いい話じゃないっすか」

何やらしみじみとした調子で云って、A元君がウィスキーを呷《あお》る。U山さんは新たなビールをグラスに注ぐ。

「むかし奥さんが亡くなったのってね、交通事故だったそうなの。葛西さんが運転していた自動車が事故《じこ》って、助手席に乗っていた奥さんだけが。それで葛西さん、もう一生、車のハンドルは握るまいって誓ったそうなんだけど……」

時間《とき》が経ってその心の傷も癒《い》え、一念発起して昔から憧《あこが》れていたフェラーリを購入した。――そういうわけか。

「いい話じゃないっすか」

A元君がしみじみと繰り返した。

「赤じゃなくて黒ってところが渋いっすね。新車で買ったのかな」

「それは……ええとね」

K子さんはちょっと首を傾《かし》げながら、

「そうじゃなくって、こっちに来てから知り合ったお友だちに頼んで、安く譲ってもらったとか。鈴木《すずき》さんっていうのがその、フェラーリの前の持ち主。その方のところへ遊びにいって、そこでたまたまフェラーリを見て、どうしても欲しくてたまらなくなって……っていう話で」

新車だと何千万の値が付くようなスーパーカーである。中古を安く、と云っても、決して莫迦《ばか》にならない金額だったに違いない。

「でも、乗りこなすのは大変だったそうよ。お年もお年だし……馴《な》れるまで、ずいぶん苦労なさったらしいわ」

「乗り手を選ぶのかなあ、やっぱり」

と、U山さん。K子さんは「そうそう」と頷いて、

「本当にそうらしいの。U山さんにはきっと無理ねえ」

車の運転技術には、なぜかしら相当な自信を持っているふしのあるU山さんである。さぞや心外そうな顔をするかと思いきや、

「うーん。そうかもしれないなあ」

と、意外に謙虚な反応だった。さすがフェラーリ、「世界一暴力的な淑女」などと呼ばれるだけのことはある、か。

「それで？」

とまた、僕が先を促した。

「その葛西さんのところのシンちゃんが、今週の火曜日の夜に殺されたわけですね。

——シンちゃんっていうのは？」

「そもそもはね。下の娘さんのお子さんで、新之介《しんのすけ》ちゃんっていう……」

「お孫さんなんですか、葛西さんの」

その子が殺されたというのか。とすれば、それは確かに、U山さんの云うとおり新聞で取り上げられてもいっこうにおかしくない事件である。——が、続くK子さんの言葉は僕たちの意表を衝《つ》いた。

「新之介ちゃんはね、おととし病気で亡くなっちゃったの。まだ三歳で……もともと体の弱い子だったそうなんだけど」

思わず「えっ」と声を上げて、僕はK子さんの顔を見直した。

「それじゃあ、殺されたシンちゃんっていうのは？」

訊くと、K子さんは大真面目な面持ちで答えた。

「この春に葛西さんが拾ってきて、家で飼っていたお猿さん。死んだお孫さんとおんなじ名前をつけて、シンちゃんって呼んで可愛がっていたそうなの」

4

殺されたシンちゃんは猿だった。

Ｋ子さんに「事件」の話を聞いて、僕たちは（Ｕ山さんも含めて）てっきりそれが「殺人事件」だと思い込んでいたのだけれども、実際は「殺人」ではなく「殺猿」であったわけだ。殺されたのが猿であろうと何であろうと「殺し」には違いないし、Ｋ子さん自身の口からは確かに、ひと言も「殺人」という言葉は出ていなかったように思う。家畜やペットなどの殺害は、刑法上は確か「器物損壊」として扱われる罪だったはずで、なるほど、そんな事件をわざわざ報道しようというマスコミもあまりないだろう。

僕はちょっと気抜けしつつ、煙草《たばこ》に火を点《つ》けた。風邪のせいで喉《のど》の調子も良くないのだが、それでもつい吸ってしまうヘヴィースモーカーの哀れである。Ａ元君は愉快そうににたにたと笑いながら、グラスに残っていたウィスキーを飲み干す。Ｕ山さんは例によって「おお」と大袈裟に上体をのけぞらせた。

Ｋ子さんが聞いたところによれば——。

そのニホンザルの子供は、今年の春ごろに葛西氏がたまたま近くの森の中で見つけたものらしい。怪我《けが》をして動けなくなっていたのを拾って帰り、手当てをしてやった。以来、自宅の離れでそれを飼いはじめたは良いが、まもなく葛西氏は、その仔猿の顔が死んだ孫にそっくりだと云いだしたのである。

「それで、新之介っていう、お孫さんとおんなじ名前をつけたわけね。シンちゃんシンちゃんって呼んで、大変な可愛がりようだったそうで……」

K子さんは小さく息をついて、「でもね」と続ける。

「娘さんたちにしてみれば、あんまりいい気はしなかったらしいの。そりゃあそうよね。いくら似てると思ったからって、やっぱりちょっと変よね」

「変ですね」

と、僕は頷く。

それはそれで、死んだ孫に対する強い愛情ゆえの行為だったのだろうとは思う。だが、いささか常軌《じょうき》を逸《いっ》した行為であるとも云わざるをえない。ひょっとして葛西氏、年老いてもう惚《ぼ》けが出はじめているのかもしれない。

「シンちゃんはとっても人なつっこいお猿さんで。飼い主の葛西さんはもちろん、来る人来る人、誰にでも凄く愛想が良かったそうなのね。葛西さんはこっちに住むようになってからいろんな動物を飼ってきたけど、シンちゃんみたいなのは初めてだったとか」

「と云うと？」

「他の動物はね、犬も猫も鳥も亀も……とにかく全部、葛西さん以外の人間には絶対に馴れないらしいのよ。そういう飼い方をしているからなのか、自然とそうなっちゃったのか知らないけれど。他の人がちょっと近づいただけでもう、吠《ほ》えたり鳴いたり嚙《か》みついたりの大騒ぎで。なのにシンちゃんは……」

「誰にでもなついた」

「なついたの」

「その人なつっこい猿のシンちゃんが先日、誰かに殺されてしまったと？」

「ええ。そうなの」

そうしてK子さんが、相変わらずのおっとりとした調子で話してくれた事件の内容をまとめると、おおむね次のようになる。

＊

十一月十四日、火曜日の夜。葛西源三郎氏宅には四人の来客があった。

まずは、甲府に住む娘さん夫婦。娘さんの名前はふみ子《こ》。旦那さんは、来年三十になるふみ子さんよりも七つ年上で、姓は山田《やまだ》という。この山田さんの妹さんが、このマンションの上階に部屋を持つ堀井さんの奥さんのひろ美さんだった、というわけである。

三人目は、フェラーリの前オーナーであった鈴木さん。もともとは大阪で会社勤めをしていたのだが、かれこれ二十年前に一大決心をして脱サラ、こちらに移り住んで牧場経営を始めたという人物である。年齢はまだ四十そこそこらしい。

もう一人は、葛西氏の古い友人である佐藤《さとう》さん。村の旧家の生まれで、葛西氏とは大学時代に知り合って以来の長いつきあいになる。数年前まで村議会の議員を務めたりもしていたが、現在は悠々と隠居生活を送っている。葛西氏が東京脱出後の移住先としてこの土地を選んだのも、一つにはこの佐藤さんの誘いがあったからなのだろうという。

娘のふみ子さんは、だいたい月に一度の割合で甲府からこちらにやってくる。独り暮らしの父親の様子を見に、である。ふみ子さん一人で来ることもあれば、夫婦揃って来ることもある。日帰りのこともあれば、ひと晩泊まっていくこともある。

牧場主の鈴木さんは、普段からしばしば葛西氏の家へ遊びにくる。年はずいぶん離れているのに、二人は妙にウマが合うらしい。葛西さんが鈴木さんのところへ遊びにいくことも、しばしばある。

元村議会議員の佐藤さんは、たまに葛西氏の家へ遊びにくる。かつては「しばしば」だったのだが、最近は「たまに」になった。昨年の冬に佐藤さんが少々厄介《やっかい》な病気を患《わずら》い、幸い大事には至らなかったものの、以来めっきり体力が衰えてしまったためだという。

ところでさて、十一月十四日のその夜にこの四人の来訪が重なったのは、単なる偶然ではなかった。葛西氏がそうなるようにセッティングしたのだ。つまり、娘夫婦が泊まりがけでやってくる日に合わせて鈴木さんと佐藤さんを招いたわけで、そうやって人数を揃えて、久しぶりに麻雀《マージャン》でもやろうかと思い立った——のだそうである。

葛西氏のその提案に対して、とりたてて難色を示す者はいなかった。四人とも麻雀は打てるし、決して嫌いではなかった——という話である。

葛西氏宅に四人が集まったのは午後六時半ごろだった。ふみ子さんが夕食を作ってふるまい、八時過ぎにはさっそく麻雀が始まった。場所は母屋《おもや》一階の端にある八畳間で、ここには全自動式の麻雀卓が置かれている。〈麻雀部屋〉と呼んでみても問題あるまい。

東南《トンナン》戦で半荘《ハンチャン》ごとに抜ける人間を替えながら、ゲームは深夜の二時ごろまで続いた。全部で半荘六回。一回につき、ほぼ一時間かかった勘定である。

最も多く勝ったのはホストの葛西氏で、最も初心者に近いふみ子さんが予想外に健闘してまずまずの勝ちを収めた。最も多く負けたのは佐藤さん。鈴木さんはとんとん。山田さんは、ちょうどふみ子さんが勝った程度の負けだった。——どのくらいのレートが設定されていたのかは不明だが、それなりの金銭のやりとりがあったのは確かだろう。

午前二時になって、そろそろお開きにしようか、という流れになった。葛西氏にしろ佐藤さんにしろ六十代後半の高齢だし、ことに佐藤さんは体力的に無理が利《き》かない。夜を徹して打ちつづけるなどということは、最初から想定されていなかったのである。

事件の発生を彼らが知ったのは、この時点に至ってであった。

佐藤さんは疲れがひどいのでここに泊まっていく。鈴木さんはこれから自宅に帰る。——という話になったところで、葛西氏が離れへシンちゃんの様子を見にいった。そこで、惨《むご》たらしい殺害の現場が発見される運びになったのである。

「……離れにはシンちゃん用の小部屋があってね。シンちゃんはそこに、長いリードを首輪に付けてつながれていたの。人に危害は加えないけど、いろいろと悪戯《いたずら》はするから、放し飼いにはしてなかったのね。それが……」

K子さんはきゅっと眉根《まゆね》を寄せつつ、事件現場の状況を説明した。

「スキーのときなんかに使う目出し帽ってあるでしょ。毛糸で編んだような。あれを頭からすっぽりかぶせて、殴り殺されていたそうなの。凶器はね、登山用のピッケルだったんですって。かぶせた目出し帽の上から、頭を……」

思いきりのいい一撃が命中したならば、仔猿の頭蓋骨《ずがいこつ》などひとたまりもなく砕けて即死したに違いない。想像して、僕は思わず顔をしかめた。

「目出し帽って、要は〝覆面〟みたいなものだよねえ」

U山さんがもつれ気味の舌で云った。

「覆面をかぶせられてピッケルで殴り殺された、猿のシンちゃん……うーん。何だか暗示的な状況だなあ」

「予見的とも云えますね」

と、A元君が付け加える。

いったい何がどう「暗示的」で「予見的」なのか、それはやはり云わぬが花だろう。この事件そのものの解明にはほとんど関係のない話なので、どうかあまりお気になさらぬよう——と、たいていの方々に対してはお断わりしておかねばならない。あしからず。

「目出し帽やピッケルは、もとから現場にあったものなんですか」

と、僕が質問した。K子さんはちょっと心許なげに頷いて、

「確かそんなふうに聞いたと思うけど……うん。そうそう。離れはそもそもね、物置みたいな使われ方をしていて、いろんなものが雑然としまってあったって。その中に……」

「ふうん」

「現場の部屋はひどい散らかりようだったそうよ。ゴミ箱が引っくり返って、中身が散乱していたりして。リードでつながれたシンちゃんの手には届かない場所に置いてあったっていうから、きっと犯人がうっかり、ぶつかるとか蹴飛ばすとか、しちゃったのねえ」

殺害現場に散乱したゴミ……か。生ゴミも交じっていたかもしれない。とすると、これはまたいよいよ暗示的かつ予見的な状況ではないか。——困ったものである。

実際問題としてはしかし、この件の真相はK子さんが云ったとおりなのだろうと思う。犯行の前か後か、あるいは最中か、犯人が誤ってゴミ箱を倒してしまった。単に

それだけのことで、他に深い意味などない。

現実の事件なんていうのはまあ、そんなものなのである。

5

「それにしても——」

風邪薬が効いてはいるようだが、身体はやはり熱っぽい。吸っても不味《まず》いと分かっている煙草に火を点けながら、僕は云った。

「上の階の奥さん、ずいぶん細かいところまで話してくれたんですねえ」

「そうね」

ほっそりとした白い頬《ほお》に手を当てて、K子さんは少し首を傾げてみせる。

「U山さんのお仕事の関係で、ミステリ作家の方とも何人かお知り合いなのよって、前に云ったことがあって。だから、張り切って詳しく説明してくれたのかも」

「ミステリ作家に事件を推理させようと思って、ですか」

「なのかもね」

「ううむ」

いわゆる本格ミステリ作品には、作中に登場するミステリ作家が名探偵やその相棒として活躍する例が少なからずある。エラリイ・クイーン然《しか》り。法月綸太郎《のりづきりんたろう》然り。有栖川有栖《ありすがわありす》然り。……僕自身も、「館」シリーズでは鹿谷門実《ししやかどみ》という作家を一応の名探偵役に使っている。だが、果たして現実のミステリ作家に、現実の事件を推理して真相を云い当てる能力や適性があるかと云うと、これは大いに疑問だろうとつねづね思ってもいる。

いい、いい、それらしい犯罪事件が発生したさい、新聞や雑誌の編集部からいきなり電話がかかってきてコメントを求められることがたまにあるのだけれど、実を云うと僕はそういうのがとても苦手だったりする。

本格ミステリの作中で発生する犯罪は基本的に、どんな難事件であっても、探偵による論理的な解決を予定して作られたものだ。が、現実の犯罪はもちろんそうじゃない。犯人は何の断わりもなく非論理的な行動を取るし、目撃者は平気で間違った証言をする。フリーメイソンの陰謀かもしれないし、地の文に嘘があるかもしれない。必要十分な手がかりが然るべき段階で提出されもしない。作家が小説の中で名探偵に駆使させるような推理法など、有効であるわけがないのである。

「それにしても――」

大きく吸い込んだ煙草の煙で咳込《せきこ》みそうになるのをこらえながら、僕は云った。

「上の階の奥さんにしても、事件についてはお兄さんから聞いただけなんでしょう。山田さんっていうそのお兄さんも、ずいぶんまた詳細に話を……」

「ひろ美さんのお兄さんの山田さんはね、実は甲府で警察に勤めている人なの」

「警察？ 刑事さん？」

「かどうかは知らないけど……でも、だからね、この事件のときも、彼がちゃきちゃきとその場を仕切って、警察にも連絡して……」

現職の警察官ならば、少なくとも単なるサラリーマンに比べれば的確な対処ができただろう。事件の発生状況などに関する観察にしても、相応に信頼性が高いと見なして構わないかもしれない。それを仔細《しさい》に妹さんに話して聞かせたというのは、まあそのくらい兄妹仲が良いということか。

「なるほど」と頷いてみずからを納得させせつつ、僕は訊いた。

「で、犯人は捕まったんですか」

「まだみたい」

いくら孫と同じ名をつけて可愛がっていたと云っても、猿はしょせん猿である。シンちゃん殺しは殺人事件ではない。警察が来たところで、さほど本格的な捜査が行なわれたとも思えないわけだが。

「家のものが盗《と》られていたりはしなかったんでしょうか」

「そういう被害はなかったそうよ」

「外部から誰かが侵入した形跡は？」

K子さんはまた頬に手を当てて、「さあ」と首を傾げる。

「田舎のことだし、きっと普段から、あんまり戸締まりとかはきっちりしてなかったと思うんだけど……あ、でもね、不審な足跡はなかったって」

「不審な……土足で上がり込んだような？」

「ええ。それとね、離れのまわりにも」

「と云うと？」

「何でもね、その離れの建物には、出入りできる扉が二つあるんですって。一つ目は庭に面した扉ね。もう一つの扉は外の道に面していて……」

K子さんの説明によれば、こうである。

葛西氏宅の敷地は三百坪ほどの広さがあって、その周囲には昔ながらの土塀《どべい》が巡らされている。離れの建物は裏手の道沿いに、外壁の一面が土塀の一部分と重なるようにして建っており、玄関の門とは別に、ここにも出入口が一つ設けられている。これが K子さんの云った「もう一つの扉」であるわけだが、外の道は舗装路《ほそうろ》なので、仮に誰かがそこを通ったとしても、目立った足跡などは残りようがなかった。

一方、庭に面した「一つ目」の扉は、それと母屋の勝手口とが石畳の敷かれた小道で結ばれている。問題となるのはこの小道以外の部分。事件当夜、庭の地面はその日の昼間に降った雨のせいで非常に軟らかくなっていた。つまり、人が歩けば必ず足跡が残るような状態だったわけだ。ところが、その場に居合わせた山田さんの観察によれば、そこには不審な足跡はまったく見られなかったというのである。

「なるほどね。ということは……」

僕が意見を述べようとするのを遮って、

「はい。はーい」

いきなりU山さんが手を挙げ、割り込んできた。

「ボクぁ断じて、葛西さんが怪しいと思うなあ」

「はあ?」

「そうなんっすか」

と、A元君。眼鏡の奥のつぶらな目をぱちくりさせている。

「でも葛西さんは、シンちゃんをとっても可愛がっていたのよ」

K子さんが反論すると、U山さんは「だから、それは」と怪しい呂律で云って、グラスのビールをぐびりと飲んだ。

「だから……ほぉら、可愛さ余って憎さ百倍っていうじゃない」

「そんなぁ」

「いや、ありえますね」

と、今度は僕が割り込んだ。気を抜くと上瞼《うわまぶた》が落ちてきてしまいそうな眠気（薬とアルコールのせいだ）を振り払いながら、

「K子さん、云ったじゃないですか。葛西氏が飼ってきたいろんな動物たちの中で、シンちゃんだけが例外的に、飼い主以外の人間にもよくなついたって」

「ああ……うん。確かに云ったけれど」

「それが、あるいは葛西氏にしてみれば面白くなかったのかもしれない」

「って？」

「自分の飼っている動物はみんな、決して自分以外にはなつかない。ひょっとしたら葛西氏は、そのことに強い喜びを感じていたかもしれないわけです。ある意味で飼い主冥利《みょうり》に尽きる、とでもいった感じで。なのに、シンちゃんはそうじゃなかった。誰にでもすぐ馴れて、誰にでも愛想がいい。何て節操のないやつなんだ、という不満と

怒りが葛西氏の心の中ではひそかに膨《ふく》れ上がってきていて、ついに殺意へ……」

僕はU山さんのほうを見て、

「ということですよね」

「うーん。ちょっと違うなあ」

「じゃあ、どういう？」

「愛してもいないものを、ボクぁ殺したくないんだよなあ」

「U山さんが殺す必要はないんですけど」

「いやあ。ボクぁね、殺すときはやっぱり殺すと思うなあ。断じてそれは……」

「あのう？」

「だって綾辻さん、腎臓バンクとかアイバンクとかに登録して臓器を提供するのは勝手だけどね、それがもしも、大嫌いな人間の身体に移植されたらどうするの。ボクぁ絶対に嫌だなあ。——A元君はどう思う？」

「いい話じゃないっすか」

ああもう、何だか話の脈絡が分からない。このぶんだと、どうやら今夜は「芋虫」を見る覚悟を決めたほうが良さそうである。

「でもね、葛西さんはやっぱり犯人じゃないのよね」

K子さんが真顔で云った。

「他の人たちは知らないけど、少なくとも葛西さんだけは違うって。ひろ美さんのお兄さんはそう云っていたそうよ」

「そりゃあまた、どうしてですか」

と、僕が訊いた。

「確かなアリバイがあるんですって、葛西さんには」

「アリバイ？　どんな」

「シンちゃんが生きているのを最後に見たのは、みんなが麻雀を始める直前のことだったらしいの。それまで母屋に連れてきてあったシンちゃんを、葛西さんとふみ子さんとで離れの部屋に戻して、ご飯をあげたって。そのときはシンちゃん、元気でぴんぴんしてたのね。で……」

午後八時過ぎから麻雀が始まり、午前二時ごろに終わる。その間に行なわれた六回の半荘のすべてに、葛西氏は参加していたというのだ。普通は一人ずつ順に抜け番をまわしていくものだが、この夜のホストであった葛西氏についてはそれが免除された——と、要はそんな次第だったのである。

「……だからね、葛西さんはずっと麻雀を打っていたから、アリバイがあるわけ。途中でトイレに立つことはあったけれど、離れへ行ってシンちゃんを殺して戻ってこれるだけの時間は、とてもなかったって」

「麻雀が終わって、事件を発見したときはどうだったんでしょうか」

と、ついつい真剣に質問してしまう僕である。

「シンちゃんの様子を見にいくと云って、葛西氏は一人で離れへ向かった。その時点ではまだ生きていたシンちゃんを、そこで手早く殺してしまって、それからみんなに事件の発生を報告したと、そんなふうには考えられませんか」

「そのとき離れへ行ったのも、ふみ子さんが一緒だったらしいの。だから……」

「そうなんですか。うーん。じゃあ確かに、完全なアリバイが成立しますね」

「でしょ」

「ということは……」

「残りの四人の中に犯人がいるって話ですかねえ」

腕組みをしてソファでふんぞりかえっていたA元君が、おもむろに口を開いた。U山さん以上にアルコールが入っているはずだけれども、話しぶりはまだまだしっかりしたものである。

「葛西さん以外の四人には、少なくとも一度は抜け番がまわってきたわけですよね。

抜け番のときに麻雀部屋を抜け出して、こっそり離れへ向かうチャンスはみんなにあった」

「そうだね」

何となく外部犯の可能性は切り捨てられてしまっているようだが、まあいいだろう。仮にこの事件を〝犯人当て〟の問題と見なして取り組むのであれば、犯人は内部の関係者の中にいる、というのがおおかたで了解された〝お約束〟なのだから。

6

「……にしても、どうして犯人は、シンちゃんを殺す前にわざわざ目出し帽をかぶせたりしたんでしょうね」

続けてA元君が提示した疑問に、

「それはどうとでも考えられる問題だと思うけど」

さほど躊躇《ちゅうちょ》することなく、僕は答えた。

「もともと離れに置いてあったものを使ったわけだから、きっとその場の思いつきでやったんだろう。人なつっこいシンちゃんが近寄ってきたのを捕まえて、目出し帽を頭からかぶせた。そうしてしまえばシンちゃんの動きは鈍くなるはずだから、ピッケルで殴るにしても狙いを定めやすい。他にもたとえば、断末魔の叫び声に備えての防音対策、とかね。血が飛び散るおそれもあるから、それを防ごうという意図もあったかもしれない」

A元君は「ふむふむ」と納得顔である。空になったグラスに新しい氷を入れ、ウィスキーを注ぐ。その横ではU山さんが、何だかおぼつかない手つきで新しい缶ビールを開けようとしている。

「アリバイのない四人には、シンちゃんを殺すどんな動機があったのかな」

と、これもまたA元君による問題提起である。

「娘のふみ子さんと、その夫の山田さんでしょ。それから牧場主の鈴木さん。古い友だちの佐藤さん。——はて」

「動機ねえ」

僕はカップを取り上げ、まだ少し残っていたコーヒーを飲み干した。

「山田さん夫妻については、容易に想像がつくよね。おととしに亡くしたばかりの息子と同じ名前を、よりによって山で拾ってきた猿なんかにつけられちゃったんだから。いくら葛西氏に他意がなかったとしても、愉快に思うわけがない。それを巡って葛西氏とのあいだに、大きないざこざがあったかもしれないし」

「ふむふむ。ありえない話じゃないっすね」

「仮にそうだったとしたら、殺意がちょくせつ葛西氏の身に向かわなかっただけ平和だと云えるのかも」

「まあ、確かに」

「鈴木さんは猿が嫌いだったそうよ」

と、K子さんが新たな情報を提示した。

「山から降りてきたお猿さんたちがね、牧場の牛や馬に何だかんだと悪さをするんですって。もとからあんまり猿が好きじゃなかったうえに、そんな被害があるものだから、すっかり猿嫌いになっちゃったらしいの。だからね、葛西さんがシンちゃんを飼いはじめたときも、鈴木さんは凄く嫌がってたんだって」

「そんな理由で殺しちゃったわけですか」

A元君は不服そうに首を捻る。

「ありえないかしら」

「いや、それはそれでありだと思いますけど」

と、僕はK子さんのフォローにまわることにした。

「猿が嫌いだから殺した。——うん。単純明快ですね。麻雀の抜け番のときに部屋を出て、そこでふと激情にかられて……って、現実の世の中にはそういう人、意外にたくさんいるみたいだし」

「はい。はーい」

いきなりまたU山さんが、今度はソファから立ち上がって手を挙げた。

「自慢じゃないけれども、ボクも猿は大嫌いだなあ」

「あら。そうなの？」

と、K子さん。U山さんは力を込めて、

「許せないなあ、ボクぁ。あんな連中は断じて、まぎれもなく……」

「でもU山さん、むかし一緒に動物園へ行ったとき、お猿さんの山の前でじっと立ち止まって、何度も『猿はいいなあ』って云ってなかった？『ボクも猿に生まれ変わりたいなあ』なんて」

U山さんは立ったまま「おお」と上体をのけぞらせたが、そのあとすぐさま、ひどく悩ましげにこうべを垂れて、

「動物園……そんなところ行ったかなあ。ボクぁよく憶えてないなあ」

「忘れちゃったの？」

K子さんはぷっと頬を膨らませる。

「失礼しちゃうわね」

「あと一人、佐藤さんには何も動機がないわけですね」

と、A元君が話を引き戻した。

「実は佐藤さんも猿が嫌いでした、っていうのも、ありっちゃありかなとは思いますけど」

「その夜の麻雀でいちばん負けたのって、佐藤さんだったんじゃなかったっけ。でもって、いちばん勝ったのは葛西氏」

思いつくままに僕が云うと、A元君はまた不服そうに首を捻り、

「それが動機ですかぁ？」

「麻雀はいろんなドラマが起こるからねえ」

わざとしかつめらしい顔をして、僕は云った。

「ひょっとしたら、佐藤さんが大きなトップ目のオーラスで、葛西氏の物凄くあこぎな引っかけリーチがかかって、佐藤さんがそれに一発で振り込んでしまって、裏ドラやカン裏もいっぱい乗って数え役満になって……なんていう悲惨な事件があったのかもしれない。葛西氏の大逆転トップでその半荘が終わって、佐藤さんに抜け番がまわ

ってくる。佐藤さんは憤懣《ふんまん》やるかたなく麻雀部屋を出て、葛西氏が大事にしているシンちゃんを……」

「うーん。それもまあ、絶対にありえない話じゃないっすね」

「そうよねえ」

こくこくと頷いて、K子さんがひと言。

「要するに、何でもありってことね」

まったくもってそのとおり。

今この場にある情報だけを材料に犯人の動機を正しく推定するなど、そもそもできるはずがないのだ。裏返して云うと、猿一匹を殺す動機くらい、その気になればどうにでもでっちあげられるわけで、そんな問題をいくらここで議論してみてもあまり意味がない、ということである。

7

ふと壁の時計を見ると、いつのまにか時刻は午前零時をまわろうとしている。

四人が口を閉じてさえしまえば、更けゆく晩秋の夜は何とも深々とした静けさであった。

K子さんがキッチンに立ち、コーヒーのお代わりを淹《い》れるために湯を沸かす。ことことと鳴りはじめる薬缶《やかん》の音を聞くうち、薬とアルコールによる眠気がふたたび絡みついてきて、僕の頭を半朦朧状態へと導いた。

湯を沸《わ》かしているあいだに、K子さんはヴェランダの戸を少し開けて換気をした。冷たい空気が足もとに流れ込んでくる。外の寒さは相当なものである。

あと何週間か経てば、このあたりはそろそろ雪景色だろうか。雪に閉ざされた別荘地というのも、なかなかそれっぽい趣があって悪くないだろうな。――そんなことを考えて眠気を払いながら、僕は鞄《かばん》からノートを一冊、引っぱり出してテーブルの上に置いた。

白紙のページを開き、そこにボールペンで五つの名前を書き並べてみる。

葛西
山田
ふみ子
鈴木
佐藤

このうち葛西氏には、疑う余地のないアリバイが成立している。——名前の上に×印を付ける。

あとの四人は、それぞれに犯行のチャンスがあった。それぞれに動機もあった（ということにしておこう）。

山田さんは警察関係の人間で、事件に関して得られた情報を事細かに妹さんに伝えてもいる。——が、そんなことはもちろん、彼が犯人じゃないという根拠にはならない。警官だろうが判事だろうが、法を破るときは破るのである。賭け麻雀もするし、猿殺しもしたかもしれない。

ふみ子さんは女性で、佐藤さんはこのところ体力の衰えが激しいお年寄りである。——が、そんなことはもちろん、彼女や彼が犯人じゃないという根拠にはならない。人馴れした仔猿を捕まえて目出し帽をかぶせ、ピッケルで頭を打ち砕くくらい、さしたる苦労もなく実行可能だったろう。

鈴木さんについても、犯人じゃないとする根拠は特に見当たらない。しいて挙げるとすれば、彼が〝猿嫌い〟だったことくらいか。一方で彼の動機ともなる〝猿嫌い〟だが、それほど嫌いだったのなら当然、これまで葛西氏宅に遊びにきても、彼はいっさいシンちゃんとの接触を持たなかったはずである。

その鈴木さんがとつぜん部屋に入ってきたとき、シンちゃんはどう反応しただろうか。いくら人なつっこい性格だと云っても、さすがに警戒したのではないか。彼が捕まえようとしても、簡単には捕まえさせなかったのではないか。とすると……いや、それとも。

そんな相手に対してでさえ、シンちゃんは何の疑問も感じずに擦り寄っていった。そういう可能性も充分にあるだろう。ならばやはり、鈴木さんもまた犯人たりえたわけで……。

葛西氏以外の四人の名前の上には、どうしても×印が付けられない。

「——あった」

という声が聞こえてきて、僕はノートから目を上げた。K子さんの声だったが、キッチンのほうに彼女の姿はない。

おや？　と思ううち、玄関ホールに通じる扉が開いた。K子さんがぱたぱたと駆け込んでくる。

「ほら、綾辻さん。これこれ」

と云って、K子さんは一枚の紙切れをテーブルに置いた。見ると、そこには何か図のようなものが、鉛筆書きで記されている。

「きのうひろ美さんがね、事件の説明をするときに描いてくれたの。葛西さんのおうちよ」

「念が入ってますねえ」

「大雑把《おおざっぱ》だけど、だいたいこんな感じらしいの。彼女も何度か、お兄さんと一緒に訪ねたことがあるんですって」

僕は紙切れを手もとに引き寄せ、描かれた図に目を落とした。

確かにひどく大雑把なものだけれど、母屋と離れの位置関係なんかはとりあえずこれで把握できる（「葛西邸略図」p.233 参照）。

長方形の敷地――その、図で云うと上辺中央あたりに玄関の門が記されている。L字形をした母屋の、左下の端に麻雀部屋が、右の端に勝手口がある。母屋の勝手口から、右下の離れの入口へと延びる石畳の小道。敷地の下辺に接して建つ離れの真ん中には、ここが現場だという意味だろう、大きな〇印が描き込まれている。

「こうして見ると――」

K子さんが新しく淹れてくれたコーヒーをひと口すすって、僕は云った。

「母屋から抜け出して、庭によけいな足跡を付けることなく離れまで行こうと思ったら、二つのルートがあるわけですね」

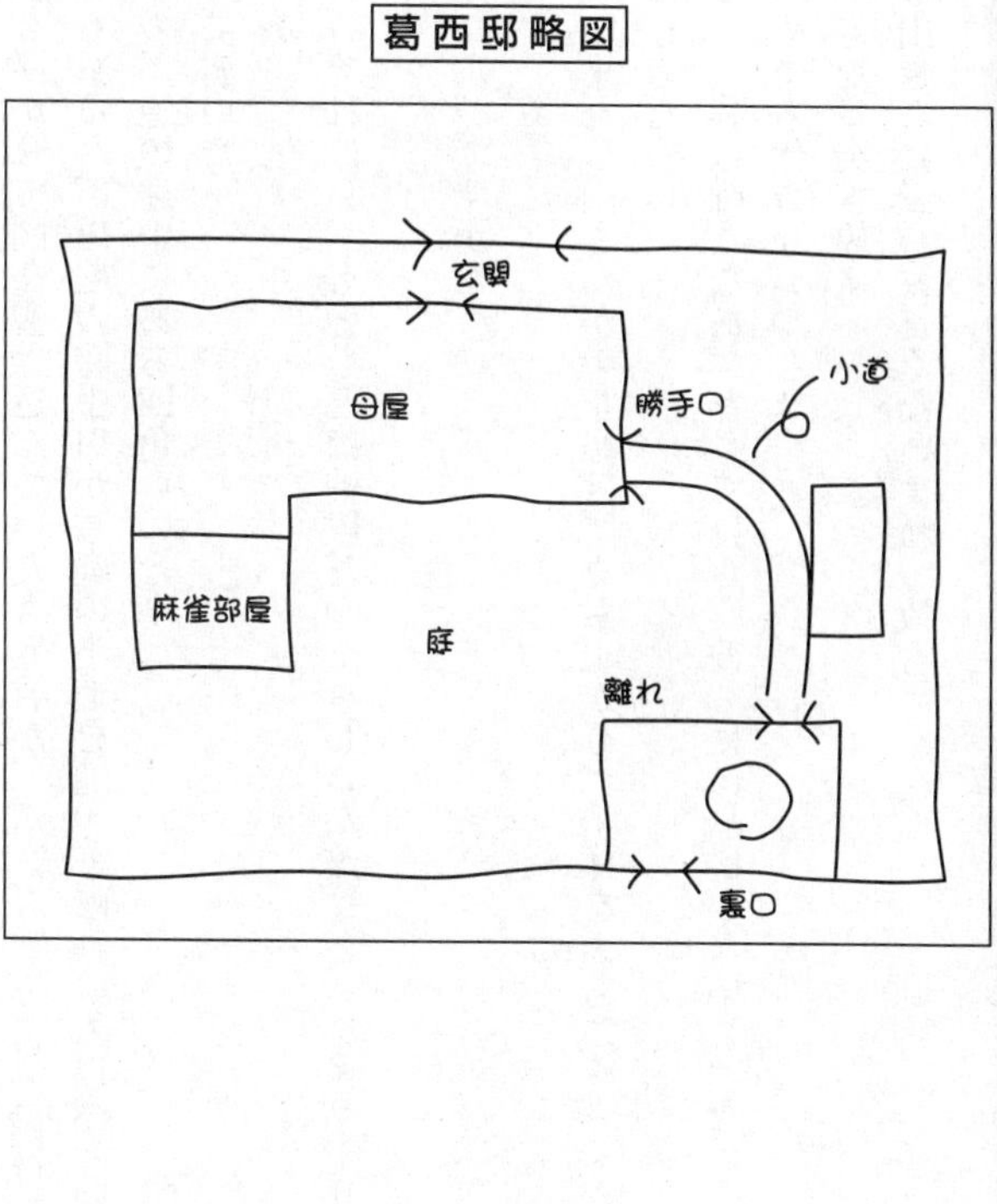
葛西邸略図
玄関
母屋
勝手口
小道
麻雀部屋
庭
離れ
裏口

ソファから腰を浮かせて図を覗き込んでいたA元君が、「二つ?」と首を傾げた。

「うん。一つはもちろん、母屋の勝手口から庭の小道を通って離れの入口へと向かうルートだね。この、道の途中にある四角いのは?」

僕はK子さんに訊いた。

「何か建物ですか」

「えっ……ああ。それはね、もともとは納屋だったらしいんだけど、フェラーリのために改造して……」

「なるほど。ガレージですか」

「はい。はーい」

と、そこでまたまたU山さんが手を挙げて立ち上がり、上体をふらふらさせながら唐突に主張しはじめた。

「ボクぁやっぱり、猿は嫌だなあ。だってほら、彼らには品格がないじゃない」

「猿に品格を求めても仕方ないっしょ」

A元君がにべもなく突き放す。

「酔っ払ったU山さんに云われたくないよね、猿も」

と、これは僕。

U山さんはもはや、ほとんどまともに呂律がまわっていない。充血した目の焦点も何だか合っていない。それでもまだビールをがぶがぶ飲んでいる。ここまで酔いが進行してしまうと、あとはもう一気に破滅的な段階へと突入だろうか。

「ボクぁねA元君、やっぱり品格だと思うなあ。大事なことなんだよなあ」

「そうねえ。品格よねえ」

子供をあやすような声でK子さん。さすがに扱いなれている。

「――で、もう一つのルートは」

図中のガレージの部分に「フェラーリ」と書き込んでから、僕は続けた。

「勝手口じゃなくて、母屋の玄関からいったん外の道に出て、ぐるっとこうまわりこんできて、ここのこれ、道に面した離れの裏口から入る」

「遠まわりですね。何でわざわざ？」

「外からの侵入者の犯行に見せかけるため、とか」

「だったら、それらしい痕跡《こんせき》をわざと残したんじゃないっすか」

「残してあったのかもしれないよ。でも、それほどあからさまなものじゃなかったから、警察が見落としてしまったとか」

「うーん。まあ、可能性としてはそういうのもありなのかな」

不承不承、頷くA元君である。するとそこで、

「あっ」

と、K子さんが声を上げた。

「何か？」

「あのね、綾辻さん。それは違うと思うわ」

「どうしてですか」

「云い忘れてたけどね、玄関の門のそばには犬がつないであったの。こっちに来たときから葛西さんがずっと飼っている甲斐犬《かいけん》で、名前は、ええと……」

「はい。はーい」

またしてもU山さんの乱入である。

「犬はやっぱり、タケマルだと思うなあ」

「そんなのじゃなくって……ええとね。猫は確かミドロっていうのよね。九官鳥《きゅうかんちょう》が一羽いて、それはマヤちゃん。亀はタローとジローで、鶏は……」

ううむ。そんな細かいことまで上の階の奥さんは知っていて、K子さんに話したのか。——何だか妙に感心してしまう僕であった。

「犬はタケマル。誰が何と云おうと、ボクぁ断じてタケマルだなあ」

「でもね……」

「まあまあ」

と、A元君があいだに入った。

「タケマルってことにしときましょうよ、ここは」

「ほぉらね」

いたく満足そうにガッツポーズをしたかと思うと、U山さんはそのままぐったりとソファに凭《もた》れ込んでしまった。残っていたエネルギーのすべてを今の主張で使い果たした、とでもいった様子である。

「タケマルなんだよなあ、やっぱり」

「じゃあまあ、タケマルということで……」

僕はK子さんのほうを見やって、

「その甲斐犬のタケマルが、門のそばにつながれていたんですね」

「そうなの」

K子さんは頷いた。

「それでね。事件の夜に麻雀をやっているあいだも、その犬——タケマルは一度も吠えなかったっていうのよ。麻雀の部屋はちょっと離れているけれど、タケマルが吠えたら気づかなかったはずがないって。だけど、あの夜はとにかくずーっと静かで、鳥の鳴き声一つしなかったっていうから……」

「ははあ」

A元君が唸った。

「そんな話が、ホームズか何かにありましたよね。問題は犬が吠えなかったことだ、っていうの」

「『銀星号《ぎんせいごう》事件』か」

葛西氏が飼っている動物は、殺された猿のシンちゃんを除いて、飼い主以外にはまったく馴れない、なつかない。ちょっと近づいただけで、吠えたり鳴いたり嚙みついたりの大騒ぎなのだ――と、最初にK子さんは云っていた。犬のタケマルも当然、その例に洩《も》れないはずである。誰か葛西氏以外の人間が門を通れば、必ず激しく吠えたに違いないわけだ。

ところが、犯行があったと思われるその時間帯、タケマルが吠えることは一度もなかった。従って、葛西氏のアリバイが成立している以上、その間に玄関から外へ出た者は誰もいなかったという話になる。

僕は図に目を戻し、玄関の門のあたりに「タケマル」と書き込んだ。

「結局のところ、犯人が取りえたルートは一つに限定されるのか」

母屋の勝手口から外へ抜け出し、庭の小道を通って離れへ。犯行後も同じ経路で母屋に戻った。——うむ。それしかない。

凡庸《ぼんよう》な社会調査の数値分析のような結論、である。そうと分かったからと云って、四人のうちの誰が犯人なのかを絞り込めるわけでもなさそうだが……。

「あのね。あたし、思うんだけど」

K子さんが云いかけた、そのときである。

ごんっ、という鈍い音がとつぜん響いて、僕たちを驚かせた。正体をなくしたU山さんがソファから転がり落ちてしまったのだ。

「あれまあ」

K子さんが慌《あわ》てて駆け寄る。

「大丈夫？　U山さん」

「大丈夫ですか」

U山さんはごろりと床に寝転がったまま、何やらひどくせつなそうに「あぅ」と呻《うめ》いた。そして——。

「ボ……ボクぁもう……」

へべれけな声で云いながらもぞもぞと両腕を交差させ、着ているセーターを脱ごうとしはじめるのだった。

「ボクぁ……ボクぁ……」

しきりに何かを訴えようとしている。

「駄目よ。こんなところで脱いじゃ」

K子さんが屈《かが》み込み、U山さんの肩をぽんぽんと叩《たた》く。

「お布団、敷いてあげるから。もう寝ちゃいなさいね」

「あぁ」

「ほらほら、U山さん？」

「うぅ……」

そうやってK子さんが、意味不明の言葉を発して駄々《だだ》をこねるU山さんを抱き起こして寝室へ連れていくのを見送ると、僕は小さく溜息《ためいき》をついた。云ってもどうせ聞いてくれないだろうけれど、やはりもう少しアルコールは控えたほうが良いと思うのである。

振り返るとA元君が、ソファに坐《すわ》ったまま眠り込んでいた。「芋虫」になったときのU山さんとは対照的な、何だかとても幸せそうな寝顔だった。

8

翌、十一月十九日。

この日は夕方に京都でどうしても外せない用が入っていたので、それにまにあうよう、午前十時前にはU山さん夫妻のマンションを辞した。A元君の車に同乗していったん東京まで出て、適当な新幹線に飛び込もうという段取りだった。

K子さんは朝早くから起き出して、僕たちのために軽い食事を作ってくれた。U山さんは当然のように寝室で沈没したままで、僕たちが出発するときも起きてこられずにいた。

「ごめんね。U山さん、駄目みたい。あしたも会社休みたぁい、なんて云ってるわ」

申しわけなさそうなK子さんの報告に、僕は「いえいえ」と首を振って、

「どうもありがとうございました。すっかりまたご馳走《ちそう》になっちゃって。U山さん、お大事に」

「綾辻さんは風邪、大丈夫？」

「ええ。まあ何とか」

悪化はせずにもちこたえている、という感じだった。身体は変わらず熱っぽいし、歩くと少し足がふらふらする。――やれやれ。

「これに懲《こ》りずにまた、遊びにきてね」

「はぁい」

「それじゃ、失礼しまーす」

と、A元君はすこぶる快活な声だった。昨夜は彼もあれだけ飲んでいたのに、すっかりもう、しゃきっとしている。なかなか頼もしい新担当君である。

晩秋の空は、流れる雲のひとかけらもなく晴れ渡っていた。心地好《よ》い陽射しのおかげで、風の冷たさもさほど気にならない。

愛車MG-RV8のステアリングを握り、A元君はご機嫌に鼻歌を歌う。つられて僕も同じ曲を口ずさむ。なぜかしら、憂歌団《ゆうかだん》の「嫌んなった」。

排気量四リットルのエンジン音を唸らせながら、A元君のMGは白樺の森の別荘地を駆ける。昨年になって限定二千台で復刻生産された、往年の名車なのだという。

「いいね、この車。渋いよねえ」

お世辞《せじ》抜きで僕が云うと、

「えへ。いいっしょ」

ちょっと得意そうに丸顔をほころばせるA元君であった。——のだが。

森を抜け、見晴らしの良い高原の農作地帯に出てひとしきり走るうち、その車に異常事態が発生した。ダークグリーンのボンネットの隙間から、何やら白い煙が洩れはじめたのである。

A元君がまずそれに気づき、「あれ？」と声を上げた。

「どうしたの……あっ、煙！」

「まずいっすね」

当惑顔で首を捻りつつ、A元君は車の速度を落とす。その間にも洩れ出す煙の量は増加してきて、前方の視界を白く覆ってしまう。

「参ったなあ。何なんだろう」

車を道の端に寄せると、A元君はエンジンを止めてサイドブレーキを引いた。

「すみません。ちょっと調べてみます」

運転席から飛び出し、恐る恐るボンネットを開ける。とたん、中からはさらに凄《すさ》まじい量の白煙（……水蒸気のようだ）が、もうもうと溢《あふ》れ出してきた。

どうやらラジエイターまわりの異常らしいが、最近の国産車ではあまり見られないような、何とも典型的なエンジントラブルの図である。さすがＭＧ——と、ここで云って良いものかどうか。

何とか応急処置のできるトラブルならいいのだけれど——と祈りつつ、僕も車を降りた。

朝食後に飲んだ風邪薬が効いてきたのか、身体はずいぶん楽になっていた。両手を組み合わせて大きく一度、伸びをした。それから煙草をくわえて、ぐるりと周囲を見渡してみる。

遥か後方にうずくまる白樺の森。

うっすらと雪を頂いた八ヶ岳の峰々。

まっすぐに延びた舗装路の両側には、農閑期を迎えた高原野菜の畑が広がっている。——民家の一軒も見当たらない。国道まではまだ相当に距離がありそうだが……と、そこで。

のどかな高原の風景の中にふと、何かしら異質なものの動きが見えたのだ。

えんえんと広がる野菜畑の直中《ただなか》——こちらの道路と並行して通った道を行く、あれは……。

僕は思わず「んっ？」と声を洩らし、目を細めてそのものの動きを追った。

「……まさか」

真っ白な鬚を長く伸ばしている。真っ赤なブルゾンを着ている。遠目にもはっきりと分かる、いかにも派手ないでたちの……。

おのずと僕は、昨夜のK子さんの話を思い出した。

白い鬚に赤いブルゾン……あの人がすなわち、隣村の葛西源三郎氏だというわけなのか。とすれば、今あそこで彼の乗っている、あれが……。

「フェラーリ……あれが？」

何で？

僕は大いに混乱した。

何で、あれが……？

――ほらほら。フェラーリに乗ってる派手なおじいさんがいて……って。前に話したじゃない。

昨夜のK子さんの言葉が、声が、そのときのあるいはその前後の状況が、頭の中で次々にフラッシュバックしはじめる。

――そうなの。フェラーリ。それで有名なのよね、葛西さん。

――ううん。黒いの。

――あたしも何度か見かけたことがあるのよ。葛西さんは真っ白な鬚を長く伸ばしてて、真っ赤なブルゾンを着てて……凄い派手なの。最初はちょっとびっくりしたけど。でも、なかなかカッコいいのよね。何でもね、昔からの夢だったんですって。

「……ああ」

　思わずまた声が洩れた。

　そうか。そういうことなのか。

　K子さんは確かに、葛西氏は「フェラーリ」に乗っているのだと云った。それが「黒いの」であるとも云った。しかし、その「フェラーリ」が「車」だとはひと言も云わなかったのではないか。

——むかし奥さんが亡くなったのってね、交通事故だったそうなの。葛西さんが運転していた自動車が事故って、助手席に乗っていた奥さんだけが。それで葛西さん、もう一生、車のハンドルは握るまいって誓ったそうなんだけど……。

そう。葛西氏は一生車のハンドルは握るまいと誓ったのだ。それを翻《ひるがえ》して……と考えたのは、K子さんがそう云ったのではなく、僕の勝手な想像だったわけで。

——赤じゃなくて黒ってところが渋いっすね。新車で買ったのかな。

　これはA元君の質問だった。それに対してK子さんは、ちょっと首を傾げながらこう答えたのではなかったか。

——そうじゃなくって、こっちに来てから知り合ったお友だちに頼んで、安く譲ってもらったとか。

あれは、「フェラーリ」を新車で買ったことを否定したのではなかった。「新車」という言葉全体を否定したつもりだったのではないだろうか。

——鈴木さんっていうのがその、フェラーリの前の持ち主。その方のところへ遊びにいって、そこでたまたまフェラーリを見て、どうしても欲しくてたまらなくなって……っていう話で。

——でも、乗りこなすのは大変だったそうよ。お年もお年だし……馴れるまで、ずいぶん苦労なさったらしいわ。

——乗り手を選ぶのかなあ、やっぱり。

と、これはU山さんの感想。そして、

——本当にそうらしいの。U山さんにはきっと無理ねえ。

K子さんにそう云われたときのU山さんの反応を、僕は「意外に謙虚な」と感じたのだったが。

あのときU山さんは、自身の車の運転技術に関して謙虚だったわけではないのだ。葛西氏の「フェラーリ」は車じゃないということが、以前にK子さんからその話を聞いて、U山さんの頭にはインプットされていたから。だから……。

そう云えば、上の階の堀井さん夫妻が飼っている猫のミケという名前に、U山さんはさんざん文句をつけていた。そのあと「フェラーリ」の話になったところで、

——うん。フェラーリはいいねえ。ボクぁ断固、支持するなあ。

ああ云ったのは——あれはもしかしたら、「フェラーリ」そのものではなくて、「フ、エラーリ」という命名に対する支持の表明だったのかもしれない。

僕はぶるりと頭を振り、野菜畑の向こうの道へと改めて目を馳《は》せる。

そうだ。——そうなのだ。

葛西氏の乗る「フェラーリ」は車ではなかった。今あそこを走っている、あれにつけられた名前が「フェラーリ」だったのだ。ということは、つまり……。

9

「駄目っす、綾辻さん」

しょんぼりとしたA元君の声が背後から聞こえてきて、僕は振り向いた。

「冷却水が洩れてるみたいで。JAFを呼ばないとどうしようもないっすね。別荘地

のほうへ引き返したほうが早いかなあ。とにかく電話を探さないと……」

「A元君、あれ」

と云って、僕は右手を差し上げた。

「はい？」

「ほら、あそこ。あっちの道を走っている、あれ」

「はあ……おっ」

「昨夜K子さんが云ってた『フェラーリ』、あれのことだったんじゃないかな」

「フェラーリって……えっ？　えええっ？」

僕が指し示した方向に目を向けたまま、A元君は頓狂《とんきょう》な声を上げた。

「でもあれ、馬じゃないっすか」

「い、い、い、馬じゃない、い、い、いっすか」

「そうだよ」

と、僕は大きく頷いた。

「だからね、あの黒い馬の名前だったんだ、『フェラーリ』っていうのは。赤いブルゾンを着ているあの人が、オーナーの葛西氏。黒馬フェラーリ号に乗った派手なおじいさん……ね？」

「…………」

A元君は啞然《あぜん》とするばかりである。

僕のほうはしかし、もうすっかり「フェラーリ＝馬」ということで事実の再解釈が済んでいた。

K子さんにしてみれば、べつに僕たちを騙《だま》すつもりであいう語り方をしたわけではなかったのに違いない。彼女の頭の中ではすでに、「葛西さんの馬はフェラーリ」という認識が自明のものとして成立していた。その認識に従って話をしたら、自然とああいった流れになってしまった——と、単にそれだけのことなのだろうと思う。

「葛西氏の『昔からの夢』というのは、自分の馬を持ってそれを乗りまわすことだったんだろうね。『フェラーリ』っていう名前は、馬の前のオーナーだった鈴木さんがスポーツカー好きか何かで、そんな命名をしたんじゃないかな。フェラーリのエンブレムは、そう云えば〝跳ね馬〟だしね。——そして、葛西氏が鈴木さんと知り合って彼の経営する牧場へ遊びにいって、そこでたまたま見かけたのがその、黒馬フェラーリ号だった、と。葛西氏はその馬にひと目惚《ぼ》れしてしまって、どうしても欲しくてたまらなくなって、鈴木さんに頼み込んで安く譲ってもらった」

説明しても、A元君はまだ半信半疑の面持ちである。あちらの道を駆けていく黒馬の姿と僕の顔とを、きょとんとした目で見比べている。

「葛西邸の略図、憶えてるよね」

「――はあ」

「母屋と離れを結ぶ小道の途中に、小さな四角い建物が記されていた。これは何かと僕が訊いたとき、K子さんはどう云ったっけ？」

「ええと――」

A元君は心許なげに首を傾げつつ、

「だから、フェラーリのガレージだと」

「違う違う。もともとは納屋だったらしいのをフェラーリのために改造して……とか、K子さんは云ってない。それを聞いて、僕のほうが勝手にガレージかと決め込んでしまっただけで。実際のところはガレージじゃなくて、あれはフェラーリを入れておくための馬小屋だったんだね」

僕が「なるほど。ガレージですか」と応えたとき、K子さんは「そうじゃなくて」と口を開きかけたのかもしれない。ところが、おりしもそこへ酔っ払ったU山さんが割り込んできて、結果、こちらの誤解が正されることはないまま話が進んでしまったわけである。

「――といった事実が分かったうえで、このあいだ葛西氏宅で起こった猿殺し事件について考えてみると、どうなる？」

「どうにかなるんっすか」

「なると思うんだけどな」

「うーん……」

「昨夜の話の最後のほうで、犯人は母屋と離れを往復するのに庭の小道を行くルートしか取りえなかった、という結論が出たよね。憶えてる？」

「ああ、はい。それはしっかり憶えてますけど」

「ところが、その小道はあの図によれば、フェラーリの小屋のすぐそばを通っていたよねえ。ということは？」

「ということは……」

しばし考えて、A元君は「あ、なぁるほど」と手を打った。ようやく事の次第が呑み込めてきたもようである。

「つまりその、フェ、フェラーリは、い、い、い、犯人の姿を見ていい、い、いたはずだ、と？」

「そうそう。フェラーリは見ていた。ということは？」

「『銀星号事件』の理屈と同じなわけっすね」

「ご名答」

偉いぞ、A元君。

彼にしてみれば、自分の車のトラブルのほうが気になって、こんな問題など考えている場合じゃないというのが正直なところだろうに。

「飼い主以外の者にはまったく馴れない、なつかない。そういう動物ばかりを、葛西氏は飼っていた。ちょっと近づいただけで、吠えたり鳴いたり噛みついたり……殺された猿のシンちゃんを唯一の例外として、ね。シンちゃんが唯一の例外だったのならば、当然ながら馬のフェラーリは例外じゃなかったことになる。馬小屋のすぐそばに誰か馴れていない人間がやってきたりしたら、きっと大騒ぎしたに違いない。なのに――」

「事件の夜はずっと静かだった」

「『鳥の鳴き声一つしなかった』というふうにK子さんは云ってたけど、だったらもちろん、馬の嘶《いなな》く声もしなかったはず。だから……」

「問題はフェラーリが嘶かなかったことである、ですね」

得心顔でそう云ってから、A元君は「ああ、でも」と首を傾げた。

「飼い主の葛西さんには、疑う余地のないアリバイがあったんじゃあ？」

「そう。葛西氏にはアリバイがある。従って犯人じゃない。だからね、そうなるともう、犯人たりうる人物は一人しかないだろう」

「えっ……あ、そうか」

「分かるよね。犯人は？」

促すと、A元君は小さく頷いて答えた。

「鈴木さん、ですか」

「としか考えられないと思うんだけどな。ここ何年かは葛西氏に飼われているフェラーリだけれども、その前の飼い主は鈴木さんだった。きっと彼には馴れていただろうから……」

だから事件の夜、鈴木さんが母屋と離れの往復で小屋のそばを通っても、フェラーリは驚きもせず警戒もせず、嘶きもしなかったわけである。

「犯人は牧場主の鈴木さん。動機は猿が嫌いだったから」

最終結論を述べて、僕は煙草に火を点ける。深々と吸い込んだ煙はしかし、体調不良のせいで相変わらず不味く感じられた。

「――ということで『解決篇』終わり、だね。ああすっきりした」

僕たちが話をしているあいだにもう、白い鬚に赤いブルゾンの馬主を乗せてあちらの道を走っていた黒馬の姿は消えてしまっていた。晩秋の青天の下、あとにはただ、のどかな高原の風景が広がるばかりである。

「さてと――」

云って僕は、ボンネットの開いたMGのほうを見やる。

「JAFを呼ばなきゃいけないんだよね。別荘地まで引き返す？　それとも国道のほうへ進む？」

いずれにせよ、かなり時間がかかりそうである。夕方までに帰洛《きらく》するのは、潔く諦《あきら》めたほうが良さそうだった。

10

十一月十四日夜に葛西源三郎氏宅で発生した「殺猿」事件の犯人が捕まったのは、その一週間後のことである。

犯人は同じ村に住む少年A、十四歳。事件当夜、たまたま葛西氏宅の裏の道を通りかかったさい、格子の入った離れの窓から猿が顔を覗《のぞ》かせているのを見かけたらしい。何となくその様子がムカついたので、鍵のかかっていなかった裏口から建物内に忍び込み（靴は土間で脱いだ）、そこで見つけた目出し帽とピッケルを使って猿を殺害した。現場のゴミ箱を引っくり返したのは、犯行後、慌てて逃げようとしたときに誤ってぶつかってしまったためであったという。

堀井さんの奥さんで山田さんの妹さんのひろ美さんからその情報を得たK子さんが電話をかけてきてくれて、僕はそれを知ったのだけれど、牧場主の鈴木さんが犯人だという自分の推理が外れたことには、もちろんさほどのショックも受けなかった。現実の事件なんていうのはまあ、そんなものなのである。

第四話　伊《い》園《ぞの》家の崩壊

※この作品はフィクションであり、
既存のいかなる人物・団体とも
いっさい関係がない。
仮に読者が何らかの人物・団体を
連想するようなことがあったとしても、
それはまったくの誤解というものである。（作者）

一九九七年の、あれは七月中旬の出来事だった。

その前々年から始まった「ナイトメア・プロジェクト」なるTVゲームソフト制作の仕事に予想外の時間とエネルギーを搾《しぼ》り取られつづけ、あまつさえそれを巡って頻《ひん》発《ぱつ》するさまざまなトラブルにも心を悩まされつづけ……ああ、文字どおりこれは「悪夢のプロジェクト」であることよ、と嘆くのにもいいかげん疲れを覚えはじめていたころ——。

「ややややあ綾辻《あやつじ》君、おはようございます。元気にしていますか」

といった調子である日、いきなり電話がかかってきたのだった。

午前中の、まだわりあいに早い時間帯だったので、当然のごとく僕は眠りの中にいた。朝刊を読んでからベッドに潜り込んで午後になってから起きる、というのが普段の僕の、基本的な生活パターンなのである。寝ぼけていて、電話の相手が何者なのか、正直なところすぐには分からなかった。

「お久しぶりですねえ。私ですよ、私」

云われて少し考えて、やっとその声の主の名を思い出した。ひょんなご縁で以前よりちょっとしたおつきあいのある、ベテラン作家の井坂南哲《いさかなんてつ》先生ではないか。

「……あ、どうも。井坂先生？　いやどうも、すっかりご無沙汰《ぶさた》しております」

しょぼしょぼする目をこすりながら、僕はベッドの上で身を起こした。

「実はですね綾辻君、一つあなたに、折り入って頼みがありましてね。それで、こうして電話してみたわけなのですが」

そんなふうに話を切り出されて、僕は戸惑うばかりだった。

「折り入って頼み」とは……はて、何なのだろう。僕などよりも遥《はる》かにキャリアのある大先輩で、しかも得意とするジャンルがまったく違う（井坂先生はいわゆる恋愛小説の大家なのである）――そんな先生が、若輩のミステリ作家風情に、いったいどんな「頼み」があるというのだろうか。

絡みついてくる眠気を振り払いながら、僕は受話器を握り直す。

「ええと、あの……」

こちらから質問を繰り出そうとしたのだけれど、その前に井坂先生のほうが口を開いた。

「先ごろ起こった伊園《いぞの》家の殺人事件のことを、綾辻君は知っていますか」

「伊園家の？」

僕は首を傾《かし》げた。

「んんと、それは……」

「おや、知りませんか。そちらには伝わっていない、と？」

「ああ、はい。少なくとも僕は……」

「ふむ」

井坂先生は低く鼻を鳴らした。

「まあ、今さら云うまでもなく、私が住むこのあたり一帯は長らく、当たり前な時間の流れからは妙な具合に独立して存在してきておりますからな。もう何十年ものあいだ、ずうっと同じようなところをぐるぐるとまわりつづけているというふうな……ふむ。こちらの出来事がそちらへ、普通に伝わっていかないのも、だから当然と云えば当然の話でしょう」

「――はあ。きっとそういうことなんでしょうね」

と応えた、その僕の声によっぽど覇気のないものを感じ取ったのか、井坂先生はち

ょっと口ごもってから、

「何だか疲れているみたいですね、綾辻君」

そろりとそんなふうに云った。

「生きるのはつらいですか」

「——はあ」

頷《うなず》いて、思わず僕は——演技でも何でもなく——大きな息を落としてしまう。

「そちらが羨《うらや》ましいです」

「まあまあ、そう云わず」

井坂先生は穏やかな口調を崩さず、

「こちらはこちらで、いろいろとそれなりの苦労があるのですよ。——にしても、今回のこの事件には、私も大きなショックを受けざるをえなかった。あの伊園さんの家で、まさかあんな……」

井坂先生が云うのだから、「伊園家」とはやはり、あの伊園家のことなのだろう。

そして、そこで「殺人事件」が起こった、と？

だとしたら、確かにこれはたいそうショッキングな事態である。

「どうもここのところ、こちらもおかしな状況になってきておりましてね。そちらにはあまり伝わっていない話でしょうが、何と云うかその……真っ当に時間が進みはじめておるのです」

「真っ当に、時間が？」

「さよう。数年前から、目に見えてそういう……」

数年前、か。

あるいはそれは、正確には五年前——一九九二年の五月二十七日を境にして始まった変化だったのではないか。そんな想像もひそかに成り立つわけだが……いやいや、その辺のメタな事情に関しては、このさいだから深く立ち入ることはするまい。あちら、の住人である井坂先生が、なぜこちらの僕とつきあいがあったり、こうして連絡をしてきたりできるのか。などといった問題にも、このさいだから目をつぶってしまうことにしよう。

「とにかくですね綾辻君、そこであなたに、折り入って頼みがあるわけなのです」

「本当に、僕にですか」

「あなたは推理小説が専門でしょう？　しかも、いわゆる本格物の。ですから……」

「不本意ながらここのところ、本業のほうは開店休業状態なんですが」

「そうは云ってもまあ、私なんぞに比べたら断然、推理のプロパーでしょう？　ですから……」

まさか先生、この僕に「伊園家の事件」の真相を推理しろ、とでも云いたいのだろうか。

「どうですか、綾辻君。取り急ぎ、こちらまで足を運んでくれませんかな。急な話でまことに申しわけないのですが、何とか少しでも早く」

「今からすぐに、とか?」

「そうしてもらえれば、私としては非常にありがたいのですが。無理ですか」

「あ、いえ。絶対に無理というわけでは」

「それじゃあぜひ。今夜、遅くなっても構いませんから、とにかく私の家まで来てください。よろしいですかな」

いかんせん相手は大先輩の大家である。無下に断われるはずはむろんなくて、若干の躊躇《ちゅうちょ》ののち、僕は「承知しました」と答えた。

——と、そんな次第で。

その日の午後には僕は京都を発《た》ち、東京は世田谷区《せたがやく》S**町にある井坂先生のお宅へ向かうこととなったのである。

井坂南哲による、〝事件〟の小説風再現

【登場人物および動物】

伊園民平《いぞのたみへい》……故人
常《つね》……その妻　故人
福田松夫《ふくだまつお》……会社員
笹枝《ささえ》……その妻　民平と常の娘
樽夫《たるお》……松夫と笹枝の息子
伊園和男《かずお》……笹枝の弟
若菜《わかな》……その妹
タケマル……伊園家の飼い猫

浪尾盛介《なみおもりすけ》……民平の甥《おい》　会社員
妙子《たえこ》……その妻
育也《いくや》……盛介と妙子の息子
中島田太郎《なかじまだたろう》……和男の友人
井坂南哲《いさかなんてつ》……伊園家の隣人　小説家
軽子《けいこ》……その妻

1

みずからの血液がわずかに付着した注射針の尖端《せんたん》を見つめながら、福田笹枝《ふくださ さえ》はどうしようもない自己嫌悪とともに溜息《ためいき》をついた。

(ああ、またやってしまった……)

日を追うごとにだんだん回数が増えてきている。こんな行ないを続けていてはいけない、このままでは本当に駄目になってしまう……と、いくら頭では分かっていてもついつい注射器に手が伸びる。

まだ強い禁断症状に悩まされはしないけれど、この調子でクスリを続けていけば、遅かれ早かれ抜け出しようのない泥沼にどっぷりと嵌《は》まり込んでしまうだろう。——そう。そんなことは分かっている。分かっているのだが、しかし……。

笹枝は溜息を繰り返す。

こうしてクスリにでも頼らなければ、とてもではないがやっていけない。まわりのものたちがどのように変化しようと、あたしにはいつも元気で明るい笑顔をみんなに振りまく使命があるのだ。長いあいだ、あたしはずっとそうしてきた。ここに来て今さら、悲愴な面持《おもも》ちの陰気臭《くさ》い女になるわけにはいかないのだ。決して。

そもそもの始まりは——あれは、四年近く前のことになるだろうか。

弟の和男《かずお》も妹の若菜《わかな》も成長してきて、自分専用の部屋を欲しがりはじめた。息子の樽夫《たるお》にもいずれ勉強部屋が必要になるだろう。加えて、長らく一家が暮らしてきた家自体もすでにかなり老朽化が進み、あちこちにガタが出はじめていたものだから、ここは思いきって建て替えてしまおうか、という話になったのである。

着工から数ヵ月。翌年の春には、新しい今の家が完成した。二階に笹枝たち夫婦の寝室と樽夫の部屋が、一階に笹枝の両親である伊園民平《いぞのたみへい》・常《つね》夫婦の寝室と、和男と若菜それぞれの部屋が確保された、なかなかに広くて立派な家であった。裏庭には民平の希望で、鯉《こい》を飼うためのささやかな池も造られた。

ところが、彼らがその新しい家で、これまでどおりの平和な生活を始めてしばらくしたころ——。

最初の大きな不幸が、一家に降りかかったのである。

七月上旬の、ある晴れた日の午後だった。おりしもそのとき、笹枝が珍しく風邪《かぜ》をこじらせて寝込んでいたため、母・常が一人で夕飯の買い物に出かけたのだが、そうして彼女が訪れたS＊＊町商店街の八百屋《やおや》の店先で、事件は勃発《ぼっぱつ》した。

初めは普段とまったく変わらない様子だったのに——と、のちに八百屋の主人は語っている。

大根と玉葱《たまねぎ》と人参《にんじん》とピーマンを買い、いつもと同じ穏やかな笑顔で代金を支払い、主人が釣り銭を返し……と、そこで突然、常の態度が激変した。買い物籠《かご》の中からいきなり出刃包丁を取り出したかと思うと、奇声を発してそれを振り上げ、襲いかかってきたというのである。

主人は肩と腕を何箇所も切られ、何が何だか分からぬまま、その場に倒れて苦痛に転げまわった。なおも包丁を振り上げて躍りかかってくる常を、主人の女房と店にいた客たちが制止しようとしたのだが、抵抗する彼女の力は人間離れしたような物凄《ものすご》さで、ある者は弾き飛ばされ、ある者は殴り倒され、またある者は後ろから羽交締《はがいじ》めにしたのを振りほどかれたあげく、包丁で腹を刺された。

「もうたくさんよ！」

そんな喚《わめ》き声が、常の口からは発せられつづけていたという。

「いいかげんにしてちょうだい。あんたたちもみんな……みんなそうなんでしょ？もう嫌っ！　これ以上もう嫌だわもう耐えられないわ」

伊園さんちの常さんがとつぜん発狂して暴れだした。——現場に居合わせた誰しもの目に、事の次第はそのように映った。

八百屋の店先から立ち去った常は、場所を移してさらに暴れつづけ、意味不明の言葉を撒《ま》き散らしながら多くの人々に包丁で切りかかっていった。平和なS＊＊町商店街は、何十分かのあいだに血みどろの修羅場《しゅらば》と化した。やがて警察が出動してきたときには、負傷者は十数名にも達しており、そのうち特に深手を負わされた三名は手当ての甲斐《かい》もなく息を引き取った。

そして、事件の張本人である常は——。

大勢の警官たちに包囲され、今にも取り押さえられようとしたところで、またしても奇声を発したかと思うと、血まみれの包丁をみずからの胸に深々と突き刺してしまったのだった。ほとんど即死であったという。そのときの彼女の顔を見た人間によれば、まるで魂のすべてを吐き出してしまったかのような、恐ろしいほどに虚《うつ》ろな表情をしていたともいうのだが……。

こうして伊園常は、それまでの平穏な生活からはおよそ懸け離れた、尋常ならぬ死を遂げた。享年五十、であった。

あれはいったい何だったんだろう——と、笹枝は今でも不思議に思う。

どうしてお母さんはあの日のあのとき、あんなふうになってしまったんだろう。

優しくて働き者で、やりくり上手だったお母さん。暴力なんて、子供に手を上げることすら一度としてなかったのに……なのに、どうして？

犯行の動機は結局のところ、分からずじまいだった。遺体の解剖の結果、大脳に親指大の腫瘍《しゆよう》が発見されたらしいが、この病変と常の「発狂」を一概に結びつけるわけにもいかないという。

ともあれ——。

長年にわたって、戦後日本における〝明るく平和な家族〟の一つの見本でありつづけてきたとでも云うべき伊園家に激動の荒波が押し寄せてくる、それがきっかけの事件となったことは間違いない。

常の死を誰よりも嘆いたのは、父・民平だった。長く連れ添ってきた妻が突然、しかもあのような形で逝《い》ってしまったのだから無理からぬ話である。そしてもちろん、彼の心中は非常に複雑であっただろう。妻の死そのものへの嘆きと、妻が犯した狂的な行為そのものへの憤《いきどお》り——二つの激情によって、彼の心は引き裂かれたに違いない。

あるいは彼もまた、自分たちの一家に限って、このような理不尽な不幸に見舞われることなどありえないはずだと、いつしか信じ込んでいた——いや、信じ込まされていたのかもしれない。それだけに、いきなり襲来した生々しくも血腥《ちなまぐさ》い〝現実〟に対して、あまりにも抵抗力がなさすぎたのかもしれない。

ごく平凡な会社員であり、ごく平凡な夫であり父であり、そして祖父でありつづけてきた民平の精神的均衡は、その反動ででもあるかのようにいともたやすく崩れ、捩《ね》じれた。

毎日のように酒浸《さけびた》りになっては、周囲の人間たちに誰彼かまわず当たり散らした。あと何年かで定年だというのに会社へはほとんど行かなくなってしまい、パチンコ麻雀競輪競馬競艇……ありとあらゆるギャンブルに金を注ぎ込みはじめた。あげくの果てには、違法に開帳された賭場にまで足を運ぶようになり、そのままずるずると身を持ち崩していき……。

半端でない額の借金を家族に遺《のこ》して民平がこの世を去ったのが、常の死から一年半が経《た》ったころ。博打《ばくち》で大負けした帰りに大酒を飲み、急性アルコール中毒を起こして夜道で倒れた。助けてくれる者もなく、朝には路傍で死んでいた。

享年五十八。何ともお粗末すぎる一家の長の最期であった。

（……ああ）

注射針をティッシュペーパーで拭《ふ》いてケースにしまいながら、笹枝はまたぞろ大きな溜息をつく。

彼女の両手には薄いゴム手袋が嵌められている。去年の秋の終わりごろから、指にひどい湿疹《しっしん》が出はじめた。いわゆる主婦湿疹の症状だったのだが、軽く考えて放っておくうちにどんどん悪化し、素手で家事を行なうのが大変な苦痛になってきたものだから、最近では四六時中、手袋で指を保護しているのだ。

（ああ……本当にこれから、この家はどうなってしまうんだろう）

開いた窓の外に青空が見える。太陽が燦々《さんさん》と輝いている。きょうもいい天気だ。近所の子供たちが道で遊んでいるのだろう、賑《にぎ》やかな笑い声がいくつも重なり合って聞こえてくる。

笹枝は溜息を繰り返す。

あの笑い声はきっと、このあたしを、あたしたちを嘲笑《わら》っているのだ。

あの空で輝く太陽もきっと、同じようにこのあたしを、あたしたちを……。

クスリがまわり、身体中の血液が熱くなってくるにつれて、そういった被害妄想はだんだんと薄らいでいく。

(ああ……いけない、いけない)

ぶるぶると頭を振って、笹枝は背筋を伸ばす。——が、しかし。

こうしていくらクスリの力を借りて気分を活性化させてみても、根本的な問題の解決にはならないのだ。そんなことは嫌と云うほど分かっている笹枝であった。

家の建て替えに要した費用のローンがまだまだ残っているのに加えて、常が殺傷した被害者やその遺族への賠償、さらには民平が作った借金……結果として笹枝たちが背負い込まされた負債は、莫大《ばくだい》な額にのぼった。これから一生をかけて、地道にそれを返済していかねばならないというのに——なのに、よりによって今度は、夫の松夫《まつお》が……。

半年ほど前からになる。この家の苦しい経済を自分一人で支えなければならないという重圧に、松夫の繊細な神経は耐えられなかったのかもしれない。笹枝はそう理解しようとしている。その理解が正しいかどうかはさておき、要するにそのころから、彼の女遊びが始まったのである。

確証があるわけではない。だが、元来がお人好しで隠しごとの苦手な松夫である。ちょっと注意深く観察していれば、たやすくそれと察せられる。「外に女がいますよ」「僕ぁ浮気してますよ」——顔にそう書いてあるのだ。相手はおおかた社内のOLだろう。毎週土曜の午後がどうも怪しい、と笹枝は睨《にら》んでいるのだが……。以前であればきっと、すぐに彼をとことん問いつめたことだろう。いよいよ怪しいとなれば、怒鳴りつけるなり泣き落としにかかるなりの行動にも出たところである。しかし今の笹枝には、とてもそんな気力がない。見て見ぬふりをしているしかない、という情けない状況なのだった。

いったん何かが負の傾斜を転がりだすと、それこそ箍《たが》が外れたように何もかもが、同じような方向へと転がりはじめてしまう。常が狂死して以来の伊園家の〝現実〟は、まさにその状態にあった。

松夫だけではない。

和男も若菜も、一粒種の樽夫も、そしてこのあたしも……。

窓の外から聞こえてくる子供たちの笑い声に身を縮めながら、笹枝は左腕に残った注射針の痕《あと》を怨《うら》めしげに見つめる。その目は暗く澱《よど》んでいた。

2

午後からの授業をサボって学校を抜け出し、伊園和男はいつもの喫茶店に入った。いつものようにメロンソーダを注文すると、煙草《たばこ》をくわえながら窓の外を見やる。店の前の路上には、派手な紫色に塗装された400ccのオートバイが一台、駐《と》められている。

「なあ伊園よぉ、おまえも早いとこ自分のバイク、買っちまえよなぁ」

向かいの席に坐《すわ》った中島田《なかじまだ》太郎《たろう》が、組んだ足をせわしなく揺すりながら云った。

中島田とは小学生のころからのつきあいになるが、こいつもまあ変わったもんだよな——と、和男は思う。野暮ったい円眼鏡《まるめがね》をかけた、いかにもおとなしそうなお坊ちゃんだったのが、今じゃこれだ。髪は金髪、眼鏡は厳《いか》つい真っ黒なサングラス。でもって外のバイクは、その彼が去年から乗りまわしているものだった。

「分かってるさ、んなこと」

吐き捨てるように云って、和男は聞こえよがしに舌打ちをする。

「金さえ何とかなりゃあ……」

和男は都立某高校の二年生である。

小学生の時分から勉強嫌いではあったが、「やればできる」という気概がなかったわけではない。ところが中学へ上がって一年目、横柄な担任教師によって早々に〝落ちこぼれ〟のレッテルを貼られてしまう。これは不運だった。家族の暖かい励ましに支えられて、それでも何とか頑張ってみようと気を持ち直したものの、その矢先に起こった母・常の狂乱事件、さらには父・民平の堕落……。

そこでもう、すっかりやる気を失ってしまった和男であった。

中学を出たら進学はせず、どこか適当な働き口を見つけて家を出ようか——などと考えもしたのだが、姉の笹枝に諭《さと》されて、とにかく高校へは行こうと決めた。と云っても、かろうじて入学できたのは、学区内でも最低ランクに属する札付きの落ちこぼれ校だった。

入ってすぐに煙草を覚えた。夏にはシンナーを始め、万引きの常習犯になり、暴走族《ゾク》の連中とつきあいができた。他校生を相手に恐喝《カツアゲ》まがいの真似《まね》をしたこともある。オリジナリティのかけらもない、実に月並みな青少年の逸脱モデルである。しかしもちろん、当の和男自身にそんな自覚はあまりない。

去年、十六歳の誕生日を迎えたとき、これまた月並みにバイクの運転免許を取りたいと思った。笹枝に費用を出してくれるよう頼んでみたのだが、家の経済事情を理由にあっさり断わられてしまった。それでも、なけなしの貯金にバイト代を加えて、この春にはようやく免許を取得できたのだ。そうすると当然、次は自分のバイクが欲しくなってくる。——しかし。

金がない。

やはりそれが問題だった。

頭金なしの分割払いで買う手はあるが、その場合には保護者＝連帯保証人の了承が要《い》る。どう考えても、笹枝や松夫がすんなり引き受けてくれるはずがない。

「おまえんちってここんとこ、いろいろ大変なんだってぇ？　同情するよ。しかしなぁ、バイクの一台くらい何とかしてもらえよな。ないないって云いながら、けっこう大人は貯め込んでるもんだぜ」

「先立つものはやっぱ、金か」

「後ろに乗せてやるのもいいんだけどよぉ、いつもいつも二人乗りってのもなぁ」

「うるせえな。分かってるって」

根元まで吸った煙草を乱暴に揉《も》み消して、和男はペッと床に唾《つば》を吐く。店員があからさまに不愉快そうな顔をするのが、視界の隅に引っかかった。

「おまえに云われなくたって、夏休みまでには何とかするさ」

そう宣言してみたものの、ほとんど当てはなかった。

笹枝か松夫をどうにかして説得するか、さもなくば自力で現金を工面するか。今からバイトの時間を増やしてみたところで、夏休みまでに必要な金額を貯めるなんて、とうていできそうにないが……。

（……金、金、金、か）

（やっぱり世の中、金なんだよな）

心の中で呟《つぶや》きながら新しい煙草をくわえ、窓の外のバイクをまた見やる。和男の目は暗く澱んでいた。

3

福田樽夫は小学校三年生である。

授業が終わって学校から帰るとき、樽夫はいつも一人でこっそりと裏門から出る。なるべく他の子供たちが通らないような道を選び、わざわざ遠まわりのルートで家へ向かう。ときおり立ち止まっては、おどおどと周囲の様子を確かめる。この一、二年で、すっかりそのような動き方が身に付いてしまっていた。

　誰かに会えばまた、からかわれたりいじめられたりするかもしれない。当たり前の話だが、樽夫はそれが嫌でたまらない。だから、先生や他の大人たちがいない場所では、できるだけ同級生たちと顔を合わせないようにしている。下校時にはこうして裏門から忍び出て、遠まわりをして帰る。

　その日はしかし、運が悪かった。帰路の途中で通りかかる、普段なら誰もいないはずの空き地に、同級生たちが幾人か——しかも樽夫の苦手な連中ばかりが——たむろしていたのである。

　樽夫はびくっと足を止めた。

　引き返そうか。それとも知らんふりをして通り過ぎようか。——迷ううち、中の一人がこちらに気づいて声を上げた。

「おやあ、福田だぞ」

　樽夫は目を伏せ、足を速めた。ここで相手にしたら、またいつもの調子でいじめられてしまう。

「おい、待てよタルちゃん」

指さして、追いかけてくる者がいた。

「待てって。おい、逃げんなよな」

後ろからランドセルを摑《つか》まれた。振りほどくまもなく、別の誰かに「こっちへ来いよ」と腕を摑まれた。そのままずるずると空き地の中まで引っぱっていかれ、まわりを取り囲まれた。男の子が三人、女の子が一人。どの子の目にも同じような、意地の悪い笑みが浮かんでいた。

「なに無視しようとしてんだ、おまえ」

「相変わらずウゼえツラしてるなあ」

「いつもおんなじシャツばっか着て、ショボいわねえ」

「そもそもタルオって名前がウゼえんだよな。誰がつけたんだ？」

口々に吐き出される悪意に満ちた言葉に、樽夫は下唇《したくちびる》を嚙《か》む。

「え？　何か文句あっか」

「あるんなら云ってみなよ」

「云えよな、福田」

樽夫は何も応えようとしない。どう云ってみたところで無駄だと、これまでの経験でもう分かっていたから。

「なあ福田、おまえのばあちゃん、気が狂って人を殺したんだって？」

「お母さんが云ってたわ。だからあの子と友だちになっちゃいけないって」

「それを俺たち、一緒に遊んでやろうって云ってんじゃねえか。ありがたく思えよな。な？」

「キ×ガ×ばあさんの孫なのにさ」

「分かってんのか。え？　おまえのばあちゃんは……」

「違いますぅ」

目を伏せてひたすら黙り込んでいた樽夫だったが、死んだ祖母のことをそんなふうに云われて、思わず口を開いた。

「おばあちゃんはね、そんなんじゃないですぅ」

「じゃあ何だって、包丁なんか振りまわして何人も人、殺したんだよ。え？」

そう云って、男の子の一人が樽夫のシャツの襟元《えりもと》を摑んだ。怯《おび》えつつも樽夫は、相手の顔をまっすぐに睨み返した。

「何だ？　何だよ、その目は。え？　え？」

「お、おばあちゃんは……」

「キ××イは×チガ×だろ？」

ぴしゃりと頬《ほお》に平手が飛んだ。襟元を摑まれたまま、地面に押し倒された。そこへ別の男の子が蹴りを入れてきた。樽夫は「あう」と呻《うめ》き、横腹を押さえながらエビのように身を折り曲げた。続けてまた蹴りが来た。背中に肩に、腹を押さえた手や腕に、次々と鈍い痛みをもたらした。身を折り曲げたまま、樽夫は「あう、あう」と呻きつづけた。

「痛いか福田。え？ 痛いか」

男の子の一人がくすくすと笑った。それにつられるようにして、他の三人も同じような笑い声を洩《も》らした。

「泣けよ。ほら、泣けよ」

「先生にチクったりするなよ」

「どうなるか分かってるわよね」

「おとなしくしてたら、また遊んでやるからさ」

いつしか口の中が切れて、鉄臭い味が広がっていた。唇の端から血が垂れてきたのを、右手で拭《ぬぐ》う。きつく閉じていた両の瞼《まぶた》を開け、その手を見た。どきっとするほど鮮やかな、赤い汚れが目に映った。

（……赤い血）

樽夫は唇を嚙みしめた。

（ぼくの中にも、みんなと同じ赤い血が流れているのに……）

どうしてぼくだけが、こんなふうにいじめられなきゃならないんだろう。

どうして……お母さんが「樽夫」なんて変な名前をつけたから？　死んだおばあちゃんのせい？　それとも……。

四人の同級生たちはもう、その場から退散しようとしていた。樽夫はのろのろと身を起こし、何事もなかったかのように歩み去っていく連中の後ろ姿を睨みつけた。

これまで経験したことのないような激しい怒りが、おもむろに込み上げてくる。あいつらが憎い――と、そのとき心の底から思った。

樽夫は血で汚れた手を握りしめる。その目は暗く澱んでいた。

4

伊園若菜は悲しかった。いつもいつも悲しくて仕方がなかった。

新しい家の広々としたリビングルーム。南向きの大きな窓のおかげで、昼間はとにかく明るい。しかしその明るさが、若菜にはかえってつらく感じられた。

この部屋に置かれたテレビの前で、若菜は一日のうちの多くの時間を過ごす。とりたてて面白い番組があるわけでもないのにテレビを点け、同じような顔ぶれのタレントたちが画面の中で動きまわるのを眺め、彼らの空虚な笑い声に溜息をつき……。

そんな日々が、ずっと続いている。

外から自動車のエンジンやクラクションの音が聞こえてくるたび、若菜はぞっと身を震わせる。そうしてそろりと、自分の下半身に目を下ろす。

そこには痩《や》せた二本の足がある。その足の、膝《ひざ》から下の部分にはまったく血が通っていない。感覚もなければ、満足に動かせもしない。切断された肉体の代わりに取り付けられた、冷たい作りものの……。

車椅子の生活が始まって、かれこれ半年以上になる。昨年の秋、学校からの帰り道で交通事故に遭い、両足の膝から下を失ってしまったのである。

どういう状況での事故だったのか、若菜自身はよく憶《おぼ》えていない。事故のさいに頭を打ったせいで、その前後の記憶が飛んでしまっているのだった。

あとで人に聞かされたところによると、そのとき若菜は、車道の真ん中で立ち往生している仔猫を見つけ、助けようとして飛び出していったらしい。そこで運悪く車に衝突され、撥《は》ね飛ばされて対向車線に転がり伏したところへ、さらに運悪く荷物を満載した大型トラックがやってきた。運転手は慌《あわ》ててハンドルを切ったがよけきれず、彼女の両足を轢《ひ》き潰《つぶ》してしまった。そんな二重事故だったのだという。

幸い命は助かった。しかしながら、トラックに轢かれた下腿部《かたいぶ》は骨まで粉々に砕けてしまい、どうにも手の施しようがない状態で、やむなく切断の処置が採られた。病室で意識を取り戻し、その残酷な事実を突きつけられ……若菜は半狂乱になって泣き喚いた。涙が涸《か》れたときには心の中に、絶望という名の真っ暗な穴が穿《うが》たれていた。医者や家族たちにいくらなだめられても、穿たれたその穴が塞《ふさ》がりはしなかった。

退院してこの家に戻ってきて、義足や車椅子の暮らしにもだいぶ慣れてきた今でもなお、心の中の真っ暗な穴は塞がらない。小さくなりもしない。

何でこんなことになってしまったんだろうか。

世の中にはいろいろな不幸がある。子供なりにそう承知しつつも、決して自分の身にそれが降りかかってくることはないだろうと、若菜もまた、いつしか信じ込まされて生きてきたのだ。母・常や父・民平があういう悲惨な死に方をしてしまった、そのあとでさえ、少なくとも自分にだけは、直接的な災いは降りかからないだろう、と。なのに……。

いったい何が悪かったのだろうか。

車道に迷い出ていった仔猫を呪うべきなのか。それを追って不用意に飛び出していった自分自身を責めるべきなのか。最初にぶつかった車の運転手を怨むべきなのか。最終的に両足を轢き潰してしまったトラックの運転手を憎むべきなのか。

今さら考えても仕方のない話だが、日々の物思いはどうしても、そのようなところから離れられないのだった。

義足で歩く訓練をしようという気力も湧《わ》いてこなければ、頑張って学校へ行こうとも思えない。これから先、何を目標にしてどのように生きていけば良いのか、という自身の未来の問題を、積極的に考える気持ちにもなれない。

寝て起きて、この車椅子に坐って、姉の笹枝が作ってくれる料理を食べ、身障者用に改造されたトイレで排泄《はいせつ》し、笹枝の手を借りて入浴し……それ以外は日がな一日このリビングで、こうしてぼんやりとテレビを眺めては溜息を繰り返す。——そんな若菜の毎日なのであった。

母が逝き、父が逝き……松夫義兄《にい》さんは気のせいか、以前ほど優しくはなくなった。和男兄ちゃんは今や、札付きの不良少年。甥の樽ちゃんはいつのまにか、すっかり無口で陰気な性格の子になってしまったし、笹枝姉さんもここのところ、何だか元気がない。

すべてがこぞって、悪い方向へ悪い方向へと崩れ落ちていきつつあるように思え、若菜はひときわ深い溜息をついた。悲しみの涙が滲《にじ》むその目は暗く澱んでいた。

「おまえだけね、変わらないのは」

車椅子の傍《かたわ》らに、赤い首輪を付けた茶トラの雄猫が一匹うずくまっている。若菜が話しかけると、ゆっくりとこちらに顔を向け、間延びした声で「んにゃ」と鳴いた。

「きょうはもう、水浴びはしてきたの？　ねえタケマル」

「んにゃ」とまた、猫――名前はタケマルというのだが――が鳴いた。「まだだよ」というふうに、若菜には聞こえた。

「いいよねえ、タケマルは。何も悩みごとがなくって」

長年にわたって伊園家で飼われていた猫のタマが死んだのは、三年余り前――今のこの家が完成した直後のことだった。死因は老衰であった。

タマの死を特に嘆いたのは母・常だったのだが、その常がしばらくしてあんな事件を起こして死んでしまい、一家の行く手に暗い影が落ちはじめた時期、新しい猫が家族に加わった。これは隣に住む小説家・井坂南哲の、少しでも笹枝たちを元気づけようという厚意で、ちょうどそのころ知人宅で生まれた仔猫の一匹を貰《もら》ってきて、伊園家にプレゼントしてくれたのである。

笹枝や樽夫は単純にそれを喜んだが、若菜はと云うと、内心ちょっと複雑な気持ちだった。猫は猫で好きだけれど、今度ペットを飼うとしたら絶対に犬がいい。ひそかにそう願っていたからだ。

そこでふと思いついたのが、タケマルという名前だった。せめて名前だけでも犬っぽいものを、と考えたのだ。ポチとかコロとかではなくて、なぜに思いついたのが「タケマル」であったのか。この問題については、実は若菜自身もよく分からないでいる。

ところで、あるいは若菜の強い主張によってそんな名前をつけられてしまったせいもあってだろうか、猫のタケマルは、猫としてはいささか奇妙な習性を持った猫に育っていった。

たとえば、タケマルは水が好きである。誰かが風呂に入っていると好んで湯の中に飛び込んでくるし、裏庭の池で泳いだりもする。もともとは民平が鯉を飼いたいと云って造らせた池だったのだが、いつしか池から魚の姿は消え、今ではすっかりタケマル専用の水浴び場になってしまっている。彼にとってはどうやら、そうやって水で遊ぶことが一種のストレス解消法になっているふしもある。

たとえば、タケマルはまるで犬のように行儀が良い。これは主に若菜が行なった幼少期のしつけの賜物でもあるのだが、餌《えさ》を貰うとき、きちんと「お坐り」や「お預け」の命令に従うのである。

「お坐り」と云われればお坐りをする。「お手」もする。目の前に餌を置かれても、「よし」と云われるまでは決して食べない。器に入れて出された食べ物については、とりわけ律儀にこのルールを守る。たとえその場から人間がいなくなっても、残された器に口をつけることは絶対にしない。

そんな猫が本当にいるものか——と、この話を聞いた者は誰しも首を傾げるが、実際にそうなのだから仕方がない。この点においてタケマルは、とうてい猫とは思えないような、まさによく訓練された犬さながらの猫なのである。

さて、そのタケマルが若菜の車椅子の傍らから離れ、大欠伸《おおあくび》をしながらのそのそと部屋を出ていったところで、壁に掛けられた鳩《はと》時計が鳴りだした。

(ああ、もうお姉ちゃんが降りてくる……)

人を小莫迦《こばか》にしたようなその鳩の鳴き声を数えながら(……午後五時だ)、若菜はリビングから二階へ上がる階段のほうを見やる。

昼食のあと、買い物に出かけて帰ってくると、きょうも笹枝はいそいそと二階へ行ってしまった。それがここ最近の彼女の日課のようになっているのだが、毎日同じ時間帯に一人きりで二階にいて、いったい何をしているのだろうか。——若菜はちょっと不審に思う。

夕方五時ごろになると、笹枝は晴れやかな顔で二階から降りてくる。そうして台所に向かい、その時間から始まるお気に入りのラジオ番組を聴きながら、夕食の準備に取りかかる。これも、ここ最近の彼女の日課とも云うべき、規則的な行動パターンであった。

「ばぶー」

と、そのとき外から、邪気のない子供の声が聞こえてきた。

(ああ、また育也《いくや》ちゃんが来てる……)

若菜は車椅子を動かし、庭に面した窓のそばへ向かった。

育也は、笹枝や若菜たちの従兄弟《いとこ》に当たる浪尾《なみお》盛介《もりすけ》とその妻・妙子《たえこ》の一人息子である。もう幼稚園に通っていても良い年ごろなのだけれど、いまだに「ばぶー」と「はーい」しか言葉が喋《しゃべ》れない。知能の発達にいくぶん問題があるようだと聞いている。

「んぎゃっ」というタケマルの、悲鳴のような鳴き声が、育也の声がしたのと同じ方向から響いてきた。きっと育也がタケマルをいじめているのだ。これはもう毎度のことなので、若菜は今さら驚いたりはしない。

知能の問題に加えて、育也はどうやら人並み以上の加虐嗜好《かぎやくしこう》の持ち主であるらしく、しばしばこの家まで遊びにきては、タケマルをいじめて喜んでいる。連れ戻しにやってきた妙子が、そのたびに笹枝に謝っているのを、若菜も幾度か見たことがあった。

そんなわけだから、この二、三年で盛介・妙子の夫妻もすっかり以前とは感じが変わってしまった。いつ会っても、何とも云えず憂鬱《ゆううつ》そうな顔をしているのだ。

あれは今年の初めだっただろうか、この界隈《かいわい》で野良犬の惨殺死体が見つかる騒ぎがあった。それが育也による残酷な悪戯《いたずら》だと分かったときには、夫妻とも顔面蒼白《そうはく》になって、すぐさま息子を病院の精神科へ連れていった——という話も聞く。

「育也ちゃん。タケマルをいじめちゃ駄目よ！」

若菜は窓を開け、庭に向かって大声を投げた。「んぎゃあっ」とまた、タケマルの悲痛な鳴き声が響いた。

「育也ちゃん、駄目だってば」

「はーい」

育也が窓のほうを振り向いて手を振った。幼いその目は暗く澱んでいた。

5

情事を終えて——。

疲れて眠っている女の横で、福田松夫は外していた眼鏡をかけ、煙草に火を点《つ》けた。

汗に濡れて光る女の長い髪。小麦色に焼けた若い肌。甘い香水のにおい……。

……ふと。

長年一緒に暮らしてきた妻の、明るく能天気な笑顔が脳裡《のうり》をよぎる。彼女に対する罪悪感と嫌悪感——両方が同時に、胸のうちに込み上げてきた。

家計が苦しい——と、毎日のように笹枝はこぼしている。それは時として、若い愛人にうつつを抜かしている夫を暗に非難する言葉のようにも聞こえる。——そう。彼女はもう、とっくに気づいているのかもしれない。

だが松夫は、当面この女と別れる気はまったくない。

十五歳も年下の、どちらかと云えば派手に遊びまわっているタイプのＯＬだ。もとよりこれは恋愛なんてものじゃない、と自覚している。単にこの若い肉体に溺《おぼ》れているだけ、なのだ。「女は魔物」なんていう月並みな文句が思い浮かび、唇が自嘲《じちょう》気味に歪《ゆが》む。

金がない。

松夫にしてもそれは、切実に思うところだった。

女には金が要る。三十代もそろそろ終わりが見えてきた、決して二枚目とも云えない中堅サラリーマンにとって、若い愛人を自分のもとに引き留めておくのはなかなか大変なことであった。

家のローンもまだ残っている。義父が作ったとんでもない借金もある。和男や若菜、そして樽夫の養育費や学費も、これからますます多く必要になってくるだろう。金はいくらあっても足りない。

はっきり云って、もはやにっちもさっちも行かないところまで来ているのである。経済状態だけを考えてみても、一家の破綻《はたん》はもう目前にまで迫っている。

その危機感がしかし、今の松夫にしてみれば、ある種のたまらない快感でもあるのだった。

平々凡々な会社員として、優しく物分かりの良い夫として、父として……これまで彼は生きてきた。作為的なまでの小市民的平和にのっぺりと塗り潰された、長い長い時間の循環の中で。あるいはその反動が今、このような形で噴き出しているのかもしれなかった。

それにしても——と、松夫は思う。

問題はやはり金だ。

金がない。とにかく金が要る。

（……笹枝の生命保険）

そんなことを、そこで思い出した。

（この春に確か、けっこう大きな額面の保険に入ったって云ってたよな）

隣で女が寝返りを打った。鼻にかかった甘ったるい声が、松夫の耳をくすぐった。

煙草を灰皿に置き、松夫は女の頭に手を伸ばす。髪に指を絡めてそっと撫で下ろすと、先ほど欲望を解き放ったばかりの下半身がふたたび熱く充実しはじめる。

明りを落とした部屋の、ねっとりとした闇の中——。

松夫の目は暗く澱んでいた。

6

七月四日、金曜日の夜のことである。

会社から帰ってきた松夫が、鞄《かばん》から見なれぬ茶褐色の広口壜《ひろくちびん》を取り出すのを見て、

「あらあなた、なあに？　それ」

と、笹枝が訊いた。

「毒だよ、毒」

松夫は冗談めかして答えた。

「ちょっと殺したいやつがいてね」

「なーに云ってんのよ。あなたったら、もう」

笹枝はいつもの調子で笑って、松夫の背中をどんと叩《たた》く。

「で、ほんとは何なの？」

「だからね、毒なんだってば」

澄ました顔で壜をテーブルに置きながら、松夫は説明した。

「いつだったかほら、縁側でシロアリを見つけたって大騒ぎしてただろう。あれが気に懸かっててね。ちょうど会社に、このあいだシロアリ駆除の業者に来てもらったっていう人がいたもんだから、相談してみたんだ。そしたら、何でもその業者が置いていった余分の薬があるって云うんで、それじゃあと頼んで分けてもらったわけさ」

「シロアリ退治の薬なの？」

「そういうこと。業者に頼むとけっこうなお金がかかるらしいからねえ。その辺の出費はなるべく抑えたいところだろう？」

「まあ、それはそうだけど」

答えて、笹枝は表情をやや曇らせる。ゴム手袋を嵌めた右手を頬に当てて、

「でもあなた……」

「使い方はだいたい聞いてきたからさ、今度の日曜にでも、ちょっと僕がやってみるよ」

「――そう。じゃあ、お願いするわ」

そろりと壜の蓋《ふた》を開けて中身を確かめながら、

「危険な薬だから、気をつけるようにね」

と、松夫は云った。

「うっかり口に入れたりしたら、微量でも命に関わるらしい」

「まあ、そんなに怖い薬なの？」

「だから、毒だって云ったろ」

そして松夫は、その場にいた和男と若菜にも注意を促した。

「絶対に悪戯しちゃ駄目だよ。和男君？」

「うるせえなあ。ガキじゃあるまいし……」

和男は床に寝そべって、煙草を吹かしながらバイク雑誌を読んでいる。彼の喫煙を咎《とが》める者は、もはやこの家には誰もいないのだった。

「若菜ちゃんも、いいね？」

黙って頷く若菜。その視線はまっすぐ、松夫の手もとの壜に向けられている。

「樽ちゃんにも云っておくけど、危ないからどこか、手の届かない場所にしまっておいてね、あなた」

と、笹枝が云った。樽夫はすでに、二階の自室に引っ込んで休んでいた。

「それじゃあ……」

松夫はぐるりと周囲を見渡して、

「そうだな。物置部屋の天袋にでも置いておこうか。あそこなら樽ちゃんも悪戯できないだろう」

「ねえねえ、松夫さん」

笹枝がそこで、取って付けたような感じで云いだした。

「これでもしも、あたしがその毒を飲んで死んじゃったりしたら、真っ先に疑われるのはあなたよね」

松夫は一瞬、返答に詰まったが、すぐににやりと微妙な笑みを作って、「そうだねえ」と頷いた。

「でもそんな、わざわざ自分を疑ってくれっていうようなやり方で殺したりはしないさ。きみも知ってのとおり、これでも僕ぁ、推理小説を書いてみようとしたこともあるんだ。あはは」

「あたしだって、あなたも知ってのとおり推理小説にはちょっとうるさいほうよ。最近めっきり読まなくなったけど……うふふ」

と、笹枝。にこやかな表情ではあるが、その目はやはり暗く澱んでいる。

「やあ、そうだったよねえ。あはは」

「そうよ、あなた。うふふ」

「んにゃ」とそこで、タケマルの呑気《のんき》な鳴き声がした。飼い主たちの心理にどのような葛藤《かっとう》があろうと、猫の知った話じゃないのである。笹枝の膝の上に跳び乗ると、ごろんと腹を見せて大欠伸をする。

「そう云えば――」

若菜が、なかば独り言のように呟いた。

「あしたはお母さんの命日よね」

応えて口を開く者は誰もいなかった。

7

その翌日。——七月五日、土曜日。

梅雨《つゆ》の中休みの晴天で連日の暑さだったのが、この日は打って変わって涼しくなった。午後になっても過ごしやすさは変わらず、各家庭の電力消費量は軒並み、平年の値を下まわったに違いない。

学校から帰宅した樽夫と一緒に昼食を済ませると、若菜はリビングへ移動してテレビを点けた。洗いものを済ませた笹枝が、やがて台所から出てきて、

「あら、樽ちゃんは？」

若菜はぼんやりとテレビの画面に目を向けたまま、「さあ」と首を傾げた。それから気のない声で、

「奥の座敷でしょ、また」

一階のいちばん奥に位置する縁側付きの八畳間は、もともと民平・常夫妻のために

造られた部屋であった。民平の死以来、日常的に使う者がいないまま放ったらかしにされているが、この和室にここのところ最もよく出入りしているのが、実は樽夫なのだった。

死んだ祖父母への想いがそうさせるのか、あるいはそこに置かれたテレビでゲームをするのが目的なのか。いずれにせよ樽夫は普段、二階の自室よりもむしろ、こちらの部屋にいることのほうが多い。若菜の云ったとおり、この日のこのときも樽夫は、昼食のあとまっすぐ「奥の座敷」へ行き、閉じこもって一人でTVゲームをしていた――と、これはのちに樽夫自身の口からそう語られている。

「たまにはあなたたち、二人で遊べばいいのに」

と、笹枝が云った。若菜は黙って小さくかぶりを振る。

「昔は和男も一緒になって、ほんとによく遊びまわっていたのにねえ」

黙ってまたかぶりを振りながら、わたしに何て応えろというのだろう、と若菜は思う。そんなふうに今さら云われても、何とも応えようがないではないか。

若菜と樽夫は叔母と甥の関係だが、三年しか年齢が違わないものだから、ほとんど姉弟のようにして育ってきた。樽夫は若菜のことを「若菜おねえちゃん」と呼び、和男は「和男おにいちゃん」だった。昔は（と云ってもつい何年か前までの話だが）確かに、三人でよく遊んだものだった。しかし――。

若菜の身体は今や、このように不自由な有様だ。和男はそもそもあまり家に寄りつかないし、樽夫にしてもあのとおり、自分からはめったに口を利《き》こうとしない陰気な子になってしまった。

いったいどうやって、かつてのように一緒に遊べというのか。

そんな若菜の心中を、笹枝にしても本当はよく分かっていたのかもしれない。こうべを垂れて押し黙ってしまった妹を見据《みす》えて、「ごめんね」と小声でひと言。それからソファに寝そべっていたタケマルを抱き上げると、二階への階段に足を向けた。

「あのね、若菜」

階段の手前で立ち止まり、笹枝が声をかけてきた。

「――なあに？」

若菜が顔を上げると、笹枝は神妙な表情で「あのね」と何事か云いかけたが、思い直したように口をつぐみ、どこかしら寂しげな笑みを浮かべて首を振った。

「――何でもないわ」

「………」

「元気、出すのよ」

と、それだけ云って笹枝は、タケマルを抱いたまま二階へ上がっていった。

時刻は午後二時過ぎである。

8

集合マフラーから迸《ほとばし》る排気音の、脳味噌の芯《しん》まで震わせるような響きが気持ちいい。道行く人々がこぞってこちらを振り返るのがまた気持ちいい。彼らの顔に浮かぶ表情など、どうでも良い問題だった。とにかくこうして、周囲の注目をわが身に集めることが肝心なのだ……。

中島田が運転するバイクのタンデムシートにまたがりながら、和男はそんなふうにして〝今ここにいるオレ〟を確認しようとするのだった。これまた何ともありがちな図式であるが、もちろん当の和男自身は、あまりそのようには自覚していない。

バイクは爆音を撒き散らしながら見なれた街並みを抜け、やがて和男の家の前で停止した。

「ちょっと待っててくれよな。金、都合してくるから」

そう云い置いて、和男は玄関から家の中へ駆け込んだ。

リビングでは車椅子に坐った若菜が、いつものようにぼんやりと独りテレビを観ていた。

「姉さんは?」

和男の問いかけに、若菜は黙って天井を指さした。二階にいる、か。

しめしめ——と、和男はほくそ笑んだ。

このところ笹枝は決まって、午後のある時間以降になると一人で二階へ上がってしまう。夕方の五時ごろになって台所へ降りてくるまでは、どうやらずっと寝室に閉じこもっているらしい。そのことは和男も承知していた。和男だけではない、松夫にしても盛介・妙子夫妻にしても、この〝最近の笹枝の日課〟については知っているはずである。

そうやって寝室に閉じこもって、いったい笹枝が何をしているのか。——という問題にはしかし、和男はまるで興味がなかった。

和男は急いで台所へ向かった。

リビングでは鳩時計が午後三時を告げていた。

水屋《みずや》の抽斗《ひきだし》の、確かいちばん下の段だったと思う。そこに笹枝のへ、そ、く、りが隠されているのを、和男は知っていた。

抽斗を水屋から抜き出してしまい、腕を突っ込んでその下を探る。そうして見つけ出した茶封筒の中から一万円札を一枚、抜き取るとズボンのポケットに捻《ね》じ込んだ。家計が苦しいのは本当だろうが、まあ、このくらいくすねたからってバチは当たらないだろう……。

外で派手なクラクションの音が鳴った。中島田が「早くしろよ」とせっついているのだ。

(ちょっと待てよな)

抽斗をもとどおりに収めると、和男は冷蔵庫の前へ走った。喉《のど》が渇いていた。ジュースか何か、飲んでいきたい。

冷蔵庫の中にはしかし、ジュースのたぐいは一本もなく、飲み物と云えば一リットル入りの紙パック牛乳があるだけだった。

(しけてやがんの)

和男は舌打ちをしながら心中で毒づいたが、まあ何もないよりはましか、と思ってそれを取り出した。すでに開封済みだった注ぎ口にちょくせつ口をつけ、残っていた牛乳の半分ほどを飲んでしまう。そしてパックを冷蔵庫に戻すこともせず、台所を飛び出した。

9

駅から出たところで、疲れた神経を逆撫《さかな》でするようなバイクの排気音が聞こえてきた。松夫は思わず足を止め、眉《まゆ》をひそめた。

駅前の通りを、二人乗りのバイクが走っていく。趣味の悪い紫色の車体だった。やたらと騒々しい音を吐き出しているくせに、スピードはあまり出ていない。普通に走っている車よりもずっと遅い。要はとにかく目立ちたいのだろうが、あれじゃあ「暴走族」とは云えないな――と、松夫は思う。単なる「騒音族」じゃないか。

「まったくもう、近ごろの若者は……」

そう呟いてしまってから、「ああ、まただ」と気づいた。どうも最近、この決まり文句をよく口にするようになった。何かと云うとつい、「近ごろの若者は……」になってしまう。

(僕もすっかり年を取ったってわけか)

今さら考えるまでもないことであった。

長く一緒に暮らしてきた妻がいて、息子がいて、その息子はもう小学校三年生なのだ。まだまだ若いうちだと自分に云い聞かせてはみても、いや違う、もはや若くはないのだという現実を、さまざまな局面で実感せざるをえない。

(笹枝にしても、この何年かですっかり小皺《こじわ》が目立つようになってきたよなあ)

松夫は深々と溜息をつく。

十五歳年下の愛人の顔が、笹枝の顔を押しのけるようにして脳裡に浮かび上がってきた。

この二、三ヵ月、土曜日の午後はたいてい彼女と秘密の時間を過ごしている。きょうもその約束だったのだが、きのうになって彼女のほうからキャンセルの連絡があった。どうしても外せない用事ができたのだという。ひょっとしたら本命の男とのデートだったりして……などと想像してもみるが、多少の嫉妬《しっと》は覚えるものの、それはそれでまあ仕方ないかと諦《あきら》めてもいる。

駅前通りを歩きだしながら、松夫は腕時計で時間を確かめた。——午後三時十五分。

このまままっすぐ帰る気分には、どうにもなれない。

パチンコでもするか、と決めた。

通りを渡った向こう側に、新装開店してまもないホールがある。あそこでちょっと遊んでいこう。

横断歩道の手前で、歩行者用の信号機が青に変わるのを待つうちに、ふと――。

ゆうべ家に持ち帰った例の薬のことを、松夫は思い出した。物置部屋の天袋にしまっておいた、あの茶褐色の広口壜……。

（……ああ、そう云えば）

さらに松夫は思い出す。

（あそこにあったあのドクロマークの壜、中身は何だったんだろうな）

台所に隣接して造られた物置部屋はけっこうな広さがあり、中には実にさまざまなものが、ところ狭しと置かれている。冬用の絨毯《じゆうたん》やストーヴ、使わなくなった家具や電気製品、大工道具や園芸用具、掛軸や額縁、古い玩具や書物、などなどなど……。家を建て替えたさいに不要物を整理してしまえば良かったのだが、民平と常の強硬な反対があって、前の家の納戸や押入に詰め込まれていた品物もいっさいがっさい、この物置部屋に移されたのだった。何が入っているのかよく分からない段ボール箱なんかも、いまだにたくさんある。壁ぎわに据《す》えられた古い戸棚の中にも、松夫たちの与《あず》り知らぬもの（たいていがもはやガラクタとしか思えないような品々なのだが）が山ほど残っている。

ところが昨夜、松夫はたまたま、その戸棚の中段片隅に妙なものを見つけたのだった。前面にでかでかとドクロマークが描かれた、いかにも怪しげな暗緑色の小壜がそれである。

気になって手に取ってみた。形状からして、中身はやはり何か薬品のたぐいだろうと思えたが、内容表示はどこにもない。振ってみると、何やら粉末状のものが入っている音がした。

蓋を開けて中を確認したい誘惑にかられたところで、邪魔が入った。「あなたぁ、お風呂が沸《わ》いたわよぉ」――と、笹枝の声が聞こえてきたのである。それで松夫は、壜をもとの場所に戻して物置部屋を出てしまったのだった。

あの怪しげな小壜の中身は、はて、いったい何だったのだろうか。

死んだ民平が生前に勤めていたのは、中堅の製薬会社だった。それを考えると、ひょっとしたらあれは、民平がむかし会社から持ち帰った何らかの薬物なのかもしれない。あるいは……。

歩行者用信号が青に変わり、人々がいっせいに動きだした。松夫は思考を中断し、横断歩道に足を踏み出した。

10

がたっ、と鈍い物音が響いてきた。

二階から？――そうだ。二階からだ。二階の、ちょうどこのリビングの真上に位置する部屋から……。

時刻は**午後四時二十分**である。

若菜は相変わらず点けっ放しのテレビの前で、虚《むな》しく流れる映像を観るともなしに観ながら、悪循環を繰り返すばかりの孤独な物思いの中にいた。

がた、ばたっ……と、続けてまた物音が響いてくる。やはり二階からだ。

（何だろ？）

若菜はのろりと天井に目を向け、続いて二階へ上がる階段のほうを見た。このリビングの真上にある部屋と云えば――。

松夫と笹枝の寝室。それから、そう、洋服簞笥《たんす》や和簞笥などが置かれた六畳の和室も。

物音はなおも断続的に続いた。

笹枝が掃除でもしているのだろうか。そうじゃなければ何か探しものでも？——にしても、何だか妙な感じがする。

不審に思ううち、やがてぴたりと音はしなくなったのだが……。

……**午後四時五十分を過ぎたころ**、庭のほうからお馴染みの声が聞こえてきた。

「ばぶー」

育也がまた遊びにきているのだ。

若菜は暗く澱んだ目を天井に向けたまま、出口なしの物思いを続けていた。そこへ今度は、「うにゃ」とタケマルの声がした。

振り向くと、台所のほうからタケマルがのそのそと歩いてくる。茶色い毛並みが水で濡れているように見えた。

「水浴びしてきたの？　タケマル」

若菜の問いかけに答えるように、タケマルはその場でごろんと引っくり返って腹を見せる。フローリングの床にうっすらと水の跡が付いた。例によって池で水浴びをしたあと、台所の勝手口に設けられた猫用の出入口から中に入ってきたのだろう。そう察せられたが……。

「ばぶー」

外でふたたび、育也の声がした。

11

午後五時四十分――。

松夫は家の前でばったり、義理の従妹《いとこ》に当たる浪尾妙子と出会った。

「あら松夫さん、今お帰り？」

「え、ええ、まあ。――笹枝に何かご用ですか」

松夫が訊き返すと、妙子は何とも憂鬱《ゆううつ》そうな顔で、

「うちの育也がまた、こちらにお邪魔してないかと思って」

「はあ」

「ちょっと目を離した隙《すき》にいなくなっちゃって、それで……」

「そりゃあ心配ですね。――まあどうぞ」

松夫が先に立って門を抜けた。

玄関の戸に鍵はかかっていない。普段から、日が暮れるまでは厳重な戸締まりがな

されることなどまずないのである。このあたり、家を建て替えたあともずっと昔ながらの習慣に従っている伊園家なのだった。

「ただいまぁ」

松夫が声を投げると、ややあって奥から車椅子の若菜が出てきた。

「松夫義兄さん！」

若菜は松夫の姿を見るなり、悲愴な面持ちで叫んだ。

「大変っ。大変なことが……」

「どうしたんだい、若菜ちゃん」

「大変なの。二階で……」

「二階で？　何かあったの」

松夫の問いに若菜が答えようとしたとき、外から甲高《かんだか》い女の悲鳴が聞こえてきた。

「えっ」

松夫は玄関のほうを振り返って、

「妙子さん？　――どうしたんですか」

その声が妙子の耳まで届いたかどうかは分からない。悲鳴はなおも続いた。庭のほうからだった。育也を探すために彼女は、玄関の前からちょくせつ庭へ向かったのだろう。

「ちょっと待っててね、若菜ちゃん」

云い置いて、松夫は外へ飛び出した。玄関前から建物の左手にまわりこみ、庭に向かって駆ける。

「育也……」

妙子の声がした。それに応えて、

「はーい」

と、無邪気な育也の声。

「どうしたんですか、妙子さん」

松夫が二人のもとに駆け寄る。妙子は蒼ざめた顔を松夫に向け、弱々しく唇を震わせた。

「松夫さん……ああ、どうしましょう。育也が、こんな……こんな……」

妙子の傍らに、育也はきょとんと小首を傾げて立っている。妙子は目に溜《た》まった涙を左手で拭いながら、右手を伸ばしてわが子の足もとを指し示した。

「はーい」

と、松夫に向かって微笑《ほほえ》む育也。その服や手が赤く汚れていることに、このときやっと松夫は気づいた。そして——。

育也の足もとには、タケマルがいた。

無惨に頭を叩き潰され、もはや動くことも鳴くこともかなわぬ血まみれの骸《むくろ》となり果てていた。

12

「松夫義兄さんっ」

リビングの窓から若菜が呼んだ。

「松夫義兄さん、早く来て」

松夫は慌てて玄関へ引き返し、家の中に飛び込んだのだが、ちょうどそこへ和男が帰ってきた。

「おや、和男君」

ふてくされたような顔で入ってくる義弟の姿を見て、松夫は驚いた。

「ど、どうしたの、それ」

シャツもズボンもひどく汚れている。ところどころ破れてもいる。顎《あご》や腕、服の破れ目から覗《のぞ》いた皮膚……あちこちに、血のこびりついた生傷が見られる。

「ねえ和男君、その怪我《けが》」

「何でもねえよ」

和男は唇を尖《とが》らせた。

「ちょっと転んで擦りむいただけさ」

「松夫義兄さんっ」

と、家の奥から若菜の声が飛んでくる。松夫はまわれ右をして、彼女がいるリビングに向かって廊下を駆けた。

「ごめんよ、若菜ちゃん」

松夫は乱れた呼吸を整えながら、

「何が大変だって？」

「ほら。見てよ、あれ」

若菜は斜め上方に腕を上げ、人差指を突き出す。部屋の奥の隅——二面の壁と天井が接するあたりを、彼女はぴたりと指さしていた。

示された部分に目をやるなり、松夫ははっと息を呑《の》み、身を凍らせた。

「あれは……」

「ね。あれ、血でしょ？」

「…………」

天井板の隅に、じわりと赤黒い色が滲《にじ》んでいる。そこから白い壁紙へと伝わり落ちた滴が、鮮やかな赤い線をひと筋、ふた筋と描いている。

「ね。あれ、血でしょ？」

若菜が同じ言葉を繰り返した。松夫は天井の隅を見つめたまま、何も答えられない。

「わたし、怖くて」

若菜の声は細かく震えていた。

「ちょっと前に気がついて、血じゃないかって思えてきて……でも、どうしたらいいか分からなくて。早く誰か帰ってきてくれないかって」

「笹枝は？」

松夫は訊いた。

「笹枝はどこに」

「何を云ってるのよ、松夫義兄さん」

若菜は車椅子の上で身をよじらせた。

「だから大変なんじゃない。姉さんはね、ずっと二階にいるのよ。なのに、下から呼んでもぜんぜん返事がないの。だから……」

13

松夫は遅れてリビングにやってきた和男に事情を説明し、さらには庭から妙子を呼び入れて、三人で二階へ向かった。若菜には、育也と一緒にリビングでじっとしているよう云いつけた。

伊園家の二階には三つの部屋がある。

松夫と笹枝の寝室、樽夫の勉強部屋、そして六畳の和室——この三つなのだが、リビングの真上に位置するのは、寝室と和室の二部屋である。血らしきものが滲み出している場所からして、〝事件〟はそのうちの和室のほうで発生しているのではないかと考えられた。

「笹枝ぇ」

妻の名を呼びながら、先頭に立った松夫が問題の和室の戸（ぴったりと隙間なく閉まっている）を開けた。——とたん。

「あっ、笹……」

声を詰まらせ、松夫はその場に立ち尽くしてしまった。彼の肩越しに室内を覗き込んで、和男と妙子が同時に「わわっ」と悲鳴を上げる。

「たたた、妙子さん」

松夫はもつれる舌で義理の従妹に命じた。

「すぐに警察を呼んでください。そそ、それから救急車も。お願いします」

「——はい」

妙子があたふたと階段を駆け降りていくと、松夫は気を確かに持とうと何度も大きな呼吸をしながら、開いた戸の向こうに足を踏み入れた。

「笹枝？」

彼女は部屋の真ん中に倒れ伏していた。

首のあたりを中心に、おびただしい量の血が広がっている。この血が畳《たたみ》の合わせ目に流れ込み、床板の隙間からさらに下へと滴《したた》り落ちた結果が、リビングの天井の隅に滲み出したあの赤黒い染みだったのだ。——と、これはほぼ間違いのないところであった。

「笹枝、大丈夫かい？」

松夫が声をかけても、反応はまったくなかった。

「ああ、笹枝……」

松夫は恐る恐る妻の身体に歩み寄り、屈《かが》み込み、ゴム手袋を嵌めた彼女の手を持ち上げて脈を調べてみた。肌はまだ温かかったが、脈拍は完全に消えていた。

「姉さん、死んじまったの？」

和男の神妙な問いかけに、松夫は黙って頷いた。

「――自殺？」

「莫迦な」

松夫は思わず声を荒らげた。

「笹枝がそんな、自殺なんて真似をするわけが……それに」

云いながら松夫は、ぐるりと室内を見まわしてみる。

箪笥の抽斗や押入の戸があちこち開かれ、中のものが引っぱり出されたり、床にばらまかれたりしている。誰かがこの部屋を物色した――と、明らかにそう思われるような形跡だった。さらに――。

畳を汚した大量の血液は、死体の頸動脈《けいどうみゃく》から噴き出したもののようである。何か鋭利な刃物によって切られたのだ。しかしながら、その凶器として使われた刃物のたぐいが、この部屋のどこにも見当たらないのだった。

「笹枝は殺されたんだよ、誰かに」

松夫は憮然《ぶぜん》と云った。

「刃物で首を切られて……」

事件現場であるこの和室は、奥に裏庭に面した窓がある。その窓が二十センチほど開いたままになっている——と、次に気づいた。

階段の下のリビングにはずっと若菜がいたはずだから、すると犯人は、この窓から逃走したのだろうか。そう思って改めて観察すると、死体のそばから窓に向かってひと筋、血の痕《あと》のようなものが付いているが……。

窓の外にはささやかなヴェランダが設けられている。そこから裏庭の地面へ、樋《とい》を伝って降りるなり飛び降りるなりして、逃げられないことはない。

松夫はそろそろと部屋を横切り、窓から首を突き出してヴェランダの様子を見てみた。そこには誰もいなかった。

裏庭の向こうには、塀《へい》を挟んで隣家——井坂南哲邸である。瀟洒《しょうしゃ》なその邸宅の、人工芝が敷きつめられた二階のルーフバルコニーに、ちらりと人影が見えた。あれは井坂本人か、あるいは妻の軽子《けいこ》か……。

「和男君」

松夫は、廊下で棒立ちになっている義弟を振り返って、

「他の部屋を見ておこう」

有無を云わさぬ調子で云った。

「もしかしたら、まだ曲者《くせもの》が潜んでいるかもしれない」

念のため、現場の押入や箪笥の中を覗き込んで誰も隠れていないことを確かめてから、二人は二階にある残り二つの部屋を一緒に調べてまわった。松夫・笹枝夫妻の寝室と樽夫の部屋、である。

このうち、寝室のほうには和室と同様、整理箪笥の中身を物色したような形跡が見られた。クローゼットの中やベッドの下など、身を隠せそうな場所は余さず調べてみたのだが、どこにも怪しい者の姿はなかった。加えて、どちらの部屋も窓はすべて閉まっており、しっかり施錠《せじょう》されていると分かった。それらの窓から犯人が逃走した可能性はない、というわけである。

とにもかくにも、現時点でここにはもう曲者はいない。その事実が確認されて、場の緊張はいくらか緩まった。

「……笹枝」

和室に戻ると松夫は、血にまみれて倒れ伏した妻に向かっていま一度、声をかけてみた。反応はやはり、まったくなかった。——本当に死んでしまったのだ、彼女は。あの陽気な笑い声がこの家に響き渡ることは二度とない。浮気を咎められる心配もない。そして……。

「ああ、笹枝……」

パトカーと救急車のけたたましいサイレンの音が、やがて近づいてきた。

以上が、私こと井坂南哲が関係者一同に話を聞いてまわり、それを材料にして三人称多視点形式の小説風に再現してみた、伊園家における〝笹枝さん殺し〟の、事件発生に至るまでの経緯である。

伊園家の人々が、三年前の常の狂乱と死を始まりとして、それまでえんえんと続いてきた不気味なまでの平和を失いつつあったということは、彼らをちょくせつ知る人間ならばかねがね、多少なりとも了解していた事実である。この同じ町で同じように時間《とき》を過ごしてきた私などにしてみれば、それはあまり他人事とは云えない事態でもあった。だがしかし、その果てにまさかこのような惨たらしい殺人事件が起こってしまおうとは、いったい誰が想像しただろうか。

私が今こういった文章をしたためる目的は、大きく云って二つある。

一つは、愛すべき隣人であった福田笹枝への、私なりの追悼として。

もう一つは、いまだ解決の報が聞こえてこないこの事件の真相を、改めてじっくりと考えてみるため。

——なのだが。

以下、今日《こんにち》までに警察の捜査によって明らかとなり、なおかつ私が知りえた事件に関する情報を、余さず記すことにしよう。


まず、現場検証および鑑識・検屍の結果、おおよそ次のような事実が判明した。
○福田笹枝の死因は、切断された左頸動脈からの大量出血による失血。死体に移動の形跡はなく、従って犯行現場は死体が発見されたのと同じ二階の和室であると考えて間違いない。
○死亡時刻は七月五日の**午後四時前から五時過ぎのあいだ**——と推定される。
○頸動脈切断に使われた凶器は薄く鋭い刃物で、たとえば安全剃刀《かみそり》の刃などがそれに該当する。この凶器は、現場および現場近辺からは発見されず。犯行後、犯人が持ち去ったものと思われる。
○現場の和室内および二階の他の部屋や廊下において、不審な指紋や足跡、毛髪のたぐいは発見されず。一方、現場の畳には、死体のそばから開いていた窓にかけて血の痕がひと筋、残っていた。窓枠にも微小な血痕《けっこん》が見つかり、これらは被害者の血液と型が一致した。
○物色された形跡のある二つの部屋からは、被害者の財布および装身具のたぐいが何点かなくなっていた。犯人が持ち去ったものと思われるが、被害の総額はさほど大きくない。

次に、事件発生前後の関係者の動きを少し整理してみよう。

七月五日、午後一時前に樽夫が学校から帰宅。笹枝、若菜、樽夫の三人で昼食を済ませたあと、若菜は一階のリビングルームでテレビを観はじめ、樽夫は一階の「奥の座敷」に一人で閉じこもる。

午後二時過ぎ、笹枝が一人で二階へ上がっていく。このさい笹枝は若菜と言葉を交わしたが、これが最後に目撃された彼女の姿であったことになる。

若菜は以降、ずっと同じリビングにいたというが、**その間に階段を昇り降りした人間は誰一人いなかった**と断言している。念のために記しておくと、伊園家には、このリビングにある階段以外に二階への階段はない。ついでに記してしまうと、エレベーターもエスカレーターも車椅子用のスロープも存在しない。当然、**足の不自由な若菜が笹枝殺しの犯人たりえたはずは絶対にない**わけで、従ってこの点に関して彼女が嘘をつく必然性はないものと考えて良いだろう。

午後三時ごろ、和男が家に立ち寄り、数分後に出ていく。

そのあと午後四時二十分ごろになって、若菜は二階で不審な物音がするのを聞いている。ばたばたと何か探しものでもしているような音だったというから、これはすなわち、犯人が部屋を物色するさいに立てたものだったと考えられる。笹枝が殺されたのは、この前だったのか後だったのか、それとも最中だったのか。いずれにせよ、前記の死亡推定時刻とのあいだに重大な齟齬《そご》は見られないことになる。

ここで、死体発見時の二階の状態について確認しておくと、殺害現場である和室以外の窓は、松夫・笹枝夫妻の寝室の窓も、樽夫の部屋の窓も、さらに付け加えれば廊下に設けられた小窓も、**すべて完全に閉められたうえで施錠されていた**。そしてこれらの窓には、**たとえば針や糸などを使って外から鍵をかけたような形跡もまったくな**

いという事実が、警察によって確かめられた。

よって——。

階段を昇り降りした者はいなかった、という先の若菜の証言と合わせて考えれば、犯人が、少なくとも犯行後に現場から逃走するとき用いたのは、裏庭に面したヴェランダへ出る和室の窓のみに限定されるわけである。


続いて、事件関係者のアリバイについて順に検討していくと——。

まず和男だが、彼は午後三時ごろにいったん自宅に立ち寄ったあと、友人の中島田のバイクの後ろに乗ってS＊＊町近辺を走りまわっていた。ところが、三時半ごろになって、中島田の運転ミスでバイクが転倒してしまった。和男があちこちに怪我をしていたのは、この転倒事故のためだったという。中島田はその場で修理業者を呼んだのだけれども、和男のほうはふてくされて一人で家へ帰っていった。

転倒現場から伊園家までは歩いて二十分ばかりの距離なので、時間的には犯行の可能な空白が存在することになる。結局、和男が家に帰り着いたのは五時五十分ごろだったが、これは途中でゲームセンターに寄って憂《う》さ晴らしをしていたからだという。ただし、この点に関する証人は誰もいない。

松夫についてはしごく単純明快である。午後三時過ぎに駅に着いたあと、その足で駅前のパチンコホールに入って五時半前まで遊んでいたのだという。だが、パチンコは負けてしまって景品は何も取れず、しかも彼がそのホールにずっといつづけたことを裏付ける目撃者は、今のところ現われていない。確たるアリバイは成立しないことになる。

次は妙子。午後三時半までは近所の友だちと会っていたと証明されているものの、問題の四時から五時のあいだは誰とも会っておらず、アリバイは成立しない。五時を過ぎてから、育也の姿が見えないことに気づき、伊園家まで探しにきたのだという。

ちなみにこの日、妙子の夫・盛介は関西へ出張中で、完全なアリバイがあった。また、これは若菜の証言によるところだが、育也は遅くとも四時五十分ごろには、伊園家の庭に遊びにきていたという。

最後に樽夫だが、彼は昼食を終えたあとはずっと一階の「奥の座敷」にいて、ＴＶゲームに熱中していたと云っている。もっとも、途中からはくたびれて畳の上で眠り込んでしまい、目が覚めたときにはもう、家に警察が踏み込んできて大騒ぎの状況だった。従って当然、アリバイは成立しないことになる。

ところで、さて――。

ここでもう一つ、私たちが注目しておかねばならない〝事件〟がある。云うまでもないだろう。伊園家の飼い猫タケマルの死、である。

タケマルは、動物虐待癖を持つ育也によって頭部を叩き潰されていたのだが、笹枝殺しと時を同じくして発生したこの異常事に、当然のごとく捜査陣は興味を示した。タケマルの死体は証拠物件の一つとして運び出され、専門家のもとへ送られた。そうして行なわれた検査・解剖の結果、タケマルの死亡時刻は**五日の午後五時十五分を中心とする一時間ほどのあいだ**であろうと推定されたのだが、加えて一つ、意外な事実が判明した。

それはタケマルの死因である。

当初、育也の手によって殴り殺されたかに見えたタケマルだった。凶器と目される石ころも死体のそばで発見された。ところが、その死体の胃袋から、未消化の牛乳に混じってある致死性の猛毒が検出されたのだ。すなわち――。

タケマルは毒殺されたあとで頭部を潰されたのではないか。そんな可能性が持ち上がってきたのである。そしてさらなる検証により、それこそが正しい事実であることが確認されたのだった。

毒物の投与方法は、まもなく明らかになった。台所に置いてあったタケマル用の食器から、問題の毒と同一の成分を含む残留物が発見されたのである。

死体の胃袋には牛乳が存在した。一方、台所の食器にも少量の牛乳が残留していた。何が行なわれたかは明白である。何者かが牛乳に毒を混ぜ、タケマルに飲ませたのだ。

この牛乳に関しては、次のような和男の証言がある。

和男は午後三時に家に立ち寄ったさい、冷蔵庫にあった紙パックの牛乳を飲んだ。パックは開封済みで、彼がそのとき飲んだのは、入っていた中身の半分ほどだったという。残った牛乳をテーブルの上に置きっ放しにして、和男は台所をあとにした。

笹枝の死体が発見されて警察が捜査にやってきたあと、台所のテーブルにこの牛乳のパックが置かれたままになっていたのを、当の和男が確認している。その時点で、パックの中は空っぽだったという。

和男は誰かが飲んでしまったんだなと思ったらしいが、そうではなかった。残りはすでに、タケマルを毒殺するために使われていたわけなのである。

――といった事実関係が判明した段階で、伊園家の人々に対する事情聴取が改めて実施された。そこで当然ながら、捜査陣の注目は台所の隣の物置部屋に向けられることとなる。

事件の前夜に松夫が家に持ち帰り、この物置部屋の天袋にしまっておいたシロアリ駆除用の薬品。それと、同じ夜にこれも松夫が、同じ物置部屋の戸棚の片隅に置かれているのを見たというドクロマーク付きの怪しげな小壜の中身。——要は、これらのうちのどちらかがタケマル殺害に用いられた毒物なのではないか、と考えられたのである。

すぐに物置部屋が調べられた。

茶褐色の広口壜と暗緑色の小壜。二つの壜はどちらも、松夫が云ったとおりの場所にあった。

それぞれの壜の内容物が、さっそく検査にまわされた。そしてその結果、ドクロマーク付きの暗緑色の小壜に入っていた正体不明の粉末こそが、タケマルの殺害に使われた毒物であるということが判明したのだった。

具体的な毒の名称をここに明記するのは控えようと思うが、二つの壜を区別するため、仮にシロアリ駆除用のほうを〈毒物A〉、ドクロマークのほうを〈毒物B〉としておこう。毒物Bは無味無臭で即効性のある猛毒で、水にも牛乳にも容易に溶ける性質だという。タケマルの体重と検出された毒の量から考えて、タケマルは毒を飲まされたあと十分としないうちに苦しみはじめ、まもなく死に至ったと推測される。

なぜそんな危険な薬物が、物置部屋の戸棚に無造作に置かれていたのかは不明である。死んだ民平が昔、勤め先の製薬会社から持ち帰ったものなのではないか、という松夫の考えには一理あるが、たとえそうだったとしても、どうして民平がそんな真似を？　という疑問は残る。しかしまあ、ここでこの問題をこれ以上追及するのは野暮というものだろう。

ともあれ、結論はこういうことである。

事件当日、伊園家の物置部屋にはAとB、二種類の毒物があった。何者かがこのうちの毒物Bを使ってタケマルを殺害した。

――にしても。

笹枝が殺されたその同じ日の、しかも非常に近接した時間に、どうして猫のタケマルまでもが殺されなければならなかったのか。

これはどうにも気に懸かる問題である。

事件は最初、部屋が物色された形跡と実際になくなっていた金品とから、単純な強盗殺人と見られた。

タケマルの死などいくつかの奇妙な点にはとりあえず目をつぶるとして、とにかく犯人は伊園家の裏庭からヴェランダに昇り、和室の窓から中へ侵入した。犯行後は同じ経路を逆に辿《たど》って逃走した。——と考えられたわけである。

可能性としては、若菜がリビングに来る前に階段を使って二階へ行き、笹枝が上がってくるのを待ち伏せていたということもありうる。だが、仮にそうであったとしても、逃走にはやはり和室の窓が使われたはず。——ところが。

当初のこの見解を根底からくつがえしてしまうような証言が、事件発生の翌日になって出てきたのだった。

その証言をした人物は誰あろう、私こと井坂南哲の妻・軽子であった。

死んだ常と女学校時代の同級生であった軽子だが、五十代も半ばが迫ってきた最近になって、趣味で油絵を始めた。そして、七月五日——伊園家で事件が起こったこの日も、彼女は午後から二階のルーフバルコニーに画材一式を持ち出し、そこから見える風景をキャンバスに描く作業に取り組んでいたのである。

午後二時半ごろ、軽子はバルコニーに出た。その後、事件発生の報を受けたパトカーと救急車が伊園家の前にやってくるまでのあいだずっと、トイレに立つこともなく絵を描きつづけていた。

その彼女が、きっぱりとこう云うのである。

「私がバルコニーで絵を描いているあいだ、伊園さんちの二階のヴェランダから出入りした人なんて、一人もいませんでしたよぉ」

作業に没頭していて見逃した可能性はないか？　という質問に対して、彼女はこう答えた。

「描いていた風景、伊園さんちの方向でしたからねえ。あのヴェランダの様子はずっと視野に入っていたはずだし……だから、もしもそんな、誰かがあそこから裏庭へ飛び降りたりしたなら、気づかなかったはずがないでしょ」

彼女の話を補強するために記しておくと、笹枝殺しの犯行時間とされる午後四時前から五時過ぎまでのあいだ、私こと井坂は二階の居間で独りくつろいでいた。そして軽子が絵を描いていたルーフバルコニーは、ちょうどその居間の外にある。すなわち、バルコニーに出入りするためには居間を通らねばならない、ということである。

居間にいた私はバルコニーにいた軽子の姿をこの目で目撃しており、なおかつ彼女がその間、一度もバルコニーから中へ入ってこなかった事実も知っている。要するに、軽子にはその時間帯のアリバイが保証されているわけである。

従って、軽子は笹枝殺しの犯人では決してありえない。その彼女が「**ヴェランダから出入りした人はいなかった**」と云いきるのだから、これは全面的に信用できる証言であると見なして良いだろう。

そんなわけで――。

ここに至って事件は急遽《きゅうきょ》、いわゆる〝密室殺人〟の様相を呈してきたのであった。

階段の下には若菜がいた。二階の各窓は内側から施錠されていた。唯一開いていた和室の窓の外には軽子の目があった。そして松夫たちが踏み込んだとき、二階には息絶えた笹枝以外、何者の姿もなかった。

犯人は果たして、この閉ざされた空間からいかなる方法で脱出したのか？

思いがけぬ展開に、捜査陣はさぞかし困惑したに違いない。

こうして事件の捜査は、云ってみれば〝空間的な行き詰まり〟に直面してしまい、解決の見通しがつかぬまま、きょうまでにもう一週間余りの時間が経っている。

笹枝が常用していた覚醒剤《クスリ》の件はむろん、捜査の初期段階で警察に知れた。早急にその密売ルートが洗われた結果、同じ覚醒剤に汚染されていた町内の主婦数名が、芋《いも》蔓式《つるしき》に検挙される展開となった。幸いにして私の妻はこれに関係していなかったのだが、顔見知りの近所の奥さんとその娘さんが二人して捕まったのには驚いた。まったく、ここ何年かでこの町も変わってきたものである。

　笹枝殺しについても当然、この覚醒剤事件との関係が疑われたのだが、そこからは結局、これといったものは何も出てこなかったという。二つの事件のあいだに有機的なつながりは存在しない、というのが捜査当局の下した見解であるらしい。


　万年筆で書かれた原稿だった。九十枚ほどにもなる四百字詰め原稿用紙の升目《ますめ》を埋めているのは、見るからに几帳面そうな角張った黒インクの文字である。

「——なるほど」

　読みおえた原稿を丁寧に揃《そろ》えてテーブルに置きながら、僕はしかつめらしい口調で云った。

「知らないうちにこちらも、、、なかなか大変なことになっていたんですねえ。——にしても、さすが井坂先生、この分量をたった二、三日で書かれたわけですか」

革張りの安楽椅子に深々と凭《もた》れ込んで、井坂先生はパイプの煙をくゆらせている。温厚なまなざしをこちらに向けたまま、ちょっとはにかんだように笑って、

「仕事で書いたんじゃありませんからな」

僕は「はあ」と頭《こうべ》を垂れるしかない。たとえ仕事じゃなくても、これだけの枚数を書くためには、僕なら何倍もの時間がかかってしまう。

「――で、綾辻君。率直なところ、どう思いますか」

訊かれて僕はまず、〝事件〟とは直接的な関係のない部分について感想を述べた。

「和男の不良ぶりとか、松夫の浮気の様子とか……何だか妙に懐かしい感じですね。あまりその、現代《いま》っぽくないと云うか」

「ははあ」

鼻の下にうっすらと生やした髭《ひげ》を撫《な》でながら、井坂先生は興味深げに頷き、

「やはりそうですか。いかんせん、真っ当に時間が進みはじめてから、まだ何年かしか経っていないもので」

「あと、猫の名前がタケマルっていうのは少しその、唐突すぎるような気も……」

「まあまあ、それはお約束ということで」

軽くそう応える井坂先生だが、「はて？」と僕は思わず疑問を抱いてしまう。本来

こちらの住人であるはずのこの先生が、いったいどのような理屈でそんな……ああいや、その次元の問題には深く立ち入るまい、と最初に決めたのだった。――そうだ。それを忘れてはいけない。

井坂先生と僕は、ひょんなご縁で以前よりちょっとしたおつきあいがあった。その先生から今朝、久しぶりに電話がかかってきて、すぐに来てくれと頼まれて……そこで僕は、とにもかくにもこうしてこちらへやってきたわけである。物語の枠組についてこれ以上の説明を加える必要は、この作品の性質上まったくないだろう。

何度も何度も道に迷いまくったあげく、その日の夜遅くになってやっと目的地に辿り着いた僕であった。もう深夜であるにもかかわらず、井坂先生はたいそう歓待してくださり、僕は恐縮しつつも、先生の奥さんである軽子さんの手料理に舌鼓《したつづみ》を打った。不思議と安らいだ心地のする、適度に現実感の希薄な真夜中のひとときだった。

そうしてやがて、食後のデザートとコーヒーが出されたところで――。

井坂先生は書斎から原稿用紙の束を持ってきて、僕に差し出した。それがつまり、いま読みおえたこの原稿だったのである。題名を付けるとすれば、さしずめ「井坂南哲による、〝事件〟の小説風再現」とでもなるだろうか。

「ところで、先生」

僕はちょっと口調を改めて云った。

「これまで先生は、推理小説を書かれたことがおありでしたっけ」

「いや、それが一度もないのですよ」

井坂先生はまた口髭を撫でる。

「読むほうはまあ、人並み程度には読んでいるのですが、自分で書いてみようという気持ちにはついぞならず……」

「うーん。それにしてはこの原稿、かなりきちんとミステリ的なツボを押さえたものになってますね」

「いやいや――」

謙虚に首を振ったところで、先生はふと真顔になり、

「――で、どう思いますかな、綾辻君」

「それって……ここに描かれた事件をどのように考えるか、という？」

「さよう」

先生はこっくりと頷いた。

「誰が笹枝さんを殺したのか？　――こうして私なりにこれまでの経緯を書きまとめてみたものの、どうにも解決が見えてこない。そこでふいと綾辻君、あなたの顔を思

い出しましてね。いわゆる本格ミステリのプロの書き手であるあなたならば、あるいはここから真相を推理するのもたやすいのではないかと」

「ずいぶんまた、買いかぶられましたねえ」

苦笑いして頭を掻《か》く僕に向かって、

「まあまあ、そう云わず」

井坂先生は穏やかに微笑んだ。

「何かもう、考えていることがあるのでしょう？　とにかくあなたは、私などに比べれば断然、推理のプロパーなんだから」

「はあ、まあ……でも、あんまりそうプレッシャーをかけられても困ります」

「困りますか」

「困りますとも」

「自信がない？」

「自信も何も……」

僕は意識的に居住まいを正して、

「そもそもですね、こちらで実際に起こったというこの事件を、本職の刑事でも探偵でもない僕が、刑事や探偵と同じレベルで取り組んで解決しようなんて……そんな自信、持てるわけがないのです」

それだけはきっぱりとお断わりしておいて、「けれども——」と僕は続けた。

「けれども仮に、井坂先生が書かれたこの原稿を、いわゆる〝犯人当て小説〟の『問題篇』のテクストだと割り切って捉えてしまうならば、あくまでもその枠内で、論理的な結論を導き出すことはできない相談じゃありません。この原稿はそれくらい、期せずしてかもしれませんが、〝犯人当て〟のテクストとして首尾が整ったものになっている——と、僕には思えるので」

井坂先生は「ほう」と目を細めた。パイプをゆっくりひと吹かししてから、腕組みをして僕の顔を見据え、

「ではぜひ、それを話してくれませんかな。いやいや、大丈夫。今あなたが云ったことの意味合いは充分に承知したうえで、聞かせてもらいますから」

「そうですか。——そうですね。じゃあ、その前に」

僕は言葉を切り、煙草に火を点けた。こういう話の運びになった以上、ここはきちんとやるべきことをやらねばなるまい。

「まず少し、講釈を垂れさせていただけますか。つまりその、本格ミステリにおける基本的なルールに関して」

「ルール？」

と、先生は小首を傾げつつ、

「誰やらの十戒とか何とか、あの手のものですかな」

「『ノックスの十戒』ですね。あと有名なもので『ヴァン・ダインの二十則』っていうのもありますけど、どちらも書かれたのはもう七十年ほども昔です。今どきあれらを律儀に守ろうなんていうミステリ作家はいないでしょうし、もしも愚直に遵守《じゅんしゅ》して書いたなら、ひどくつまらない作品しかできないのは目に見えているし……要は時代遅れ。〝本格〟と呼ばれている狭義のミステリだけに限ってみても、当時から現在に至るまでに、さまざまな局面で実に大きな変化が起こっているわけで。ある意味ではむしろ、『十戒』や『二十則』を意識的に破ってしまうところにこそ、〝本格〟は活路を見出《みいだ》してきたのだとも云えます。

けれど一方で、中には今日《こんにち》なお有効ないくつかの項目があるのも確かなんですね。それは主として〝フェアプレイ〟を巡る原則的なルールで、たとえば『十戒』にある『読者の知らない手がかりによって解決してはいけない』とか、『二十則』にある『謎を解くにあたって、読者は探偵と平等の機会を持たねばならない。すべての手がかりは、明白に記述されていなくてはならない』とか、この辺のところはもう、〝本格〟

を志す者なら何が何でも心に留めておかねばなりません」

「解決の段階になってから読者の知りようがない事実を出してきて、『実はこうでした』とやるのは反則だ、ということですな。ふむ。そりゃあそうでしょう」

「端的な例として、エラリイ・クイーンが初期の国名シリーズで行なった『読者への挑戦』という趣向があります。ご存じですよね。あのように、『ここまでで手がかりは出揃《でそろ》った。さて、犯人は誰か？』という大見得《おおみえ》を作者が切る以上は、やはりそれなりのフェアプレイ精神が不可欠なわけです。

　では、『必要な手がかりは示すべし』という原則は当然のものとして踏まえたうえで、さらに何をもってフェアであるとするか。これは時代によっても書き手によってもいろいろと意見の分かれる点なんですが、とりあえず僕が最も重要だと考えているのは、『三人称の地の文に虚偽の記述があってはならない』ということです」

「三人称の地の文？」

「そう。三人称の記述というのは原理的に、すべての真実をあらかじめ知っているはずである、いわゆる〝神の視点〟がその上位に控えていて、記述内容の客観性・正当性を保証しているわけです。だから、三人称記述においては、会話文以外の地の文ででたらめを書くのは許されない。事実に反することを事実であるかのように明記しておいて、『手がかりは出揃った』と云うのはアンフェアだろう、と」

「それもまあ、そうでしょうな。たとえば、秘密の通路などどこにもないと書いておきながら、実はその部屋には隠し扉があった、というような？」

「そうです。厳密に云えば、実はその人物が男性であるのに『彼女』と書くとか、実は自殺や事故死であるのに『殺人』『殺し』と書くとか、実は死んだふりをしているだけなのに『死んでいる』と書くとか、そういった記述もあってはいけない――と、そこまでこだわる作家もいます。僕もこだわるほうですね」

「なるほど。そうなると、書くほうも相当に神経を遣《つか》いますな」

と、井坂先生は少し心許なげな面持ちになってくる。僕は続けて、

「判定が難しいのは、これが一人称の記述になった場合です。『私』とか『僕』による一人称で事件が語られている場合、理論上そこからは〝神の視点〟が排除されることになります。あくまでもその作中人物による把握が述べられるわけですから、おのずと事実の誤認というものが混在してくるだろう。実はある人物が男性だったとしても、その時点で『私』が『女性である』と信じていれば、地の文にもそのように書かれてしまう。これはもう致し方ないわけです。

そこで、一人称の記述に何らかのルールを設けるとしたなら、『故意に虚偽の記述

をしてはならない』ということになるでしょうか。その状況において不可避であった誤認については仕方がない、ただしわざと嘘をついてはいけない——と。

むかし論争の的になったアガサ・クリスティの『アクロイド殺し』なんかも、このような考え方を当て嵌めるならば、ぎりぎりフェアの範疇《はんちゅう》に入ると云えるのではないか。僕はそう思います。とにもかくにもあの作品では、語り手が〝嘘〟を書いてはいないわけですから」

「ややこしい話ですな」

云いながら、井坂先生はパイプの葉を詰め替えはじめる。僕は短くなった煙草を揉《も》み消し、新しい一本をくわえた。

「——といったところがまあ、本格ミステリ全般に関して適用されるべき基本的なルールだと思うんですが」

先生がいいかげんうんざりしてきているのではないかと気遣いつつも、僕は「講釈」を続けた。

「これが、本格ミステリのパズラー的な要素をよりいっそう尖鋭化した、いわゆる〝犯人当て小説〟になると、さらにいくつかのルール——と云うか〝お約束事〟が、どうしても必要になってくるんですね。

提示された『問題篇』のテクストを材料に論理を組み立てていって、唯一無二の解答を導き出す。これは、云うほど簡単なことではありません。

たとえば、地の文で故意に虚偽の記述がなされていないとしても、会話文の中ではそうとは限らない。複数の人間が、実は自分勝手に嘘の証言をしている可能性だってあるわけです。共犯者がたくさんいて、寄ってたかって嘘をついている可能性もある。そうなると、どれが真の証言でどれが偽の証言であるかを見分けるなど、読者にとってはまず不可能な話でしょう。

書き手の側から云うと、長編ならまだしも、探偵が一人一人の証人について突っ込んだ質問や調査をしていって、中に含まれている嘘を暴《あば》いていって……というやり方で真偽を保証してやることもできますが、同じ手法を短編や中編に持ち込むのは枚数的に無理があります。

だからそこで、さらなる〝縛り〟を外側からかけてやる必要が出てくるんですね。

その一つは、『犯人以外の人物は、当該事件に関する証言において〝嘘〟はつかないものとする』という取り決め。この前提を共有するだけで、いたずらに論理が煩雑化《はんざつか》するのを回避できる。『挑戦』をする作者にとっても、受ける読者にとっても、メリットのあるルール設定だと僕は思います。

それからもう一つ、たとえば『犯人は単独犯であって、共犯者は存在しない』という条件を外側から付けてやることも、読者のよけいな混乱を取り除くという意味で有効でしょう。もしも共犯者がいる〝問題〟であるのならば、逆に『共犯者が存在する』と明記するのがフェアというものだとも云えます」

井坂先生は「ふむ」と唸《うな》って髭を撫でる。僕はテーブルに置いた原稿に目をやりながら、「さて」と言葉をつなげた。

「今お話ししたようなルールに則《のっと》ってこのテクストが書かれている、という前提のもとでならば、ここで事件の犯人や真相を云い当てるのも不可能じゃない、というわけなんですが——」

「ふうむ」

先生は深く頷いて、それから、淡い青色のカーテンが閉まった窓のほうへ視線を向けた。いま僕たちがいるこの部屋は、井坂邸の二階の居間である。先生が見た窓の外はルーフバルコニーになっていて——つまりは事件当日、軽子夫人が絵を描いていたという場所で——、そこからは従って、三年前に新築された伊園家の建物が見えるはずだった。

「あなたの話を聞いて、一つ付け加えておくべき情報があるのに気づきました。笹枝さんが殺されたときの密室状況について、です」

　窓に視線を向けたまま、先生は云った。

「その原稿には書かなかったのですが、あの家の二階にはもちろん、秘密の抜け道や隠し部屋といったものは存在しない。天井裏にも簡単には昇れないし、実際問題、誰かが昇ったような形跡もなかったといいます」

「的確な補足をしてくださいました」

　と応えて、僕はまたテーブルの上の原稿に目をやる。

「これでどうやら、このパズルは完成ですね」

「完成？　ほほう。では……」

「あくまでも、今お話ししたようなレベルでの推理ですが」

　もう一度そう念を押したうえで、

「まず一つ、云えるのは――」

　僕は慎重に言葉を選びながら云った。

「事件の犯人はまだ、当初の目的をすべて達成してはいないということです」

「何ですと？」

　と声を上げて、井坂先生はパイプを口から離した。

「つまり、まだ続きがあるかもしれないということです」

僕はちらりと窓のほうを振り向いて、

「もしもこの考えが正しいとすれば……そう、次は若菜ちゃんの番ですね」

「そ、それはその、今度は若菜ちゃんが殺されると？」

珍しく声を荒らげながら、先生が安楽椅子から腰を浮かせた、まさにそのときである。真夜中の静寂を破って、遠くから不穏な甲高い音が聞こえてきたのだ。

あれは……ああ、救急車のサイレンではないか。

まさか、と思ったが、思うまにその音はどんどんこちらへ迫ってくる。そうしてやがて、僕たちがいるこの家のすぐ近くまで来てぴたりと止まった。

まったくもう、凄まじいタイミングであったと云えよう。

＊

病院に運ばれた伊園若菜は手当ての甲斐もなく、その夜が明ける前に息を引き取った。急性の毒物中毒による死であった。

のちに警察の捜査によって判明した事実を、次に列挙しておこう。
○若菜を死に至らしめたのは、先日のタケマル殺しに使われたのと同じ毒物Bだった。先の事件の捜査のさい、警察が物置部屋のドクロマークの小壜を押収する以前に、何者かが必要量を抜き取っておいたものと考えられる。
○台所の冷蔵庫に入っていたペットボトルの烏龍茶《ウーロン》に、毒物Bが溶かし込まれていた。台所のテーブルには空のグラスが一個、放置されており、ここからも同じ毒物入りの烏龍茶が検出されている。若菜はこのグラスを使って、冷蔵庫の烏龍茶を飲んでしまったものと思われる。
○冷蔵庫の烏龍茶に毒物を投入する機会は、事件関係者のすべてにあった。

＊

救急車が伊園家の前で停まるや否や部屋を飛び出していった井坂先生は、それから二、三十分して僕の前に戻ってきた。

「家に残っていた和男君に話を聞いたのですが、どうやら毒を飲まされたらしいですな、若菜ちゃんは」

ぐったりと椅子に腰を下ろしながら、先生は報告した。

「台所で烏龍茶を飲んだあとしばらくして、急に苦しみだしたそうで。松夫さんが付き添って病院へ行ったようですが、さて、助かるかどうか……」

火の消えてしまったパイプをそのまま口の端にくわえながら、先生は静かな目で僕を見据えた。

「それにしても綾辻君、どうしてあなたは、次は若菜ちゃんが殺される番だと分かったわけですか」

「それは、ですから——」

僕はテーブルから例の原稿を取り上げて、

「これを読んで、先ほどお話ししたようなレベルで考えてみた結果、出てきた答えがそうだっただけです。まさか本当に、しかもよりによって今夜、こんな展開になろうとは予想していませんでした」

「あなたの推理は現実のレベルにおいても正しいと、これで証明されたわけですな」

「——ということになりますか」

先生の云う「現実」とは何なのか、はさておき——。

「聞かせてくれますか、その推理を」

「そうですね」

と答えて僕は口をつぐみ、先生の表情を窺《うかが》った。さすがに疲れた顔をしている。途方に暮れているようにも見える。

「お話ししても構いませんが、先生、一つここで、交換条件を出させてください」

「と云いますと？」

「先生はこの原稿を、将来どこかに発表なさる気はおありですか」

「――いや」

井坂先生はゆるりとかぶりを振って、

「もとより仕事で書いたものじゃないし……そんなつもりはまったくありませんが」

「では――」

僕は思いきって尋ねた。

「これを僕にくださいませんか」

「あなたに？　その原稿を？　そりゃあまたどうして……」

「然るべき時機を待って、これをあちらで発表したいと思うんです。もしも先生がご了承くださるのなら、綾辻行人《ゆきと》の名義で、綾辻が書いた〝犯人当て小説〟として」

「ほう。しかし……」

「あちらとこちらは、先生もご存じのとおり、微妙な、けれどもある種決定的な隔たりをもって存在しています。あちらでこれを発表したからと云って、こちらの人々に何らかのご迷惑がかかるようなことはないだろうと思うのですが？」

「いかがでしょうか。それを承諾してくださるのならば、今ここで僕の考えをすべてご説明します。駄目なのであれば……」

「ふむ。あなたも、そう見えてなかなかしたたかな男ですな」

先生の目つきが、ちょっと鋭くなった。怒らせてしまっただろうか、と僕は一瞬、不安になったのだけれど、すぐにその表情は「しょうがありませんねえ」というような微笑に変わり、

「よろしい。条件を呑みましょう」

そう云って、ゆっくりと大きく頷いた。

「しかし綾辻君、その原稿には『解決篇』に相当するものがありませんよ。あなたの推理を聞いて私が書け、と云うのですかな」

「いえいえ。まさかそんな……」

恐縮しつつ、僕は首を横に振った。

「『解決篇』は僕が何とかでっちあげますので、どうぞご心配なく」

そして僕は、井坂先生に自分の推理を語りはじめたのだった。

「——ふうむ」

【読者への挑戦】

親愛なる読者の皆様。
この段階で、必要な手がかりはすべて提示されました。
そこで、僕こと綾辻行人は皆様に挑戦いたします。

伊園家で勃発したこの奇妙な殺害事件の犯人は誰か？
「問題篇」の冒頭に示された「登場人物および動物」表の中から一人の名を選んで、フルネームでお答えください。

「一人」と云うからにはもちろん犯人は単独犯であり、いかなる意味においても共犯者は存在しません。また、「問題篇」の地の文において故意に虚偽の記述がなされていることはないということ、犯人以外の人物の当該事件に関する証言に〝嘘〟はないということ、を改めてここに明記させていただきます。

皆様の健闘をお祈りいたします。

綾辻行人拝

綾辻行人による、〝事件〟の解決篇

若菜の葬儀がひそやかに執《と》り行なわれた翌日の夜遅く、井坂南哲は意を決して隣の伊園家を訪れた。

その後、警察の捜査には何ら進展がないもようだった。伊園家における一連の出来事を小説風に書きまとめることによって見えてきた事件の真相を、そのまま捜査当局に知らせたものかどうか、しかし井坂は判断しかねていた。思い悩んだ末、彼はそれをまず松夫に話してみて、そのうえでどう対処するかを決めようと考えたのである。

　事前に電話で訪問を伝えておいたので、呼び鈴を鳴らすとすぐに松夫が出てきて、玄関の戸を細く開いた。

「やあ福田さん、お疲れのところを申しわけありません」

「あ、いえ……」

「先ほど電話で申し上げたとおり、少々あなたに内密のお話がありましてね。今、他には誰もおられないのですね？」

「ええ。樽夫はもう寝ましたし……」

「和男君は出かけている？」

「そうです。家にいてもウザったいだけだからと云って……」

「内密のお話が」という井坂の申し出をどのように受け取ったものか、戸の隙間から覗いた松夫のやつれた顔には緊張の色が隠せない。

「お邪魔してもよろしいですかな」

云われてようやく、松夫は「あ、どうぞ」と井坂を招き入れた。

　もっと散らかり放題の様子を想像していたのだが、通されたリビングルームは意外にきちんと整頓されていた。若菜が使っていた車椅子は見当たらない。もう処分してしまったとは考えにくいから、おそらく彼女の自室にでも片づけてあるのだろう。

勧められてソファに腰を下ろしながら、井坂は部屋の天井に目を上げる。壁を伝った血の痕はきれいに拭き取られているが、天井板の奥の隅にはどす黒い染みが残ったままであった。

「ああ福田さん、どうかお構いなく」

松夫が台所のほうへ向かおうとするのをそう云って引き留め、井坂は「さっそくですが」と話を切り出した。

「亡くなった奥さんの――笹枝さんの生命保険金は、無事に下りそうですかな」

井坂と向かい合ってソファに坐った松夫の表情が瞬間、ひくりとこわばったように見えた。井坂の視線からすっと顔をそむけ、

「な、何を……」

と口ごもる。井坂は間をおかず、質問を繰り返した。

「今年の春ごろ、かなり大きな額面の保険に入られたのでしょう？　笹枝さんは。その保険金はちゃんと支払われそうですか」

「何を、先生はおっしゃりたいのですか」

「いやいや。べつに悪い含みをもって云ったわけではないのですよ。正確な金額は存

じ上げませんが、それ相当のまとまったお金が入れば、破綻《はたん》しかかっているというこの家の経済状況もずいぶん改善されるのではないかと、失礼ながらそんなふうに思いまして」

「そ、それは……」

「そういった意味で笹枝さんの死は、この伊園家にとって、実は大変にありがたい出来事だったのではないか、と。保険金の受取人は松夫さん、あなたですよね」

「…………」

松夫は明らかに気分を害したらしい。眉間《みけん》に皺を刻んで視線を膝のあたりに落とし、むっつりと黙り込んでしまった。

「まあまあ福田さん、そう機嫌を悪くなさらないでください。肝心の話はこのあとなんですから」

井坂は「吸わせていただきますよ」と断わって愛用のパイプをくわえ、マッチで火を入れる。立ち昇る煙のまろやかな香りで気分を落ち着かせながら、静かに言葉を続けた。

「かれこれもう二週間ほどにもなるわけですな、笹枝さんが亡くなって。――あれは私にとっても非常にショッキングな、悲しむべき事件でした。あのあと私が、福田さん、あなたをはじめ若菜ちゃんや和男君や、その他いろいろな人たちに立ち入った話をお訊きしてまわったりしたのも、何とか私なりにあの事件の真相を突き止められないものかと、そう考えて行なったことだった。そして――」

視線を落としたままでいる松夫の顔をまっすぐ見据えて、井坂は云った。

「やっとそれが――事件の真相が、分かったのです」

「分かった？」

松夫がおもむろに目を上げた。

「本当に分かったとおっしゃるんですか」

「それをお話ししようと思って、こうしてお邪魔したわけです」

井坂は本題に入っていった。

「あの日――七月五日土曜日の午後、この家の二階の和室で笹枝さんは殺された。午後四時前から午後五時過ぎ、というのが彼女の死亡推定時間でしたね。

笹枝さんはこの日、午後二時過ぎにタケマルを抱いて二階へ上がった――と、これは若菜ちゃんの証言でした。そのあと、若菜ちゃんはずっとこのリビングでテレビを観ていたといいます。そしてその間、そこの階段を昇り降りした者は一人もいなかったと断言しているわけです。

二階にある窓は唯一の例外を除いて全部、内側から鍵がかかっており、針とか糸とかを使ったトリックでこれらを外側から施錠したような形跡もなかった。唯一の例外として開いていたのは死体があった和室の窓ですが、期せずして問題の時間帯、この窓や外のヴェランダは、隣の私の家のルーフバルコニーで絵を描いていた軽子の視野の中にあった。彼女もまた、若菜ちゃん同様、そこから出入りした人間は一人もいなかったと断言しています。

ところが、午後五時四十分ごろに帰ってきたあなたと、それより少し遅れて帰宅した和男君、そして妙子さんの三人が二階へ上がったときには、そこには血にまみれた笹枝さんの死体があるだけで、凶器も犯人も煙のように消え失せていた。さらに云えば、この家の二階には秘密の抜け道や隠し部屋のたぐいはいっさい存在しないし、犯人が天井裏に昇って身を隠していたなどということもありえなかった。――と、要するにあの事件は、完全な密室状況の中で発生したというわけです」

井坂は言葉を切り、松夫の反応を窺う。彼は神妙な面持ちで、井坂の口もとに目を注いでいた。

「何とかこの密室を破る方法がないものか、私なりにさんざん考えてみたのですが、どう知恵を絞ってみても、物理的に不可能なんですな。何らかのトリックを使ってこれを可能にすることができたとも思えない。――とすれば、疑いはおのずと若菜ちゃんと軽子の証言に向かわざるをえないわけです。つまり、彼女たちのどちらかが嘘をついているのではないか。

しかしながら、それもやはり違うと結論を下すしかないのです。若菜ちゃんは肉体的なハンディゆえに、そもそも自力で二階へ上がること自体が不可能で、絶対に犯人ではありえない。軽子には、他ならぬこの私が証人となる確かなアリバイがあって、犯人ではありえない。犯人ではない二人が、事件のこの重要なポイントで嘘の証言をする必然性はまったくない」

現実問題としてはもちろん、彼らが誰かをかばって嘘をついている、という可能性は存在する。ここではしかし、あくまでも「犯人以外の人物の当該事件に関する証言に〝嘘〟はない」という〝犯人当て〟のルールが支配力を持っているのである。

「そこで次に、残るぎりぎりの可能性を検討してみることにしましょう」

井坂は続けた。

「若菜ちゃんは問題の時間帯、一度もこのリビングを離れなかったと云っている。しかしその若菜ちゃんが、そのように証言しているにもかかわらず、実は何らかの事情でリビングを離れ、なおかつそれを皆に隠さざるをえなかった――そんな可能性があるとは考えられないでしょうか。
ちょっとトイレに行った、というような話ならば、何も隠す必要はない。そういったことではなくて、もっと他の何か——他人に知られては困るような何らかの理由で……」

松夫は悩ましげに首を捻る。井坂はパイプをひと吹かしして、

「つまりですな、私の云おうとしているのは、若菜ちゃんがタケマルに毒を与えるためにリビングを離れた、という可能性です」

仮に若菜がタケマルに毒を与えたのだとすれば、ずっとリビングにいたという彼女の主張——これは「タケマル殺しの犯人による、当該事件に関する〝嘘〟の証言」に相当するわけで、従って〝犯人当て〟のルールには抵触しないことになる。

「と云っても、誤解しないでくださいよ。これはあくまで、論を進めていくうえで必要な、一つの純粋な仮定にすぎないのですから」

そう念を押したうえで、井坂は先へ進んだ。

「さて、仮にそうであったとした場合、若菜ちゃんは事を済ますのにいったいどれだけの時間を要したか。

まず物置部屋へ行って、毒物Bの入ったドクロマークの小壜を取ってくる。台所へ

向かう。テーブルの上に置いてあった牛乳をタケマルの食器に注ぎ、そこに毒物Bを溶かす。タケマルに与える。――少なく見積もれば、リビングを離れてから戻ってくるまでにかかった時間は十分足らず、というところでしょうか。多く見積もってもせいぜい十五分。

では、この十分か十五分の空白のあいだに、何者かが二階の密室状況を破ることは可能だったか？――答えはノーでしょう。

若菜ちゃんがリビングを離れた隙に二階へ昇り、笹枝さんを殺し、部屋を物色し、いくばくかの金品を手に入れて降りてくる。それだけの仕事を、たかだか十分十五分で行なえたはずがない。たとえば、箪笥や押入を引っ掻きまわしたのは犯人ではなく、実は笹枝さん自身であったと考えてみても、彼女のことです、誰かがいきなり刃物で襲いかかってきたなら大いに抵抗したはずだし、仮にその誰かが彼女と親しい間柄の人物だったとしても、襲いかかる隙を狙うには相応の時間がかかったはず。いずれにせよ、十分十五分ではとても無理な話でしょう。

ただ一つ残るとすれば、それは犯人がもっと早い時刻に――若菜ちゃんと軽子の目によってこの家の二階が密室と化してしまう前の時点で――二階に忍び込んでいた、という可能性でしょうか。犯人はそのままずっと二階のどこかに身を隠し、二時過ぎに笹枝さんが上がってきてもまだ息をひそめて隠れつづけていて、四時ごろになってようやく行動を開始し、犯行に及んだ。そして、若菜ちゃんがリビングを離れた隙を突いて階段を降りてきて、そのまま逃走してしまった。これは福田さん、あなたが帰宅したさいに若菜ちゃんが玄関まで出てきた、そのわずかな時間を使っても実行可能であった脱出法です。

ところが、結局はこれもやはり駄目なんですな。今回の事件の関係者の中に、それだけの長時間にわたってアリバイを持たない者は一人もいないのです。それにそもそも、いま云ったような犯人の行動自体、まるでナンセンスと云うか必然性がないと云うか……笹枝さんを付け狙うプロの殺し屋がいたとか、そんなふうにでも話を持っていかないと説明がつかない。そうするとこれはもう、ジャンルの違うお話になってしまう。

従って――」

井坂は大きく息を継いで、云った。

「こうしてぎりぎりの可能性を検討してみたところで、やはりどうしても、笹枝さん事件におけるこの密室状況は崩れない。何者かが二階へ忍び込み、笹枝さんを殺害して脱出する、などということはまったくの不可能事であったわけですな」

いつしかまた、松夫の視線が膝のあたりに落ちていた。井坂はソファから少し腰を浮かせて、そんな彼のやつれた顔を覗き込んだ。

「もうお分かりでしょう、福田さん」

松夫の肩がわずかに震えるのを見ながら、井坂は結論を述べた。

「残された可能性は一つしかありません。すなわち、笹枝さんは自殺したのです」

鳩時計が午後十一時を告げはじめた。あまりにも場違いなそのとぼけた鳴き声が終わるのを待って、井坂は話を続けた。

「伊園家の深刻な経済的危機を救うため、笹枝さんはみずからの命を犠牲にした――と、これが最も分かりやすい動機でしょうな。狙いはこの春にかけはじめた生命保険、です。ただし、自殺だと知られてはいけない。契約後一年以上経っていれば自殺でも可、という保険が今は多いようですが、そこまで時機を待っている余裕はもはや、彼女にはなかった。自殺して、何とかそれを他殺か事故死に見せかける必要があったのです。

笹枝さんはそこで、決行の日時を七月五日土曜日の午後に、場所をこの家の二階に選んだ。七月五日は常さんの命日です。母が逝ったのと同じ日に自分も……と考えたのでしょうか。加えて、家族の他の者によけいな疑いがかからないように、という意図もあったのかもしれません。

土曜日の午後と云えば、福田さん、あなたはここのところ、たいてい愛人との密会に時間を使っているようですから、それによってきっとアリバイが成立するに違いない。和男君はいつものように悪友と外で遊びまわっているだろう。若菜ちゃんは独力では決して二階へ上がってこられない。樽ちゃんについては、年齢的に疑われようがない。——と、そんなふうに彼女は考えたのではないでしょうか」

「…………」

「さて、タケマルを連れて二階に上がってからおよそ二時間、最後の逡巡《しゅんじゅん》の末に笹枝さんは、計画を実行に移す決断をした。そうしてまず、和室と寝室の箪笥や押入を荒らして物色された形跡を作った。物盗りの犯行に見せかけるためです。このときに彼女の立てた音が、四時二十分ごろに若菜ちゃんがここで聞いた二階の物音だったわけですな。なくなっていた財布や装身具などは、二階へ上がる前の時点ですでに処分してあったのでしょう。

物色の形跡を残す作業を終えると、彼女は〝事件現場〟として選んだ和室に入った。そして、用意しておいた安全剃刀の刃で、みずからの頸動脈を切断した」

「ちょ、ちょっと待ってください、先生」

と、そこで松夫がおずおずと口を挟んだ。

「あの和室には、剃刀の刃なんてどこにも……」

井坂は「さよう」と軽く頷いて、

「現場に凶器は残っていなかった。ゆえに自殺の線はありえない、と早々に判断されたわけでしたな」

「そのとおりです。僕ぁあのとき、この目でちゃんと確かめたんです。あの和室にも他の部屋にもそんな、凶器らしきものは何も落ちていなかった」

「ですから、そこですよ福田さん。そこで笹枝さんは、あるトリックを使ったのです」

「トリック？」

と、松夫は首を傾げる。井坂は「さよう」とまた頷いて、

「単純なトリックです。そのために彼女は、タケマルを二階に連れてきておいた」

「タケマル？」

と、松夫はさらに首を傾げる。

「タケマルがそのトリックに使われたと？」

「さよう。タケマルが使われたのです、凶器を現場から運び去る役として。計画実行の段までは、勝手にどこかへ行ってしまわないよう、押入の中にでも閉じこめておいたのでしょうな」

「タケマルが……」

「具体的にはおそらく、このような方法が採られたのだと考えられます。

まず凶器に使う刃に直接、細くて丈夫な糸の端を結びつける、あるいはテープか接着剤で固定する。その糸の反対側の端をタケマルの首輪につなぐ。そういう状態にして笹枝さんは、みずからの頸動脈を切ったのです。タケマルは噴き出した血を見てびっくりして、部屋から逃げ出そうとする。廊下へ出る戸はぴったり閉められていたので出られない。そこで、開いていた窓から外へと逃げる。糸でつながれた刃も、タケマルの動きに従って窓から外へと引っぱり出される。このとき、引きずられていった刃が畳や窓枠に血痕を残したわけですな。

こうして凶器さえ現場から運び出されてしまえば、自分の死は他殺と判断されるはずだと、そう笹枝さんは考えたのです。推理小説好きの彼女のことだから、コナン・ドイルやヴァン・ダイン、あるいはエラリイ・クイーンの有名な作品に出てくる同種のトリックを知っていて、そのヴァリエーションを思いついたのかもしれません」

「し、しかし先生」

松夫がまた口を挟んだ。

「タケマルの首輪にはそんな、凶器の付いた糸なんて結びつけられていませんでしたが。どうして……」

「そこでもう一つ、笹枝さんはちょっとした策を弄したのですよ」

井坂は迷いなく答えた。

「糸とタケマルの首輪をつなぐさい、両者のあいだにたとえば、トイレットペーパーで作った紙捻《こより》のようなものを噛ませたのでしょう。首輪に紙捻を巻きつけておいて、その紙捻に糸を結びつけたのです。

ここで思い出さなければならないのは、タケマルの、あまり猫らしからぬある習性です。水が好きで、裏庭の池でもしょっちゅう水浴びをする。そうやってストレスを解消しているようなふしもある。――そうでしたね？

そんなタケマルが、笹枝さんの自殺を目の当たりにし、噴き出す血に怯えて窓から逃げ出したあと、さて、どんな行動を取るか。その足で裏庭の池へ行って水に飛び込むだろう、という予想が充分に成り立ちます。笹枝さんもそのように考えた。

池に飛び込めば、首輪に巻きつけられたトイレットペーパーの紙捻はいとも簡単に溶けてしまうはずです。糸は首輪から離れ、凶器の刃は池の底に沈む。――とまあ、こういった案配ですな」

「ということは、あの池の底を調べれば凶器が見つかるはずだと？」

「おそらく。実際に見つかれば大きな証拠になりますね。もっとも、刃から有効な指紋は一つも検出されないでしょうが。笹枝さんはあのとおり、普段から薄手のゴム手袋を着用していたのですから」

井坂はソファの背に凭れ込み、ゆっくりと口髭を撫でた。

「とにかくこうして、笹枝さんの〝他殺に見せかけた自殺〟は完了した。警察は事件を単純な強盗殺人と見て、いもしない犯人を追うことになるはずだった。ところがここで一つ、彼女の計算していなかった事態が生じてしまったのです。それがすなわち、私の妻・軽子の証言だったわけです。

タケマルをそこから逃げ出させるため、なおかつ、犯人の逃走経路と目されるのを期待して開けておいた現場の窓を、期せずして軽子がずっと見張っていたような形になり、その結果〝予期せざる密室状況〟ができあがってしまったのでした。

問題のヴェランダから出入りした人間は一人もいない、と軽子は断言しています。その言葉に嘘偽りはなかったにせよ、そこに一つ重要な云い落としがあったことは確かでしょう。

云うまでもなく、それはタケマルです。窓から出てきたタケマルの姿を当然、軽子は見ていたはずなのですから。しかしながら、それが猫であったがために、彼女はわざわざ話す必要を感じなかったんですな。あるいは、そもそも猫というものの存在が完全に盲点に入ってしまっていて、見たこと自体を意識していなかったのかもしれません」

＊

井坂先生の説明はさらに続くのだが、ここで一つ、この「解決篇」部分の記述者である僕こと綾辻行人は、読者に対してお断わりしておかねばならない。

以上のように、福田笹枝の死は他殺ではなく自殺であったわけだが、本作の「問題篇」では再三にわたり、この事件を指して「殺人」「殺害」あるいは「殺し」といった言葉が用いられている。「殺人」「殺害」「殺し」は「他殺」を意味する言葉であり、そこには「自殺」は含まれないものとするのが本格ミステリにおける基本的なルールの一つであるから、地の文におけるこれらの記述はアンフェアだと思われる向きもあるかもしれない。

しかし、それは違う。

「井坂南哲による、〝事件〟の小説風再現」を読んだあと、僕が井坂先生を相手にひとくさり語った「本格ミステリのルール」の内容を、細かく思い出していただきたい。

「問題篇」の文章はあくまでも、井坂先生が事件の真相を知らされるより前にしたためたものであり、あまつさえ、地の文に「殺人」などの言葉が出現するのは、三人称で書かれた部分が終わったあとの、井坂先生の一人称叙述においてのみである。すなわち、それらはあくまでも井坂先生の誤認によって生じた不可避的な記述なのであって、「故意になされた虚偽の記述」では決してない。ゆえにこれはアンフェアには当たらない、ということである。

*

「これで笹枝さんの死の真相は明らかとなりましたが、まだ大きな問題が二つ残っています。同じ日に起こったタケマルの毒殺事件と先日の若菜ちゃんの事件、この二つですな」

井坂の話は続いた。

「笹枝さんが自殺に使った凶器の刃を引きずったタケマルは、彼女の思惑どおりに窓から外へ逃げ出し、裏庭に降りた。そうして池で水浴びをしたのち、台所の勝手口に設けられた猫用の出入口から家の中へ入ってきたわけですが、若菜ちゃんの話によれば、それは午後四時五十分を過ぎたころのことでした。タケマルが死亡したのは午後五時十五分を中心とした一時間ほどのあいだだろうと推定されていますが、少なくとも若菜ちゃんが目撃した時点では、まだタケマルは元気に動きまわっていた。死因となった毒物Bの即効性から云って、タケマルが毒を飲まされたのは、この四時五十分という時間よりもあとだったと考えて然るべきでしょう。

ところでさて、ここでふたたび、タケマルという猫が持っていた、およそ猫らしからぬある習性が問題となってきます。お分かりですか、福田さん」

「さあ……」

松夫は心許なげに首を傾げつつも、

「猫らしからぬ、と云えば、本当にタケマルはまるで犬みたいなところのある猫でした。『お坐り』とか『お手』とか……『お預け』もできたし」

「そう。それです」

「はあ?」

「タケマルは非常に行儀の良い猫だった。目の前に餌を置かれても、『よし』と云われるまでは決して食べなかったのですよね」

「ええ。まったく律儀なやつで……」

「器に入れて出された食べ物については、とりわけ律儀にそのルールを守ったとも聞きます。たとえその場から人間がいなくなっても、命令がなければ決して口をつけようとはしなかった、と。そうですね？」

「ええ、確かに」

「ポイントはそこです。タケマルは器に入れて放置してある食べ物を勝手に食べてしまう猫ではなかった。ですからつまり、問題の毒入り牛乳を与えられたときもやはりそうだったはずである、と考えられるわけです。

犯人は容器に牛乳を入れて毒物Bを溶かしたあと、それをタケマルの前に置いて、面と向かって『よし』と云わねばならなかった。そうしなければタケマルはその牛乳を飲まなかったはずだろう、と」

「はあ、なるほど」

「犯人は午後四時五十分よりもあとの時点で、台所において自分の作った毒入り牛乳をタケマルに与え、それを飲むよう命じた。そういうことですな。――ところで福田さん、この『四時五十分よりもあと』という時間にどんな意味があるのか、あなたも当然ご承知でしょう？」

訊かれて、松夫はまた心許なげに首を傾げる。

「四時五十分……五時前……」

呟きながら何度も目をしばたたき、眼鏡のブリッジを押し上げ、鼻の頭の汗を指先で拭い……やがてようやく答えた。

「ひょっとしてそれ、笹枝がもうすぐ二階から降りてくるはずの時間だった、という意味でしょうか」

「そのとおりです」

頷いて、井坂は満足そうな笑みを見せた。

「笹枝さんは午後五時ごろになると二階から降りてきて台所へ行き、お気に入りのラジオ番組を聴きながら夕食の準備に取りかかる。これがここ最近の、彼女の日課とも呼べる行動パターンで、このことは彼女と近しい人間ならば誰もが承知していたと聞きます。福田さん、あなたも和男君も、若菜ちゃんも樽ちゃんも、さらには盛介さんや妙子さんも……事件の関係者は全員。ただ一人、育也ちゃんについては例外かもしれませんが、あの子はあのとおり、人並み以上の加虐嗜好はあっても、毒物を使って動物を殺そうというような知恵は持っていないだろうと考えられます。

さて、そこで——。

犯人は午後四時五十分よりもあと、台所でタケマルに毒を与えたわけですが、本来ならばそれは、笹枝さんがもう二階から降りてきていて然《しか》るべき時間だったわけですな。その時点ではまだ姿が見えなかったとしても、時間を考えると、いつ彼女がやってきてもおかしくないという状況だった。

そんな状況のもとで、はて、かりそめにも飼い猫のタケマルに毒を飲ませるなどといった犯罪的な行為をするものでしょうか。普通はしないでしょう。もっと別のタイミングを選べば良いのだし、そうすることはいくらでもできたはずです。にもかかわらず、犯人はそのときそれを実行した。いったいなぜなのでしょうか。

考えられる可能性が一つ、あります。すなわち——。

犯人はその時間、笹枝さんが二階から降りてはこない、従って台所には来ない、来られないということを知っていた。笹枝さんがすでに死んでいるのを知っていた。だから……と、そういう可能性ですな。

では、その時点で笹枝さんの死を知りえた者はいたのか？　いたとすればそれは誰なのか？　該当する人物が一人だけ、います。このリビングにいて、天井から壁へと伝い落ちてきた例の血を発見することのできた人物——若菜ちゃんです」

「若菜ちゃんが？　ああ……」

松夫は額に手を当てて、のろのろと首を左右に振り動かした。

「……とすると、井坂先生。若菜ちゃんが毒で死んだのは、あれもひょっとして、笹枝と同じくその、自殺だったのだと？」

ここに至ってようやく、彼は事件の真相をすべて理解したようであった。

「そういうことでしょう」

井坂はやりきれぬ気分で頷いた。

「若菜ちゃんの孤独と絶望が、いつからどのような形で具体的な自殺願望に結びついていったのか、隣人の私には分かりません。けれどもとにかく、彼女の心はすでにそこまで——もはやどうにも後戻りのできないところにまで来てしまっていた。そういうことです。

事件当日の午後四時二十分ごろ、若菜ちゃんは二階で妙な物音がするのを聞いた。最初は何だか分からなくて不審を感じたに違いない。ところがしばらくして、今度は天井板に血らしきものが滲み出てきた。上の部屋で何か、大変なことが起こったらしい。若菜ちゃんはそう察した。二階にいるのは笹枝さんだけだから、きっと彼女の身に一大事が……と。心配して、階下《した》から声をかけてみたかもしれません。しかし何も返事はない。

そんなところへ、タケマルが台所のほうからここへやってきた。池で水浴びをしてきたばかりのタケマルでしたが、あるいは笹枝さんの首から噴き出した血によって、その体はまだ汚れていたかもしれない。それを見て若菜ちゃんが、どこまで想像力を働かせたかは知るすべもありませんが……ともあれ、彼女はこう判断したのです。何かとても大変な出来事があって、姉さんは二階で血を流している、階下の天井にまで染み出してくるくらいだから、命に関わるような大量の出血だろう。ひょっとしたらもう死んでしまっているかもしれない、と。

普通ならそこですぐ、誰かに事態を知らせようとしたでしょう。『奥の座敷』にいる樽ちゃんを呼んで、様子を見にいかせる手もあった。ところが若菜ちゃんは、そうはしなかった。姉さんが死んでしまったかもしれない、という悲観的な状況認識が、彼女の心の中の絶望をさらに増大させ、結果として彼女が以前から考えていたあることをすぐさま実行に移させる、その決定的な引き金となってしまったのです。要するにそれが、物置部屋の戸棚にあるドクロマークの小壜の中身をタケマルに飲ませてみる、という行為だったんですな」

「…………」

「もうお分かりですね、福田さん」

「…………」

「ですからつまり、タケマルは〝実験台〟にされたわけなのです。ドクロマークの小壜に入った、いかにも怪しげな粉末がある。それが果たして毒物なのかどうか、それを飲んだ動物は死んでしまうのかどうか、どのくらいの分量でどのような効果が出るのか……といったことを、若菜ちゃんは知りたかったのです。そこでそれを、タケマルを使って試してみたのではないでしょうか。

もしかすると――これは穿ちすぎかもしれませんが――、この伊園家の中でただ一匹だけ、平和に自由に生きているタケマルに対して、彼女はいつしか強い嫉妬や憎しみを覚えるようになっていたのかもしれない。その感情があるいは、タケマルを〝実験台〟に選んだ理由の一つとしてあったのかもしれません」

「そうやって毒の効力を確かめたうえで、後日みずからその同じ毒を飲んで、みずからの命を絶ってしまった、と？」

「ええ。そういうことだったんだろうと思います」

沈痛な面持ちで口を閉ざす松夫を見据えて、井坂は最後に残った一つの命題について説明を加えた。

「タケマルの毒殺事件についてはね、初めから不思議に思っていた点があったのですよ。犯人はなぜ、タケマルを殺すのに毒物Bを使ったのか？　という問題です。ドクロマークの小壜というのは、なるほどいかにも怪しい。怪しすぎる。中身は危険な薬物かもしれない。しかしそんな、わけの分からないものをあえて使わなくても、事件当日この家の物置部屋には、もっと確かな毒物が存在したわけでしょう？　ねえ、福田さん。それはつまり、あなたが前の日の夜に持ち帰った広口壜の中身――毒物Aです。その薬品について、あなたはみんなの前で『うっかり口に入れたりしたら、微量でも命に関わる』と話したのでしたよね。犯人はだから、そちらを使えば良かったはずなのです。

　ところが結局、犯人は効果が確実な広口壜のほうではなく、正体の知れないドクロマークのほうを選んだ。これはすなわち、広口壜のほうを使いたくても使えなかったから、だったんですな」

「ああ……」

　松夫が深い溜息をついた。

「あの壜、天袋にしまってあったから」

「さよう。物置部屋の天袋に、あなたは壜を置いておいた。車椅子に坐ったままで立ち上がることのできない若菜ちゃんは、どう頑張ってみてもその天袋までは手が届かなかった。そこにある壜を取ることができなかったのです。だから……」

松夫は顔を伏せ、がっくりと肩を下げ、「ああ……」とまた深い溜息をつく。その心中には今、どんな想いが去来しているのだろうか。井坂は想像してみようとして、すぐにやめた。彼自身、長い話を終えてすっかりくたびれてしまっていたからである。

こういう役柄は自分には似合わんな——と、今さらのように思う井坂であった。

＊

さて、最後にもう一度、この「解決篇」の記述者である僕こと綾辻は読者に対してお断わりしておかねばならない。

「伊園家で勃発したこの奇妙な殺害事件の犯人は誰か？」

先に提示した「読者への挑戦」において僕はそう問いかけたわけだが、この文中の「殺害事件」とはもちろん、「タケマル殺し」を指して使った言葉であった。従ってもちろん、提出されるべき答えは「伊園若菜」である。笹枝および若菜の死はあくまでも「自殺事件」であって、「殺害事件」ではなかったのだから。ここまでに示されたような論理的道筋を辿って一連の事件の真相に到達しえた者ならば当然、この「挑戦」の正しい意味も明確に読み取れたはずだろう。

「問題篇」において、三つの事件が「自殺」と「他殺」を混同して語られてしまっている部分があるのは、先述のとおり、その記述者である井坂先生の誤認によって不可避的に生じた事態だった。これに対して「読者への挑戦」は、井坂先生の原稿を〝犯人当て〟として読み解き、事件の真相を看破した僕こと綾辻によって書かれた文章である。同じ言葉であっても意味するところはおのずと異なってくるものである、と了解されたい。

また――。

「事件の犯人はまだ、当初の目的をすべて達成してはいないということです」

「問題篇」の終盤において、僕はそんなふうに自分の考えを述べている。この台詞の意味するところも、もはや自明だろう。

「事件（＝タケマル殺し）の犯人である若菜はまだ、当初の目的（＝ドクロマークの小壜の中身をタケマルに飲ませてみて効果を確認したのち、みずからもそれを飲んで命を絶つ）をすべて達成してはいないということです」ということである。

これに続く台詞――「次は若菜ちゃんの番ですね」についても、まったく同様である。最初に自殺した笹枝に続いて、次は若菜が自殺する番だろう――と、そのような推測を僕は述べたのだった。

――以上、蛇足までに。

――了

その年の終わりになって、相変わらず「悪夢のプロジェクト」に悩まされつづけていた僕のもとに、一度だけ井坂先生から連絡があった。と云っても、今度は電話ではなく、手紙で、である。

幾度か電話をかけてみたのだが、どうしてもつながらないので手紙にする――という前置きのあと、そこには伊園家の人々のその後に関する報告が淡々とした筆致で記されていた。

松夫は井坂先生から知らされた事件の真相を、そのまま警察に話す決断をしたのだという。結果、笹枝の死亡保険金は支払われず、伊園家の経済的苦境はいっそう深刻さを増すこととなった。

そんな中――。

夏休みが終わってまもないころ、樽夫が大きな喧嘩をした。いじめっ子たちに対する怒りと憎しみが、とうとう破滅的な暴発につながってしまったのだ。カッターナイフを武器に持って彼らに襲いかかっていった樽夫は、数人の相手のうちの二人を血の海に沈めたが、途中から反撃に遭ってけっきょく袋叩きにされた。激した子供たちは長時間にわたって殴る蹴るをやめようとせず、やがて樽夫はぐったりと動かなくなってしまった。そして死んだ。打ちどころが悪くて、致命的な脳内出血を起こしていたという。

それからしばらくして、和男が死んだ。中島田からバイクを借りて一人で乗りまわしていて、猛スピードでガードレールに突っ込んでしまったのだ。即死だった。死体は見事に百八十度、首が捩じ曲がっていたが、その顔にはへらへらと笑っているような表情が貼り付いていたという。

最後に残された松夫が死んだのは、和男の死から一ヵ月余りが経ったころだった。通勤途中の駅のホームから線路に転落し、入ってきた電車に轢き潰されてしまったのだ。自殺だったのか事故だったのかは不明だが、何やらその直前、彼が「騙《だま》されないるぞ、もう騙されないぞ」というような独り言を繰り返しているのを聞いた者が、いるとかいないとか。

ともあれ――。

かつて長きにわたって、戦後日本における〝明るく平和な家族〟の一つの見本でありつづけてきたとでも云うべき伊園家は、かくして完全な崩壊を遂げたのであった。

S＊＊町の家土地はすでに人手に渡ってしまい、来年早々にも取り壊しが始まる予定らしい。井坂先生は少々思うところがあって、そのうち軽子さんと二人して海外に移住するつもりであるとのこと……。

手紙を読みおえると、僕はすぐに井坂先生の家へ電話しようとしたのだけれど、手帳に電話番号簿に住所録……と、何をいくら調べてみても、なぜかしらどこにも先生のデータは記されていなかった。

弱ったな、返事を書くしかないのかな――と思いつつ、手紙が入っていた封筒を取り上げた。ところがこれまたなぜかしら、よりによって差出人の住所が記されたその部分だけが、インクの滲みがひどくて判読不能になっている。――はてさて、どうしたものか。

封筒を投げ出すと、僕は床に寝転がって仰向《あおむ》けになり、

「疲れてるな」

ぼんやりと天井を眺めながら、溜息まじりにそう呟いた。

第五話　意外な犯人

このところ僕は、死にかけのカブトムシのように動きが鈍い。肉体《からだ》だけじゃなくて精神《こころ》の働きまでが、嫌になるほど鈍い。

脳味噌の血管には、赤い色付きの甘ったるい砂糖水がとろとろと流れている。あちこちの筋肉はいつのまにかずっくり水気を含んだスポンジで、腕や足は脆弱《ぜいじゃく》な針金細工で……両手の指は第二関節から先が油切れで錆《さ》びついている。

腐ったおがくずの中をのろのろと這《は》い進んでいるような心地が、いつもする。歩いていても立ち止まっていても、坐《すわ》っていても寝転がっていても。——要は心身ともにどうにも調子がよろしくないわけで、良くない良くないと思っているうちに時間はさらさらと流れ過ぎていき、脳血管の砂糖水はいよいよ甘ったるさを増し……ああ、いったいいつから僕はこんなになってしまったのだろう。いつになったらこの、生命力そのものが低下してしまったような状態から抜け出せるのだろう。そんなことをぼんやりと考えているうちにまた一日が終わり……。

……といった状態が、例の「悪夢のプロジェクト」がようやく完了したあともずるずると続いていた――あれは、一九九八年十二月の出来事だった。あまり嬉《うれ》しくもない三十八歳の誕生日を迎えた二十三日の夜遅く、仕事場に奇妙な来客があったのだ。

「こんばんは、綾辻《あやつじ》さん」

玄関のドアを開けると、華奢《きゃしゃ》な身体に分厚い黒革のジャンパーを着た色白の青年が立っていた。腺病質《せんびょうしつ》のおとなしそうな面立《おもだ》ち。長く伸ばした柔らかそうな髪。年齢は僕よりひとまわり以上も下だろう。

ああこいつは……と、そこまではとっさに思いついたのである。けれど、どうしたわけかその先が出てこない。

ああこいつは……はて、誰だったっけ。

「お久しぶりです。誕生日おめでとうございます」

クリーム色に緑のストライプが入ったフルフェイスのヘルメットを、小脇に抱えている。手には黒い革手袋、背には黒いデイパック。この寒い中、バイクに乗ってやってきたらしい。

「ええと、きみは」

僕は口ごもった。

この顔、この声、この服装……知らないわけがないのだが。確かに以前、幾度か会って話をしたことがある。すでによく見知った相手のはずなのに……ああもう、何ですんなり思い出せない？

「ええと……」

「やだなあ綾辻さん」

生白い頰《ほお》に屈託のない微笑を浮かべて、青年は云った。

「Ｕですよ、Ｕ。まさか忘れちゃったんですかぁ」

「あ、いや」

Ｕ……そうだ、彼は例のＵ君ではないか。

死にかけのカブトムシのように、僕はのろのろと自分の頭の中を探る。ようやくそれで、妙な具合に曖昧《あいまい》化しつつあった記憶のその部分が、のろのろと形を取り戻しはじめるのだった。

「悪い。ちょっとぼーっとしてて……いや、憶《おぼ》えてるよもちろん」

云いながら、僕は何度も頷《うなず》いてみせる。

「そう、きみはU君だ。うん、そうだ」

少なくとも過去に二度、彼は僕の仕事場を訪ねてきたことがある。今夜と同じような寒い夜に突然、同じようにバイクに乗って。そして……。

こめかみを拳《こぶし》で小突くと、気のせいか空洞のような音が耳に響いた。無数の蟻《あり》たちによって内部から喰《く》い荒らされた大きな甲虫《こうちゅう》の死骸《しがい》を連想してしまい、ほんの少しだけ肌が粟立《あわだ》った。

「思い出してくれましたか」

彼——U君は嵌《は》めていた手袋を外し、ヘルメットの中に押し込む。

「すっかりご無沙汰《ぶさた》してしまいました。お元気ですか。——でもないようですね。何かつらいことでも？」

その質問は無視して、僕は拳を開いて額に当てながら、

「前にきみが来たのは、確か……」

「一九九四年——イヌ年の元日、でしたね。あれから五年近くも経《た》つ勘定ですけど」

「五年前……そっか。うーん、もうそんなになるのか」

思わず頭を抱えたくなる気分を抑えつつ、「で？」と僕は訊《き》いた。

「今夜はまた、どうして」

「誕生日のお祝いを云いたくて、です」

「それだけ？」

「ええ、一応」

「性懲《しょうこ》りもなくまた、何か〝問題〟を書いてきたとか？　今年はトラ年だから、それに絡めて……」

皮肉まじりに僕が探りを入れると、U君は何やら意味ありげに微笑《ほほえ》んで、「いえ」と首を振った。

「今回は違いますから」

「ふうん？」

「本当ですよ。何となく綾辻さんの様子が気になって」

じっとこちらを見つめるU君は、五年前と変わらず無邪気なまなざしである。少し茶がかった色のその目をそのとき、何だか水羊羹《みずようかん》みたいな感じだな、と思った。

「いま仕事、お忙しいですか。前々から予告されてる新作長編の進み具合は……」

「あまりされたくない質問だなあ」

「――やはり」

「まあ、せっかく来たんだから、ちょっと上がっていくかい。コーヒーの一杯くらいはご馳走《ちそう》してあげよう」

こうして僕は、この夜もU君を部屋へ招き入れたのだった。


「ところで綾辻さん」

リビングのソファに落ち着いたU君は、僕が淹《い》れてきたホットコーヒーをうまそうにひと口すすってから、そう云ってデイパックの中身をごそごそと探りはじめた。

「なに？　やっぱり何か書いてきたわけ？」

僕が訊くと、U君は「いえいえ」とかぶりを振る。

「こんなものを見つけたので、ちょっと」

そうして彼が取り出したのは一本の、VHSのビデオテープだった。背に貼られたラベルに、タイトルとおぼしき文字が手書きで記されている。

「――『意外な犯人』？」

ラベルの文字を読み取って、僕は首を傾《かし》げた。

「何だい、それ」

すると、U君は「ははあ」と呟《つぶや》いて僕の顔に視線を上げ、

「憶えてないんですか、綾辻さん」

「憶えてるも何も……」

「一九九四年の十二月二十四日、深夜。今からちょうど四年前なんですけどね、これが放映されたのは」

放映……ということは、テレビのドラマか何かなのだろうか。

僕は腕組みをし、むっつりと唇《くちびる》を曲げた。

「ふうん。ほんとに憶えてないんだ」

U君は何だか嬉しそうな口調である。

「大阪のY＊＊テレビで『ミッドナイト・ドリーム』という深夜枠があって、その枠を使って『真冬の夜のミステリー』という一時間半の特番が作られたんですね。そこで、関西在住のミステリ作家三人――綾辻行人《ゆきと》と有栖川有栖《ありすがわありす》、法月綸太郎《のりづきりんたろう》がそれぞれオリジナルの本格推理ドラマの原案を書いて……っていうの。憶えてません？」

腕組みをしたまま僕は、「うう」と唸《うな》って凍りついてしまった。そんな企画に参加した記憶など、頭のどこを探ってもまるで見つからないのである。

U君の説明が真実だとして、では僕は、そのことをまるっきり忘れてしまっているのか？　たかだか四年前の話だというのに。読んだ本や観た映画の内容とかならともかく、自分が関わったそんな仕事のことを？

蟻に喰い荒らされた甲虫の姿が、ちらりとまた脳裡《のうり》に浮かんで消えた。

「まあまあ、長く生きていればそういうこともあるでしょう。ひょっとしたらそうなんじゃないかな、と僕も思ったものですから、今夜これを持参したわけで」

U君は取り出したビデオテープをテーブルの上に置き、僕の顔を上目で窺《うかが》った。

「複雑な表情ですね」

「…………」

「大丈夫。物忘れは誰だってしてしまいますからね。ね？」

「しかし……」

「気にしない気にしない」

軽くそう云って微笑むと、U君は煙草《たばこ》をくわえて火を点《つ》けながら、

「ねえ綾辻さん、今から観てみませんか」

「観るって……このビデオを？」

「もちろん。観たらあっさり思い出せるかもしれないし、思い出せなかったら思い出せなかったで、ほらね、自分が考案した〝犯人当て〟の問題を自分で解いてみる——なんて、なかなかできる体験じゃないでしょう」

それはまあ、確かにそうだが……。

「実際に放映されたのは一時間半の番組だったんですが、このテープにはそのうちの、綾辻さん原案の一本だけをダビングしてあります」

「それが——そのドラマのタイトルが『意外な犯人』なの？」

「そうです。思い出せませんか」

「——うん」

「ある意味で非常に綾辻さんらしい、ちょっとメタフィクショナルな趣向も入った作品で……そう云えば、綾辻さん自身も劇中に出ていたりするんですけど？」

「——知らない」

みずから原案を書いたドラマを自分自身が憶えていない。そんな奇妙な事態に直面しての、どうにも居心地の悪い、どうにも複雑な想いは、何となくこの時点で「ま、いっか」とでもいうような、なかば投げやりな気分へと変化しつつあった。

ま、いっか。

とりあえずあまり深く思い悩むのはやめて、このビデオに収録されたドラマを楽しむことにしようか。

僕はテーブルからテープを取り上げると、それをビデオデッキにセットした。テレビを点け、デッキのリモコンを持ってソファに戻る。テレビの画面に注目するU君のにこやかな顔を目の端に捉えながら、そろりと再生《プレイ》ボタンを押す——。

＊

最初に映し出されたのは、雑然と散らかったテーブルの上に投げ出されたA４判の書類だった。ＴＶドラマの企画書か何かと思われる。

表紙の中央に、大きく横書きで「意外な犯人」とプリントされている。その下には「原案・アヤツジユキト」とある。

この表紙をぽんと叩《たた》いて、「そうだ」と声を上げる若い女。カメラ引いて、その姿を捉える。

濃紺のシャツにアイボリーのパーカを着た二十代前半の女が、テーブルのそばに立っている。卵形の子供っぽい面立ち。髪はポニーテールにしている。

画面下にテロップが入る。

アシスタントディレクター
岡本比呂子《おかもとひろこ》（乃本彩夏《のもとあやか》）

「岡本比呂子」が役名で、（　）内の「乃本彩夏」が演じる役者の名前——と思われる。英語で表示したならば、"Ayaka Nomoto as Hiroko Okamoto" となるところだろう。

女——岡本比呂子が、その場にいる他の者たちに向かって云う。

「犯人はね、サンタクロースなんですよ。このドラマ、オンエアはクリスマスイヴの真夜中なんでしょ。だったら、ぱあっと派手なほうがいいじゃないですか。真っ赤なサンタクロースの衣装をまとった殺人鬼が、雪の夜にバッサバッサと人を殺してまわる、っていうの」

カメラ、比呂子の右隣に坐《すわ》っている女にパンする。

山吹色のスーツを着たキャリアウーマン風の女。端整な顔立ちである。年齢は三十前後か。テーブルに片肘《かたひじ》を突き、鮮やかな色の唇をちょっと歪《ゆが》めて笑う。

テロップが入る。

シナリオライター **咲谷由伊《さきたにゆい》（希美崎蘭《きみさきらん》）**

「何を云ってるの。それじゃあミステリじゃなくて、スプラッタホラーになっちゃうじゃない」

咲谷由伊は比呂子のほうを見やり、呆《あき》れたような調子で云う。

「でもまあ、アヤツジ先生の作品にはそういうのもありましたっけ」

カメラ、由伊の右隣に坐っている男にパンする。

小柄な三十男が煙草をくわえている。きちんと七三に分けた髪。グレイのブレザーと、下には黒い丸首のセーターを着ている。

テロップが入る。

ミステリ作家
アヤツジユキト（榊由高《さかきゆたか》）

うーん。これがドラマ中に出てくる「綾辻さん自身」だというわけか。実物にはまるで似ていないが、まあ、わりあい二枚目の役者なので許そう。

「うーん」と低く唸ってからアヤツジ、おもむろに口を開く。

「しかし今回は、あくまでも本格ミステリをドラマでやろうっていう企画なんでしょう。サンタクロースの殺人鬼も面白いけど、ちょっとそぐわない感じですね。僕としてはやっぱり、もっと純粋な〝犯人当て〟ドラマを、と考えるのですが……」

カメラ、さらに右隣の席に坐った男にパンする。

アヤツジよりも少し若い男である。彫りの深い細面にミュージシャン風の長髪。赤いシャツの上に茶色い革のジャンパーを羽織《はお》っている。——彼らはどうやら、大きな会議用のテーブルを囲んでいるらしい。

テロップが入る。

ディレクター
高津信彦《こうづのぶひこ》（甲斐倖比古《かいゆきひこ》）

「もちろんそのようにお願いします」

真顔で頷きながら、高津信彦が云う。

「有栖川有栖、法月綸太郎、そしてアヤツジユキト。三人のミステリ作家が独自に原案を書き下ろして、同じ番組の中でその三本を放映するんですからね、これは云ってみればコンペみたいなものでしょう。アヤツジ先生には思いきり、先生らしい本格物を書いていただきたいと思うわけで……」

カメラ、アヤツジに戻る。

「そうですね」

アヤツジ、煙草を吹かしながら、

「しかし皆さん、ご承知かと思いますが、僕がこれまで書いてきたミステリ作品にはたいてい、小説だからこそ成り立つトリックが仕掛けられているんです。つまり、映像化は難しいというものが多い」

「確かに」

と、高津。

カメラ、由伊に戻る。

「先生の『館《やかた》』シリーズなんか特に、どれも映像化は至難の業《わざ》って感じですよね。今回のドラマも、そういった傾向のものになるんでしょうか。だとしたら、シナリオ化するのもかなり大変そう……」

そこで由伊、向き直ってテーブル越しに視線を投げかけ、

「いとうさんはどう思われますか。このドラマでは、探偵役を演じていただく予定なんですけど」

カメラ、それまでテーブルの隅で黙りこくっていた男の姿を捉える。

前髪を額の中ほどでまっすぐに切り揃《そろ》えた、三十過ぎの男。紫色のシャツに黒いカーディガン。縁なしの眼鏡《めがね》をかけ、手もとで開いた文庫本に目を落としている。

テロップが入る。

探偵役
いとうせいこう（いとうせいこう）

由伊の質問に答えて、いとうは気のない調子でひと言。

「皆さんにお任せします」

出演している役者たちは、あまり名の知られていない者がほとんどのようだった。

唯一の例外が、作家としても有名なこの、いとうせいこうである。

そう云えば——と、僕は今さらのように思い至る。いとうさんとはかつて、某小説誌の企画で一緒にスキヤキを食べたりスキヤキについて語り合ったりしたという妙な縁があったっけ。

いとうの足もとには大きな犬——ゴールデンリトリーバーだ——が一匹、坐っている。その背中の艶《つや》やかな毛並みを、いとうがゆっくりと撫《な》でる。

テロップが入る。

犬
タケマル

「おとなしい犬ですね」

と云っていとう、アヤツジのほうを見る。

「名前は何と？」

「タケマルといいます」

アヤツジが答える。

「寂しがり屋なので、今夜も連れてきてしまいました」

タケマル、「くーん」と鼻を鳴らしていとうの足もとを離れ、アヤツジのそばへと移動、坐る。

タケマルの動きを追っていたカメラ、比呂子のほうへ移る。

「いとうさんのイメージは、頭脳明晰《めいせき》な超人探偵って感じですよね。金田《きんだ》一耕助《いちこうすけ》かフイリップ・マーロウか」

「ちょっとちょっと」

由伊が呆れ顔でねめつける。

「いいかげんなこと云わないの。何で金田一とマーロウが等列で並べられるわけ。あなた、ちゃんと読んでるの？」

「えへへ」

比呂子、とぼけた顔で頭を掻《か》く。由伊は気を取り直したように、

「いとうさんだったら、そうねえ、罪を憎んで人を憎まず、そんな心優しき名探偵がいいんじゃないかしら」

「意外な線でやっぱり、サンタクロースの殺人鬼っていうのは……」

と、比呂子。由伊、また呆れ顔で、

「まだ云ってる。サンタクロースが人を殺してまわる話って、B級ホラー映画じゃあとっくに作られてるわよ」

「えー、そうなんですかぁ」

「サンタクロースはボツだな」

高津が強い調子で云う。

「――で？　アヤツジ先生には何かもう、腹案が？」

アヤツジ、吸っていた煙草を灰皿で揉《も》み消して立ち上がり、

「僕はですね、今までの推理ドラマにはなかった、誰も見たことがないような犯人像を考えているんです」

「誰も見たことがないような？」

身を乗り出す高津。

「そりゃあ凄《すご》い。どんな話なんですか。聞かせてください」

「そうですねえ」

もったいぶった口ぶりで応えながらアヤツジ、ゆっくりと周囲に視線を巡らす。

カメラ引いて、部屋の全体を映す。テレビ局の会議室と思われる場所である。

「すっかり夜も更けてきましたから、そろそろ手の内をお話ししましょうか」

そう云ってアヤツジが椅子から立ち上がったところで、８ビートのサスペンスフルなＢＧＭが鳴りはじめる。そして、画面全体に重なるようにしてドラマのタイトルが浮かび上がる――。

意外な犯人

原案・綾辻行人

＃会議室

アヤツジ、テーブルを取り囲んで坐った一同を見まわす。
固唾《かたず》を呑《の》んで見守る一同。いとうだけはテーブルで文庫本を開いたまま、無関心そうに左手で頬杖《ほおづえ》を突いている。

アヤツジ「手の内、と云いましても……このトリックを思いついたのはついきのうのことで、まだ練り込みが不足しているかもしれません。ご了承ください」

高津「トリックができれば、ミステリは十中八九、完成したも同然でしょう」

アヤツジ「（苦笑いして）いやいや、なかなかそうはいかないものですよ。まあ、そのトリックを中心にして、ある程度のストーリーはもう考えてあるんですが」
アヤツジ、会議室前方のホワイトボードの前へ移動。タケマルもそれについて移動する。
アヤツジ「なにぶん今回のドラマには、二十分という時間の制約があります。おのずとあまり複雑な物語にはできないわけで」
由伊「二十分で本格ミステリっていうのは、確かに難しい注文ですよね」
アヤツジ「そう。なおかつ、やるからにはやはり、こういった映像作品ならではのミステリにしたい、という気持ちも出てくるわけで」
高津「二十分は短すぎたかな」
由伊「たとえば市川崑《いちかわこん》監督の『悪魔の手毬唄《てまりうた》』なんか、犯人が分かってからエンドまでで優に二十分はありましたよね」
高津「ああ。ありゃあ相当に複雑なプロットの長編が原作だし、それにまあ、犯人の動機を充分に説明するためには、どうしてもあの尺が必要だったってことかね」
アヤツジ「ですから――」
小さく咳払《せきばら》いをして、
アヤツジ「僕はね、今回のこのドラマにおいては、殺人の動機なんてものはどうでもいいと考えているんですよ」
BGM、止まる。
一同、「え?」という顔でアヤツジに注目する。いとうは相変わらず無関心そうに頬杖。
アヤツジ「今回、僕が取り組みたいと思っているテーマは、文字どおり『意外な犯人』――これなんですね。べつに動機が分からなくたって、犯人の特定はできますから。事件関係者の中で、物理的に犯行が可能だった者は一人しかいない。そう証明されれば、当然その人物が犯人だということになります。動機はこのさい、問題にしない。無駄な要素を極力削《そ》ぎ落として、できる限り単純で純粋な〝フーダニット〟にしてしまおう、と」
比呂子「(大袈裟《おおげさ》に首を傾げて)フーダニット? 何ですか、それ」
由伊「『誰がやったのか』ってことよ」
と、比呂子を横目で睨《にら》む。
由伊「〝ハウダニット〟は『いかにしてやったのか』、〝ホワイダニット〟は『なぜやったのか』」
高津「〝フーダニット〟はまあ、本格ミステリの基本形であるとも云えるな」

アヤツジ「そのとおり。——犯人は誰か？　今回の作品では謎をほぼその一点に絞り込んで、なおかつ、今までになかったような意外な犯人を提示してみせるつもりです。しかも、その犯人の正体はドラマの最後の最後まで分からない。小説で云えば最後の一ページ、いや、最後の一行で、初めて犯人が明かされるという……」

アヤツジ、新しい煙草を取り出してくわえる。

アヤツジ「前置きはこのくらいにして、本題に移るとしましょうか」

黙って聞き入る一同。

先ほどと同じBGMが鳴りはじめる。

アヤツジ「(一同を見渡して)たとえばですね、今夜のこの集まり自体が、実は今回のドラマであるとします。舞台はここ、Y＊＊テレビのビルの五階フロア。登場人物は、この会議室にいるわれわれです」

比呂子「(はしゃいで)じゃ、あたしも出られるんですかぁ」

高津「仮の話だよ、仮の」

アヤツジ「そして、仮にこの夜この場で、殺人事件が勃発《ぼっぱつ》したとしましょう。被害者は……そうだな、やはり美しい女性がいいですね。——咲谷由伊さん、あなたが事件の被害者です」

カメラ、由伊の顔をアップで捉える。
由伊「(面喰《めんく》らったふうに) わたしが?」
アヤツジ「あなたです」
由伊「どうしてわたしが殺されなきゃいけないんですか」
アヤツジ「(にやりと笑って) さっきも云いましたように、このさい犯行の動機は問わないことにしましょう。犯人は、殺人という行為そのものに快感を覚える異常者だったのかもしれないし、あるいはひょっとすると、由伊さん、あなたと秘密の恋愛関係にあって、その関係のもつれから犯行に及んだのかもしれない」
BGM、止まる。
比呂子「たとえば、こういうことですね」
ぴょこんと椅子から立ち上がって比呂子、テーブル越しに高津のほうを見やり、
比呂子「たとえば高津さんがぁ、由伊さんとつきあってて、そこへあたしというライバルが現われた。高津さんは当然、あたしのほうに心変わりしますよね。それで、由伊さんとの関係を清算するために……」
由伊「(溜息《ためいき》まじりに) ありえないわね」
高津「(ぞんざいに) 万が一そんな状況に置かれたら、俺はおまえのほうを殺すよ」

比呂子「そこまで云いますかぁ、普通」
高津「つまんないこと云ってないでおまえ、コーヒーでも淹《い》れてこい。みんなのぶんな」
比呂子「はーい」
　不服そうに応えて比呂子、テーブルを離れ、画面から消える。
アヤツジ「話を進めても構いませんか」
高津「あ、どうぞ」
　カメラ、ホワイトボードの前に立ったアヤツジにパンする。
　ドラムとパーカッションを中心にした変拍子のＢＧＭが流れはじめる。
アヤツジ「事件が発生したとき、このフロアは密閉状態にあります。たとえばですね、停電が起こってエレベーターが動かなくなり、そこへ防災装置の誤作動が重なって、階段もすべて防火シャッターで塞《ふさ》がれてしまう。非常口などにも電子ロックがかかっていて開けられない。五階の窓から地上へ降りるのはとうてい不可能。深夜のオフィス街のことだから、窓から大声を出しても気づいてくれる者はいない。……とまあ、そのような極端な状況にわれわれは置かれてしまうわけです」
高津「〝クローズドサークル〟ってやつですか」

アヤツジ「ええ。外部から孤立した空間で起こる殺人事件。犯人は当然、その空間の内部にいる」

由伊「先生の『館』シリーズでもよく出てくるような状況ですね。それが、このビルのこのフロアで起こってしまう、と」

アヤツジ「そうです」

　頷いてアヤツジ、芝居気たっぷりに室内を見渡す。

アヤツジ「このフロアには今、われわれしかいない、という事実が確認されます。犯人は従って、われわれの中の誰かでしかありえない。さて、最も意外な犯人は？」

　BGM、止まる。

　顔を見合わせる高津と由伊、いとう。

　そこへ比呂子、コーヒーカップを載せたトレイを持って戻ってくる。

比呂子「お待たせしましたぁ。はい先生、どうぞ」

　アヤツジにカップを手渡すと、トレイをテーブルの上に置く。カメラ、コーヒーの入った五つのカップを捉える。

　高津や由伊が手を伸ばして自分のぶんを取ろうとしたところへ、タケマルがテーブルに身を乗り上げてきて、カップの一つに鼻先を突っ込もうとする。

比呂子「だめだめ、タケマル。これはおまえのぶんじゃないの」
　タケマル、「くーん」と鳴いて引き下がる。
アヤツジ「さて――、最も意外な犯人はいったい誰か？」
　コーヒーをひと口すすってからアヤツジ、話を再開する。
アヤツジ「ADの岡本さんか」
比呂子「（ぽかんとした顔で）はあ？」
アヤツジ「ディレクターの高津さんか」
高津「（腕組みをして）ううん」
アヤツジ「あるいは、いとうさんか」
いとう「（淡々とした口ぶりで）ひょっとしたら、アヤツジさん自身が、ということもありえますよね」
　アヤツジ、満足げに微笑んで頷く。
アヤツジ「おっしゃるとおり。もちろん僕自身も容疑者の一人です。そして……」
　アヤツジが先を続けようとしたそのとき、とつぜん部屋中の明りが消える。
　画面、真っ暗になる。
　騒然とする場。由伊のものと思われる小さな悲鳴が、暗闇の中に響く。

比呂子「停電？」

高津「おいおい。冗談じゃない」

——と、そこでささやかな明りが灯《とも》り、テーブルのまわりの五人の姿が暗がりに浮かび上がる。

明りの正体はオイルライターの炎。ライターを手にしているのはアヤツジ。

アヤツジ「どうやら皆さん、ご無事のようですね」

由伊「ああもう、びっくりした」

アヤツジ「生きてますか、咲谷さん」

由伊「変なこと云わないでくださいよ」

アヤツジ「それにしても、まるで今お話ししていた筋書のような展開ですねえ。いやあ、おかしな偶然が起こるものです」

ライターの炎をかざしながらアヤツジ、低く笑う。

高津「おい、岡本。おまえ懐中電灯、探してこい」

比呂子「えー？　探すって、どこを探せばいいんですかぁ」

高津「おまえADなんだから、分かるだろ」

比呂子「外、真っ暗だし……」

高津「ライター持ってないのか、ライター」
比呂子「あたし、煙草吸いません」
高津「もう……ほら、これ持ってけ」
　ジャンパーのポケットからライターを取り出して高津、比呂子に押しつける。
高津「早く行ってこいよ」
比呂子「はーい」
　不服そうに応えて比呂子、会議室から出ていく。
高津「しかし、こんなときに停電とはなあ。これでもしも、さっきの先生の話みたいに外へ出られないなんてことになったら……」
いとう「確かめにいきましょうか」
由伊「でも、明りがないと……」
いとう「ほら、皆さん」
　と、テーブルの下を指さす。
いとう「ここに懐中電灯がありますよ」
カメラ、テーブルの下に置かれた段ボール箱を捉える。中には懐中電灯が六本、入っている。

由伊「（呆れたように）何だか物凄く都合のいい展開ですけど」
いとう「ま、あんまり気にしないほうがいいでしょう」
アヤツジ「とにかくみんなでフロアの状況を調べてみますか」
高津「そうですね」
　高津が、いとうの見つけた段ボール箱をテーブルに上げる。
　四人、それぞれ懐中電灯を手に取って点ける。
　暗がりに光線が飛び交う。
アヤツジ「タケマル、おまえも来るか」
　声をかけられてもタケマル、「くーん」と鼻を鳴らすばかりで、床に伏せたまま動こうとしない。
いとう「すっかり怯《おび》えてしまってますね」
アヤツジ「臆病《おくびょう》なやつなんです。――仕方ないな。（タケマルに向かって）おまえはここで待ってろ」
　アヤツジ、タケマルの頭を撫でると、リードをテーブルの脚につなぐ。
　ばたん！　と、とつぜん部屋のドアが開く。由伊が短く悲鳴を上げる。
　高津が懐中電灯の光を向けると、比呂子が入ってくる。

比呂子「(情けない声で)高津さぁん、ライター、ガスが切れちゃいましたよぉ」
高津「何だ、おまえか。脅《おど》かすなよな」
比呂子「あれ? みんなもう懐中電灯、持ってるじゃないですか」
高津「(比呂子にも懐中電灯を手渡して)全員で手分けして、とりあえずフロアの様子を見てまわる。おまえもだ」
比呂子「はーい」
一同、手に手に懐中電灯を持って部屋を出ていく。
画面、暗転。

#廊下
カメラ、暗い廊下を主観移動していく。

シャッターの下りた階段、ランプの消えたエレベーター、嵌め殺しの窓などが映し出される。

そんなところへやがて——。

由伊「ああ、ここも駄目だわ」

声だけが聞こえてくる。

カメラ、声のほうを向き、由伊の後ろ姿を捉える。

由伊は非常口のドアを開けようとしている。ノブをガチャガチャ鳴らして押したり引いたりするが、ドアは開かない。


由伊「参ったなあ」

溜息まじりに呟きながら由伊、ドアから離れて廊下を歩いていく。

カメラ、そのまま彼女のあとを追う。

由伊「もう……いったいどうなってるのよ」
立ち止まって由伊、独り言。

由伊「……何だかこれ、ほんとにアヤツジ先生が話したとおりの展開ねえ。ここでもしも、わたしが殺されちゃったりしたら……（細かくかぶりを振って）まさかね。そんなの……」

由伊、ふたたび歩きだす。カメラ追う。

映画『13日の金曜日』でジェイソンが人を襲う場面で鳴るような、いかにも不穏なBGMが鳴りはじめる。

カメラ、先を行く由伊の背後にだんだんと接近していく。BGMに重なって、何者かの凶悪な息遣《いきづか》いが聞こえる。

由伊がロビーに出たあたりでカメラ、一気に速度を上げて彼女に迫っていく。

振り返る由伊。驚愕《きょうがく》の表情。

画面、とつぜん暗転する。

由伊の悲鳴が闇に響き渡り、ＢＧＭ、止まる。

＃ロビー

ドリンクの自動販売機（停電のため機能を停止している）などが置かれた暗いロビーに、一同が集まっている。

うつぶせになって床に倒れている由伊を取り囲んだ、高津、比呂子、アヤツジ、いとうの四人。高津が由伊の身体に懐中電灯の光を投げかけている。

カメラ、彼らの周囲をゆっくりと移動しながら、その様子を映す。

由伊の頭のそばに屈《かが》み込んでいたアヤツジ、ふらりと立ち上がる。

アヤツジ「（沈痛な声で）扼殺《やくさつ》か」

比呂子「毒を飲まされたんですね」

高津「莫迦《ばか》。その薬殺《やくさつ》じゃない。手で絞め殺すことを扼殺っていうんだよ」

アヤツジ「喉《のど》に、犯人の指の痕《あと》らしきものが残っています。両手でこう、力任せに絞めつけたんでしょう」

いとう「なるほど。両手で、ですか」

いとう、左手に持った懐中電灯で自分の右手を照らし、小さく肩をすくめる。

アヤツジ「しかし驚きましたねえ。ここでまさか、本当に殺人が起きるとは……」

高津「ダイイング・メッセージか何かないんですか」

アヤツジ「――ないようですね」

比呂子「由伊さん、ミステリマニアだったんだから、それらしいヒントを残しておいてくれてもいいのに」

高津「まったくな」

比呂子「とにかく警察を呼びましょ、警察」

高津「おまえ、電話してこい」

比呂子「またあたしですかぁ」

高津「当たり前だろ。おまえ、ADなんだから」

比呂子「でも停電だし、電話もきっと……」

高津「電話は停電とは関係ないだろう」

いとう「いや。さっき試してみたんですけどね、切れてましたよ」

高津「えー？」
アヤツジ「（淡々と）まあ、電話が通じなくなるのは、こういった孤立状況になったときのお約束ですから」
高津「（恐る恐る周囲を見まわしながら）俺たちの他に、このフロアに誰かがいるっていう可能性は？」
アヤツジ「（淡々と）それもこのさい、考えなくていいでしょう」
比呂子「あっ、そうだ」
高津「何だ？」
比呂子「タケマルを使ったらどうですか。ここに連れてきて、由伊さんの身体から犯人のにおいを……ね、先生？」
と、アヤツジを見やる。
アヤツジ「残念ですが——」
小さく首を横に振りながら、
アヤツジ「あの犬、慢性のアレルギー性鼻炎を患《わずら》ってましてね、鼻があまり利《き》かないんです」
いとう「（腕組みをして）さあて、どうしたものかな」

比呂子「そうだ」
高津「何だ、今度は」
比呂子「アヤツジ先生。さっきのドラマのストーリーですけど、まだあたしたち、結末を聞いてません」
高津「それがこの事件の結末になるっていうのか？　そんな……」
アヤツジ「いや。しかしなるほど、ここまでは僕が考えていたお話のとおりに事が展開してますからねえ」
高津「うーん。まあ、確かに」
　アヤツジ、顎《あご》に手を当てて考え込む。
比呂子「結末を教えてください、先生」
高津「犯人は誰なんですか」
　アヤツジ、若干の間ののち、しかつめらしい面持ちで頷く。
アヤツジ「では、ここはやはり、この種のミステリの定石に従うことにしましょう。事件関係者を全員、一箇所に集めてください」
比呂子「もう今、集まってるじゃないですか」
アヤツジ「あ、いや」

一瞬うろたえるが、すぐに立ち直り、
アヤツジ「じゃあ、こういうことにしましょう。もうちょっと頭の中を整理したいので、そうですね、今から十分後に皆さん、メイク室に集まってください。そこでドラマの結末をご披露します」
アヤツジ、他の者たちを残して立ち去る。
画面、暗転。

#廊下

カメラ、暗い廊下を進む。

まもなく、懐中電灯を手に先を歩いていくアヤツジの後ろ姿を捉える。

カメラ、そのままアヤツジのあとを追う。

由伊が殺されたときと同様のBGMが鳴りはじめ、そこにまた何者かの凶悪な息遣いが重なる。

アヤツジ、メイク室のドアの前に立つ。カメラ、速度を上げてアヤツジに迫っていく。

振り返るアヤツジ。驚愕の表情。

画面、とつぜん暗転する。
ＢＧＭ、止まる。

#メイク室

相変わらず停電中のメイク室内。
ドアが開き、懐中電灯を持った高津と比呂子が二人して入ってくる。
室内では、いとうが独り椅子に坐り、うつむいている。
高津、いとうのそばへ歩を進める。

高津「(不審げに) いとうさん、アヤツジ先生は?」
いとう「(顔を上げて) それが、厄介《やっかい》な事態になりましてね」
高津「厄介な事態?」
いとう「ええ」
比呂子「アヤツジ先生、十分後にここで結末を教えてくれるって……」
いとう「駄目なんですよ、それが」
比呂子「ええっ?」
いとう「アヤツジさん、死んじゃってます」

と、部屋の奥を指さす。

高津と比呂子、慌てていとうが指し示したほうへ懐中電灯を向ける。

仰向けで床に倒れているアヤツジの姿が照らし出される。

高津、そちらへ向かおうとするが、比呂子が腕にしがみついて止める。

比呂子「な、何で先生が？」

いとう「動機は問わないことにしましょう、という話でしたから」

煙草をくわえて左手でライターを点け、
いとう「困った展開になりました。原作者が死んでしまっては、この物語、どう決着がつくのか分からない」

その間に高津、比呂子の手を振りほどいて部屋の奥へ進み、倒れ伏したアヤツジの身体を恐る恐る調べはじめる。

BGM、鳴りはじめる。初期のジョン・カーペンター監督作品を彷彿《ほうふつ》とさせる、不安と疑心を煽《あお》り立てるようなシンセサイザーの曲。

高津「――死んでる」

いとう「でしょう？」

高津「（死体の喉を確かめて）ああ、今度もやっぱり扼殺か。指の痕が……」

深く息をついて上体を起こすと高津、険しい顔で周囲を見まわし、
高津「待てよ。このフロアにいるのは俺たちだけなんだよな」
比呂子「今さら何を云ってるんですかぁ」
高津、死体から離れて比呂子のそばへ戻りながら、
高津「で、俺とおまえはさ、今まで一緒にいたよな」
いとう「そうなんですか」
比呂子「はい。あのあとあたし、トイレに行きたくなって……それでそのあいだ、高津さんに外で待っててもらったんです」
高津「だよな。だから、俺たちには相互にアリバイが成立するわけだ」
比呂子「ですよね。ということは……」
高津と比呂子、いとうのほうをそろりと窺う。
いとう「なるほど。私が疑われているわけですか。しかし、私は犯人じゃない」
高津「どうして断言できるんですか」
と、いとうの顔に懐中電灯を向ける。
いとう「(動ずる気配もなく)だって、私は探偵役ですからね」
高津「関係ないでしょう、そんなの。ひょっとすると、アヤツジ先生が云っていた

『意外な犯人』っていうのは、探偵が犯人だってことかもしれない」
比呂子「(大きく頷いて) それは意外ですよね」
いとう「(冷静な口ぶりで) はて、そうでしょうか」
高津「そりゃあまあ、前例はいくつもあるだろうけど」
いとう「でもね、高津さん、岡本さん。あなたたちのどちらかが犯人である可能性も、まだ完全に消えたわけじゃない」
　いとう、椅子から立ち上がる。
　高津と比呂子、びくりとあとじさる。
高津「お、俺たちにはアリバイが……」
いとう「岡本さんがトイレに入っているあいだずっと、高津さんが外で待っていたという証拠はないでしょう。だったら……」
比呂子「(きっぱりと) いえ、それは違います」
　BGM、止まる。
いとう「ほう。と云いますと?」
比呂子「トイレの中、真っ暗で怖かったものだから、高津さんに外で歌を歌ってもらってたんです。その声が、ずっと聞こえてましたから」

いとう「(高津のほうを見て) 本当ですか」
高津「そ、そうですよ」
いとう「何の歌を?」
高津「べつに何だっていいでしょう」
比呂子「あのね、『夜霧のハウスマヌカン』だったんです」
いとう「ははあ。それはまた懐かしい歌を、よりによって……」
比呂子「高津さん、ちょっと趣味が変わってるんです」
高津「よけいなこと云うなよな」
いとう「ふうん。お二人、けっこう仲がいいんですねえ」
高津「(きまり悪げに咳払いして) これで、俺たち二人が犯人じゃないことがはっきりしましたよね」
いとう「どうでしょうか」
首を捻《ひね》りながら一歩、高津と比呂子に近づく。
いとう「あなたたち二人が共犯だという可能性もありますからね。もっとも、こういった〝問題〟で共犯者が出てくるのは、あまり美しくない構図ですが」
高津「そんな……」

いとう「……いや、それもないか」

高津・比呂子「えっ?」

いとう、煙草をメイク台の上にあった灰皿で揉み消しながら、

いとう「高津さんが歌う『夜霧のハウスマヌカン』——実は私にも聞こえていたんですよね。だから、それによって私のアリバイも証明されることになります」

高津と比呂子、じりっとあとじさる。

高津「でもいとうさん、あなたが本当に聞いていたのかどうか、分からないじゃないですか」

いとう「聞いてましたよ。いやあ、なかなかいい声だった」

高津「そんなこと云っても、証拠にはなりませんからね」

比呂子「そうですよ」

高津と比呂子、さらにあとじさる。

いとう「本当に聞いていたんですがねえ」

薄笑いを浮かべながら、

いとう「高津さん、あなたあの歌の一番のサビのところ、『夜霧のハウスマヌカン 剃りあげても 刈りあげても』って歌ってたでしょう。あれ、正しくは『刈りあげ

ても　剃りあげても』なんです」
高津「はあ？」
比呂子「いとうさん、よくそんな歌詞をちゃんと憶えてますね」
いとう「あの歌の作詞者、私なんですよ」
　高津と比呂子、ぽかんと口を開いて顔を見合わせる。
いとう「ね。これで私もアリバイ、成立でしょう？」
高津「しかし……歌を聞きながらでも殺せたんじゃあ？」
　納得のいかない面持ちでいとうのほうを見やり、
高津「歌声がここまで聞こえてきてたのかもしれない。俺の声、けっこうでかいし」
いとう「そこまで疑いますか」
　高津と比呂子にゆっくりと歩み寄りながら、
いとう「それでもね、やっぱり私には無理なんですよ」
高津「ど、どうして？」
いとう「実は私、右手に怪我《けが》をしていましてね」
　と、右腕の袖《そで》をまくりあげる。手首から肘にかけて、白い包帯が巻かれている。
いとう「先日、転んで骨にひびが入ってしまったんです。こんな状態ですから、とてもじゃないが両手で人を絞め殺すなんて無理です。必要ならば、あとで医者の診断書も用意しますよ」

　ふたたび顔を見合わせる高津と比呂子。

高津「それじゃあいったい……」

いとう「はてさて、どういうことになるんでしょうねえ」

比呂子「（おずおずと）そんなの……決まってるじゃないですか」

いとう「そうです」

　と、大きく頷いて、

いとう「答えはもはや歴然としていますね。こんなに簡単な問題も珍しい」

「ここでテープ、止めてください」

U君に云われて、僕はリモコンの一時停止《ポーズ》ボタンを押した。

「ちょっと時間がかかるかもしれないから、ストップにしておいたほうがいいですね」

命じられるままにリモコンを操作する。探偵役のいとうせいこうの顔を捉えて静止していた絵が、ふつりと画面から消えた。

「とりあえずこの辺で、このドラマの『問題篇』に当たる部分が終わりなんですが」

そう云って、U君は僕の反応を窺う。

「どうですか。思い出せました？」

何も映っていないテレビのブラウン管を見据《みす》えながら、僕は憮然《ぶぜん》と唇を尖《とが》らせた。

「思い出せませんか、やっぱり」

「――うん」

頷いて、思わず眉間《みけん》に深く皺《しわ》を寄せてしまう。

ビデオデッキのタイムカウンターを確認した。ドラマの始まりからここまで、すでに十八分近くが経過している。二十分ちょうどの尺で撮られた作品だとして、残りは二分少々。それだけの時間で犯人の正体が暴《あば》かれることになるわけだが……さて。

いったい本当に四年前、僕はこのドラマの制作に関与したのだろうか。

なるほど、いかにもミステリ作家・綾辻行人が原案を提供したとおぼしき内容である。初めにU君が説明したような企画のもとに作られたドラマであること、それは間違いのない事実なのだろう。だが、しかし――。

どうしても僕には思い出せないのだった。

ここまで現物を観てもなお、「これは自分の原案による作品だ」という実感が湧《わ》いてこない。その件に関する記憶が、きれいさっぱり消えてしまっているのである。

いくら何でも、この忘れ方はひどいんじゃないか。

今さらのように、どうにも居心地の良くない感覚が強まってくる。不安、そして焦り、だろうか。内部から蟻に喰い荒らされた甲虫の姿が、脳裡にまたちらつく。

そんなこちらの心中など知らぬげに、

「それじゃあ、綾辻さん」

あっけらかんとした調子でU君が云った。

「これを、どうぞ」

そうして彼が差し出したのは、二つ折りにした一枚の紙切れだった。

「ひょっとしたらこういうこともあろうかと思ってね、用意してきたんです」

「何なの？」

「見れば分かります」

紙切れを受け取るとすぐに、僕は「ははあん」と声を洩《も》らした。「挑戦状」という三文字が、そこに大きく記されていたのである。

二つ折りを開くと、中には次のような「挑戦」の文句が並んでいた。

> 問題は一つです。
> このドラマにおける二つの殺人事件の犯人は誰か？
> 二人を殺したのは同一人物であり、共犯者は存在しません。また、動機はいっさい考えなくてもけっこうです。理由の説明も要《い》りません。
> 犯人の氏名、それだけをお答えください。

わざわざ作ってくるか？　こんなもの。

ちょっと呆れた気分で、僕はU君の顔に目を上げる。彼は邪気のない笑みを頬に浮かべながら、

「こういうのってやっぱり、口頭よりも文章で提示した方がそれらしいでしょ？」

「ううむ」

低く唸ると僕は、「挑戦状」をもとどおり二つ折りにしてテーブルに放り出し、代わりに煙草の箱を取り上げて一本、くわえとった。

「まあ、気持ちは分からないでもないが……」

正直云って、非常に複雑な心境だった。

何が嬉しくて、かつて自分自身が考案した〝問題〟について、彼からこんな「挑戦」を受けなければならないのだろう。

なかば自虐《じぎゃく》的な気分にもなりつつ、僕は紫煙をくゆらせる。そうしながらテーブル越しにU君の顔をねめつけるが、彼は暖簾《のれん》に腕押しといった感じで、にこにこと微笑んでいる。

「ね、綾辻さん。こういうのってやっぱり、なかなかできる体験じゃないでしょ？せっかくだから『挑戦』を受けてくださいよ。そのほうが楽しいじゃないですか」

「ううむ」

低くまた唸って、僕は顎を撫でる。

いま一つ納得がいかないけれども……ま、いっか。ここは頭を切り換えて、真面目に〝問題〟に取り組んでみるとしよう。

「僕自身がこのドラマの原案者だったという件は、じゃあこのさい措《お》いておくとしてだね、あくまでもいま初めてこれを観た者の立場で考えさせてもらおうか」

僕は吸いかけの煙草を灰皿に置き、ソファに凭《もた》れ込んで腕を組んだ。

「改めてするほどのことでもないけれど、いちおう事件の整理をしておくと――。

登場人物は五人。ディレクターの高津信彦にADの岡本比呂子、シナリオライターの咲谷由伊、作家のアヤツジユキト、探偵役のいとうせいこう。それから、登場動物としては犬のタケマルがいる。

殺されたのはこのうちの二人。一人目は咲谷由伊、二人目はアヤツジユキト。どちらも何者かによって扼殺されていた……」

実に単純なプロットである。犯人は当然、残りの三人の中にいることになる。

殺されたはずの由伊あるいはアヤツジが実は生きていて……というパターンもあるが、このドラマの場合、それはないと見て然《しか》るべきだろう。同様に、二人の――あるいは片方の――自殺という線も考えられない。U君の「挑戦状」にも「殺人事件」と明記してあるし……。

犬のタケマルについては、検討するまでもない。事件発生時、タケマルは会議室のテーブルにつながれたままだったはずだし、仮にそうじゃなかったとしても、犬に人間を扼殺できる道理がない。「挑戦状」にも「犯人は誰か」と明記されている。はなから除外して差し支えあるまい。

残りの三人――高津と比呂子、いとうの中の一人が犯人である、という結論が、普通に考えれば嫌でも出てくるわけだが、ではいったい、どうやってその一人を特定することができるか？

これがこの〝問題〟の焦点だろう。素直に考えるならば、どうしてもそういう話になる。――のだが。

「事件に関係があるのかどうかは分からないんだけど」

僕はそこで、「問題篇」を観ている最中から少し気になっていたことを述べた。

「冒頭からさっきのところまでで、シーンは全部で五つだったよね。最初の会議室のシーン。由伊が殺されるまでの廊下のシーン。ロビーで一同が由伊の死体を取り囲んでいるシーン。アヤツジが殺されるまでのシーン。そしてメイク室のシーン。――だよね？」

「ええ、そうですね」

「観直してみないと断言できないけれども、特に冒頭の会議室、けっこう長さのあるシーンなのに、そのあいだに一つもカットがなかったような気がしたんだな。他のシーンもやはりそうだった気がする。だからどうだってわけじゃないんだが……」

「なるほどぉ」

応えるU君の顔に、微妙な緊張が走ったように見えた。

「さすが綾辻さん、そこから切り込んできますか」

ふうん。彼がそんなふうに云うということは、この指摘はあながち的を外してもいないのか。

僕は腕組みをしたまま、何も映っていないテレビ画面をふたたび見据えた。

カットが一つもないワンシーン。これが何か意味のある問題なのだとして、はて、いったい事件とどのような関わりを持ってくる?

残った三人の登場人物のうち、高津と比呂子は相互にアリバイがあると主張している。共犯の可能性は考えなくて良い。いとうは右手を負傷しているから、両手で人を絞め殺すのは無理だという。となると……。

……そこで僕は、はっと気づいたのである。思わず「あっ」と声が洩れたかもしれない。

なるほど、そ、う、い、う、話なのか?

だとすれば……ああそうか、あ、れ、と、あ、れ、が、その事実を示す伏線になっていたわけで……。

「何か思いつきました?」

U君に訊かれて、僕は黙って頷いた。

「思いついた」のか、あるいは、もともとみずからの記憶として頭に残っていたものを「思い出した」だけなのか。自分でもどちらか判断がつかない、というのが正直なところだった。

とにかくしかし、僕には分かってしまったのだ。このドラマに仕掛けられた作者の大胆な企《たくら》みが、それこそ手に取るように。

僕はテーブルの隅に置いてあったメモ用紙を引き寄せて、その一枚を破り取った。

「答え、ここに書くよ。口頭よりもそのほうがそれらしいだろう?」

「どうぞどうぞ」

U君は楽しそうに目を細める。

「理由とかは必要ありませんから。質問に対する答えだけ、ひと言でいいです」

「分かった」

メモ用紙にボールペンで「答え」を書きつけると、僕はそれを二つ折りにしてテーブルの中央に置いた。

「じゃあ、これはあとで見せていただくとして」

U君はテレビのほうに向き直り、云った。

「先にドラマの続きを。——そうですね。ちょっとだけ巻き戻してから観たほうが、つながりが分かりやすいでしょう」

僕はリモコンを取り上げ、U君の指示に従う——。

＊

「それじゃあいったい……」

という高津の台詞から、映像は再開した。受けて、いとうが云う。

「はてさて、どういうことになるんでしょうねえ」

「そんなの……決まってるじゃないですか」

比呂子がおずおずと云うと、

「そうです」

と、いとうは大きく頷いて、

「答えはもはや歴然としていますね。こんなに簡単な問題も珍しい」

いとうはそして、やおら身を翻《ひるがえ》して高津たちから離れ、メイク台の前に並んだ椅子の一つに、台を背にして腰を下ろす。

カメラ、画面中央に真正面から、いとうの上半身を捉える。

「さて——」

いとう、カメラ目線でゆっくりと話しはじめる。自分自身が持った懐中電灯で、下方からみずからの顔を照らしている。

「シナリオライター咲谷由伊とミステリ作家アヤツジユキト、この二人を殺害した犯人は果たして誰なのか。皆さん、分かりますか？　――分かりますね？」

そのとき突然、電灯が点く。ぱっと明るくなる室内。いとうの背後には、メイク台の大きな鏡がある。

「おや」

いとう、眼鏡のつるに指を当てて周囲を見まわしながら、

「停電が解消されたようですね。――邪魔が入らないうちに先を続けましょう。実を云いますと、この事件の真相――犯人の正体は、ここにいる当事者のわれわれにしてみれば、何の意外性もないものなのです。しかしながら、これをドラマとして観ている方々にしてみれば、必ずしもそうではない。ここまでそれに気づかなかった人にとっては、さぞかし『意外な犯人』であることでしょう。

つまり……もうお分かりですね？」

そう。そういうことだ。

ドラマの第一シーンにさりげなく映されていた〝伏線〟を、僕は思い返す。

――高津に云われて、比呂子が淹れてきたコーヒー。

アヤツジに一つが渡されたあと、テーブルに置かれたトレイの上にはカップが五つあった。すなわち、比呂子は六杯のコーヒーを用意してきたのである。ということは……？

まだある。

——停電が起こったあと、いとうがテーブルの下に見つけた懐中電灯。あのとき段ボール箱の中に入っていた懐中電灯は、全部で六本だった。それを指して由伊が、「何だか物凄く都合のいい展開ですけど」と皮肉ったのだったが……ということは？

提出した自分の「答え」が正しかったことを確信しつつ、僕はちらとU君の様子を窺う。彼はにこやかな表情を崩さず、テレビの画面を見つめている。画面の中では、いとうが説明を続ける。

「ここにいるわれわれのうち、高津さんと岡本さんには相互にアリバイがあった。私は身体的な理由で犯行が不可能だった。となると、まことに単純な引き算によって、犯人たりうる人物はただ一人に限定されるわけです」

そう。そういうことなのだ。

ワンシーンの中に一つもカットがない。この、テレビのドラマにしてはかなり不自然な撮影法が意味するところは何か？　それはだから、そのシーンを撮影している人間――物語の〝語り手〟ならぬ〝撮り手〟――が、リアルタイムでそこに存在するという事実の示唆であるわけで……。

「犯人は」

いとうは言葉を切り、左手を上げてまっすぐにこちら――カメラのほう――を指さす。

「あなたです」

この時点でまだ真相に気づいていない視聴者がいたとしたら、ここで一瞬、このドラマを観ている自分自身が犯人として指摘されたのではないか、という錯覚に囚《とら》われるかもしれない。――うむ。なかなか心憎い演出ではないか。

いとうが指し示した相手はもちろん、視聴者ではない。彼の云う「あなた」とはあくまでも、いま彼と同じ場にいる〝登場人物〟の一人なのだ。

6－5＝1

確かに「まことに単純な引き算」である。

彼らにしてみれば、そこにその人物がいること――〝登場人物〟が六人であること――は自明だった。彼らが「ここにいるわれわれ」と云ったとき、その言葉には当然、自分たちと行動をともにしているその人物も含まれていたことになる。

僕が提出した「答え」にやはり、間違いはない。

その人物とはすなわち、この映像を撮影している「カメラマン」である。

ぴたりとカメラのほうを指さした手を下ろすと、いとうは一礼して椅子から立ち上がり、画面の外へと去る。彼の身体の後ろに隠れていた大きな鏡の全体が、それによって露わになる。そして——。

鏡の中央に、その人物の姿が映っている。

紺色のブルゾンを着ている。片膝《かたひざ》を床に突き、業務用のビデオカメラを構えている。その人物——その「カメラマン」の、いびつに表情をこわばらせたその顔を見て——。

「えっ」

僕は思わず声を上げた。

「何で、そんな……」

画面の右上に〈REC〉と記された小さな赤いマークが現われ、かすかな電子音とともに点滅しはじめる。

画面、暗転して〈END〉のテロップが中央に浮かび上がる。

＊

「——というわけなんですが」

ビデオを止めるのも忘れて呆然《ぼうぜん》としている僕のほうに向き直り、U君は悪戯《いたずら》っぽく微笑んだ。

「どうです？　さすがにもう思い出せましたか」

僕はテレビから目を離し、U君の顔を見やる。質問に答えようと口を開いたが、どうしてもうまく言葉が出なかった。あまりのことに動揺して、である。

「思い出せないんですか」

「…………」

「でもね、確かにこれ、いかにも綾辻さんらしいドラマだったでしょ。ほんとに映像作品ならではのトリックだし。綾辻さん自身もほら、ちゃんと出演していたし」

「…………」

「なのに、やっぱり思い出せないと？」

「——うん」

やっとの思いでそう答えると、僕はおろおろと新しい煙草をくわえ、火を点けた。

無数の蟻たちによって内部から喰い荒らされた甲虫の……ああ、今さら考えるまでもなく、この甲虫はこの僕だ。ここにいる僕自身の、この空洞化した頭なのだ。

読んだ本や観た映画についての記憶があやふやになってしまうのは、年を取れば誰もが経験する現象だろう。むかし「原案」を受け持ったTVドラマの仕事にしても、関わり方がそれなりのものでしかなかったのならば、忘れてしまっても差し支えのない記憶として脳が処理をして……とでも考えて、何とか自分を納得させられなくもない。だがしかし——。

いったいこれは、どういうことなのだろうか。

「本当に憶えていないんですね」

U君が続けて訊いた。

「最後に姿を現わすカメラマン役として、綾辻さん自身が出演していたことも？」

唇を結んだまま、僕はのろのろとかぶりを振った。

このビデオを観はじめる前に、U君は確かこんなふうに云っていた。

——そう云えば、綾辻さん自身も劇中に出ていたりするんですけど？

ドラマが始まった段階で、僕はてっきり、その「綾辻さん自身」とは登場人物の一人であるミステリ作家アヤツジユキトのことだと了解してしまったわけだが、そもそもそれが誤った解釈だったという話らしい。

なぜなら――。

最後の最後に鏡の中に映ったカメラマン――紺色のブルゾンを着たその男の、その顔が、まぎれもなくこの僕、綾辻行人の顔だったからである。

役者の某《なにがし》（榊由高という名前だったか）が演じているアヤツジユキトを指して、U君はあのように云ったのではなかった。劇中でカメラマンの役を演じている本物の綾辻行人の存在を、彼はあそこで示唆したわけなのだ。

「綾辻さんが書いた『答え』には、『カメラマン』とありますね」

テーブルの中央に置いてあった僕の解答を手もとで開いて、U君は「してやったり」とでも云いたげな表情を浮かべた。

「ところが、僕は『挑戦状』の最後でこのように記しています。『犯人の氏名、それだけをお答えください』と。だから……」

「『カメラマン』では駄目だってか」

僕は深く煙草の煙を吸い込んで、少しでも気分を落ち着かせようとした。

「『氏名』じゃないものね、そりゃあ」

「そうです。正しい解答は、あのカメラマンを演じていた人物の持つ、何らかの『氏名』である必要があったわけで」

「ふん。つまりそれは……」

「犯人は『綾辻行人』――と、そう答えてもらわなきゃならなかったんですよね」

「しかし」と反論しようとしたが、どうしても先が続かなかった。

登場人物のうちの五人は、冒頭でその役名と役者名が、テロップによって明示されていた。だが、視聴者には見えない〝第六の人物〟であるカメラマンについては、当然ながらそのような明示はいっさいなかったのである。にもかかわらず「挑戦状」では、「犯人の氏名」を答えろ、という要求がなされている。考えてみれば無茶な話である。

けれどもU君は、事前に抜け目なく〝手がかり〟を示しておいた。それが「綾辻さん自身も劇中に出ていたりする」という情報であったと、そういうわけなのか。

犯人＝カメラマンの役名は、ドラマの中ではまったく明らかにされていない。それでもなおかつ、どうしてもその「氏名」を答えなければならないのなら、その役を演じている役者の名前を持ち出してくるしかない。

一方で「綾辻自身が出ている」という事前情報があり、一方でドラマ中には「アヤツジユキト」なる役名のミステリ作家が登場する。後者の「アヤツジ」が前者の「綾辻」とイコールで結びつかない可能性もあると思い至ったならば、その時点でおのずと、最後に残る名なしのカメラマンを演じている人物こそが「綾辻」であると、そんな結論に辿《たど》り着くこともできたのかもしれない。

「メインの仕掛けは完全に見破っちゃいましたね。さすがです」

屈託のない笑みを満面に広げて、U君は云った。

「でも、僕が書いた『挑戦状』に関しては、綾辻さんの負けです。――納得していただけましたか」

訊かれても、僕は憮然と唇を尖らせて押し黙るばかりだった。

ちゃっかりとまた騙《だま》されてしまった、そのこと自体に腹を立てているのではないと思う。そこまでして人を引っかけたいか？　という呆れた気分を通り越して、何と云えば良いのだろう、目の前にいるこのU君という存在そのものに対する、何やら抑え込みようのない違和感が、ここに来て加速度的に膨《ふく》らんできつつあるのだった。

加えて、今ここに存在するこの僕自身の問題も。僕の、僕自身に対する不安や疑念、苛立《いらだ》ちや焦《あせ》り、恐れ、失望、憤《いきどお》り……といった諸々の感情が綯《な》い交《ま》ぜになって、これもまた加速度的に膨らんできつつある。

「いったいどういうことなんだ？」

U君に問うてみても仕方がない。そう思いながらも、僕は重苦しい沈黙を破って問いかけた。

「何で僕は、僕自身がこうしてこのドラマに出演していた事実を憶えていない？　単に忘れていただけじゃない。これを観てしまった今でもまだ、そんな記憶を自分の中に見つけ出すことができないんだ。何で――どうして僕は、こんな……」

こちらを見つめていたU君の表情に、そこで変化が生じた。それまではひたすら楽しげに、無邪気で人なつっこい笑みを浮かべていたのがふと消え、今まで一度も見た憶えがないような、能面じみた冷ややかな面差しへと。

「だいたいきみは、どうしてこんなふうにしてときおり僕を訪ねてくるわけ？」

U君のその変化を認めつつも、僕はみずからの口から迸《ほとばし》り出る言葉を止められなかった。

「どうしてきみは……ああ、もちろんそんなことは分かっている。分かっているつもりでいる……いたのに。正しく分かっているのかどうか、分かっていたのかどうか、それはともかくとして僕は、だから……だから僕は……ああもう、放っといてくれてもいいだろうにきみは、いや僕は……」

ソファから腰を上げ、僕はがりがりと髪の毛を掻きまわした。膝がテーブルの端にぶつかり、大きな音を立てた。その衝撃でコーヒーカップが一つ倒れ、少しだけ残っていた中身がこぼれて、テーブルの上に放り出してあった「挑戦状」の紙切れを茶色く汚した。

「混乱してますね」

U君はソファに坐ったまま、僕のほうを見上げる。悲しげな、というのとはまた違う、何かしら相手を哀れむような、それでいてとても冷酷なまなざしだった。

「もう嫌ですか」

静かに立ち上がり、彼は僕の顔を斜め前方から覗き込んだ。

「もう逃げたいんですか」

「嫌？　逃げる？」

僕は首を傾げる。

「それはどういう……」

「嫌がる必要も逃げる必要も、あなたにはないんですよ。だって——」

「だって……何？」

僕はさらに首を傾げ、

「何を云いたいんだ、きみは」

「まだ分からないんですか」

腺病質の生白い頬に冷ややかな笑みを浮かべながら、彼は僕の目を見つめ、そうして云った。

「だってね、あなたは違うんです、い、い、い、」

「――え？」

何を云われたのか、一瞬まるで意味が理解できなかった。呆然とする僕に向かって彼はもう一度、同じ言葉を投げつける。

「あなたは違うんです」

「…………」

「違うんですよ、あなたは」

「…………」

僕は何も応えることができず、凍りついたようにその場に立ち尽くす。じっとこちらを見つめつづける彼の視線から逃げるようにして、そして僕は強く瞼《まぶた》を閉じた。

それからどのくらいの時間、その場でそのまま瞼を閉じていただろうか。

ふと気づくと、さっきまですぐそばで聞こえていた彼の息遣いが消えていた。息遣いだけではなく、この部屋の壁で時を刻みつづけているはずの、掛時計のかすかな機械音も消えていた。エアコンが温風を吐き出す音も、キッチンに置かれた冷蔵庫のモーター音も、外の大通りを行き交う車の音も……。

あ、あなたは違うんです。

あなたは違うんです。

U君の冷ややかな声が、木霊《こだま》のように耳の奥で鳴り響いていた。

あなたは違う……そうか、僕は違うのか。僕は、ではいったい何だというのだろう。

僕はのろのろと頭を振り動かす。恐れと期待――正反対の感情を同時に抱きながら、そっと両方の瞼を開いた。

無数の蟻たちによって内部から喰い荒らされつつある大きな甲虫……貪欲《どんよく》に群がる赤い蟻の一匹が、僕だった。

新装改訂版あとがき

『どんどん橋、落ちた』は一九九九年十月に四六判で上梓した作品集である。その後、二〇〇一年十一月に講談社ノベルス版が、〇二年十月に講談社文庫版が刊行されたのだが、初刊から十七年、文庫化から十四年を経てこのたび改訂版を作る機会が得られた。「館」シリーズの〈新装改訂版〉と同様の基本方針でテクストの最適化を図りつつ、決定版をめざしたのが本書である。

他の版の「あとがき」と重複するところも多くなりそうだけれど、ここではやはり収録各編の執筆・発表の経緯を振り返っておきたいと思う。

表題作「どんどん橋、落ちた」はそもそも、鮎川哲也・島田荘司編のアンソロジー「ミステリーの愉しみ」の第五巻『奇想の復活』（立風書房、一九九二年）のために書いた作品だった。「ミステリーの愉しみ」の第一巻から第四巻までは既存の名作で編まれたアンソロジーだったのだが、最終巻となる第五巻には当時の若手作家による書き下ろし作品が集められたのである。八七年刊行の拙著『十角館の殺人』が呼び水となって次々に登場した本格ミステリ志向の新鋭たちを中心に島田さんが原稿依頼の檄文を送り、応えて芦辺拓、我孫子武丸、有栖川有栖、歌野晶午、二階堂黎人、法月綸太郎、麻耶雄嵩ら総勢十九人が作品を寄せた。そのうちの一つが「どんどん橋、落ちた」であった、というわけである。

この「どんどん橋、落ちた」には、京都大学推理小説《ミステリ》研究会に在籍していたころに書いた同題のプロトタイプがあったのだけれども、その辺の話はこの「あとがき」に続けて収録される「自作ガイド」をお読みいただくとして——。

仕掛けの性質上、作中作として〝犯人当て〟が挟み込まれる、という額縁小説の形式を採らざるをえなかった本作である。作中で語り手の「僕」（＝綾辻行人）のもとに持ち込まれる〝犯人当て〟のネタは、当時としてはかなり突拍子もない、人を喰《く》ったような代物で、それを読まされた「僕」が随所にネガティヴな印象を抱き、いくばくかの葛藤《かっとう》を覚えながらも〝問題〟に挑む——という、ある意味で周到な、悪く云《い》えばいささか狡《ずる》い構造になっている。その狡さゆえにかどうか、発表当時の評判はさほど悪くもなかった気がする。編者の一人である鮎川先生からは確か、苦笑まじりに

「まんまと騙《だま》されて悔しい」というふうな感想をいただいた記憶もある。

こののち、続編となる「ぼうぼう森、燃えた」を書いたのは九八年。まる六年後のことだった。発表誌は『小説現代　メフィスト』の同年十二月増刊号。

前作「どんどん橋、落ちた」の形式を踏襲した完全な続編で、作中で「僕」のもとに持ち込まれる〝犯人当て〟もやはり、「どんどん橋」的な人を喰った代物である。額縁部分での「僕」の葛藤は前作以上に強くて、ラストには何やら殺伐《さつばつ》とした空気が漂う。いま読むと、これを書いた当時の自分の心情が察せられて少しせつない。

思えば(「伊園家の崩壊」の作中にその関係の記述があるように)、若気の至りと云うか何と云うかで、九五年あたりから僕はプレイステーション用のRPG『ナイトメア・プロジェクト〈YAKATA〉』の制作に深く関わっていた。それがようやく完成し、発売されたのが九八年六月だったのだが、このゲームの制作期間中には予想外にいろいろと手を取られてしまい、もともと自分が大したキャパシティを備えていなかったこともあって、ほとんど小説の原稿が書けなかったのだった。そこで、何とか態勢を立て直すために書こうと思い立ったのが、「ぼうぼう森、燃えた」以降のこの連作だったのである。

同じ『小説現代　メフィスト』に、続けて二つの新作を発表した。

その一つが「フェラーリは見ていた」（一九九九年五月増刊号）で、もう一つが「伊園家の崩壊」（同年九月増刊号）である。

前者は「どんどん橋」「ぼうぼう森」と同じく「僕」（＝綾辻行人）を語り手としながらも、額縁小説の形式は採らず、「U山さん」や「K子さん」「A元君」という実在人物に登場していただいてのアプローチを試みた。作中で語られる「カサイさんちのシンちゃん殺し」を巡って、幾度も「暗示的」「予見的」という言葉が出てくるのにはむろん相応の含意があったのだが、発表当時はともかく、今となるとそのあたりを読み取ってにやにやできる読者も多くはないだろう。まあ、どうでもいいことと云えばどうでもいいことである。それでも「気になる！」という方は、笠井潔『ミネルヴァの梟《ふくろう》は黄昏《たそがれ》に飛びたつか？――探偵小説の再定義』（早川書房、二〇〇一年）を参照されたし。

後者はちょっと複雑な構成の額縁小説。「どんどん橋」「ぼうぼう森」では、自作『十角館の殺人』を意識しながら、登場するものたちの名前に「エラリイ」「ポウ」「アガサ」等々の著名ミステリ作家の名前を使ったのだったが、この作品には別のレベルで著名なある一家を彷彿《ほうふつ》とさせる人々が登場する（――のだが、あくまでもこれは「彷彿とさせる」だけで、実質的な関係はもちろん何もない。くれぐれも誤解されませんように)。本格ミステリとしてはたぶん、本書に収録された五編の中ではいちばん真っ当なものだろう。

最後に収められた「意外な犯人」は、『IN★POCKET』一九九九年九月号に発表。作中で語られているとおり、この作品には元になったTVドラマが存在する。九四年に『真冬の夜のミステリー』という深夜特番(読売テレビ)のワンパートとして、「意外すぎる犯人」のタイトルで制作された綾辻原案のドラマがそれ。作中の〝犯人当てドラマ〟にいとうせいこう氏が実名で登場するのもこのドラマのとおりなのだが、その他の役者陣についてはすべて名前を架空のものに変えてある。

ところで、『どんどん橋、落ちた』の四六判が刊行された九九年十月と云えば、思い出されるのは有栖川有栖さんと二人で原作を考案した「視聴者への挑戦」付きの推理ドラマ「安楽椅子探偵」シリーズ(朝日放送)のことである。その第一作品『綾辻行人・有栖川有栖からの挑戦状 安楽椅子探偵登場』の放送がちょうど、『どんどん橋』の刊行と重なるタイミングだったのだ。番組のプロデューサーM山氏に企画を持ちかけられたのが前年だったから、九八年〜九九年というのはまあ、そのような巡り合わせの時期だったのだろう。

「安楽椅子探偵」シリーズは一部視聴者のマニアックな支持を得て、これを皮切りに〇八年の『安楽椅子探偵と忘却の岬』まで七作が制作・放送された。以後、諸事情のため長らく休止状態にあったのが、今年（二〇一七年）の一月に八年ぶりの新作『安楽椅子探偵　ON　STAGE』が発表される運びとなった。——というタイミングでこの『どんどん橋、落ちた〈新装改訂版〉』が刊行されるというのも、なかなか面白い巡り合わせだなあと思う。

八七年のデビューから三十年、という節目の年の序盤に本書が——というのもまた、たまたまそういう流れになったというだけの話なのだが、その流れ自体に妙な巡り合わせを感じてしまう。必ずしもこれが「綾辻行人の原点」というわけではないにせよ、京大ミステリ研時代の〝犯人当て〟の経験が、ミステリ作家としての綾辻に多大な影響を及ぼした事実はやはり否定できないので。

この歳になって読み返すと本当にもう、赤面してしまうところが非常に多い作品集である。しかしながらこれはこれで、あの時代・あの時期の自分にしか決して書けなかったものなのだろうな、とも強く感じる次第である。

さて、先にも述べたように本書では、この「あとがき」に続けて「自作ガイド」なる小文が収録されている。これは本格ミステリ作家クラブの発足十周年記念に刊行された『ミステリ作家の自分でガイド』（本格ミステリ作家クラブ編、原書房、二〇一〇年）に寄せた文章だったのだが、「あとがき」や「解説」の補完として少なからず意味がありそうなので、本書にも収めてしまおうと決めた。

解説は今回、大山誠一郎さんにお願いした。大山さんは京大ミステリ研の後輩で、第13回本格ミステリ大賞を『密室蒐集家』（原書房、二〇一二年）で受賞するなど、頼もしい活躍を続けている「本格ひとすじ」の実力派である。——どうもありがとうね、大山くん。

それからそう、作中でお名前を拝借している実在のミステリ作家諸氏——特に「悩める自由業者・リンタロー」だの「犬のタケマル」だのと書いても笑って済ませてくれた長年の盟友たちに、今さらながらのお詫《わ》びと感謝を。——ごめんなさい、そしてありがとう。

「僕」（＝綾辻行人）を語り手とする「どんどん橋」連作は、五編目の「意外な犯人」をもって打ち止め、のつもりでいたのである。ところがその後、二〇〇六年になって期せずしてもう一つ、このシリーズの番外編的な作品を書くことになった。

「洗礼」という意味深なタイトルのその中編は、本書と同時期に講談社より刊行予定の『人間じゃない　綾辻行人未収録作品集』に収録されるので、ご興味のある向きはぜひ、そちらも併せてお読みください。

二〇一七年　一月

綾辻　行人

自作ガイド

一九八四年四月十九日木曜日の夜、友人のSがぼくの部屋を訪れた。彼は大学の某クラブの後輩で、今年二回生になる。ぼくよりも四年下というから、おのずとぼくがそのクラブで最年長の部類に属するのが知れる。

と、こんな書きだしの原稿が手もとに残っている。

四百字詰め原稿用紙に万年筆で書かれた約三十枚を、水色の表紙を付けて綴《と》じてある。表紙に記された題名は「どんどん橋、落ちた／問題篇」。同じ体裁の原稿約十五枚に表紙を付けたものがもう一冊あって、こちらには「どんどん橋、落ちた／解答篇」とある。そして最終ページには「一九八四年七月九日」という日付が。——うむ。今から数えてざっと二十六年前、か。僕がアマチュア時代、京大推理小説《ミステリ》研究会の例会で行なう〝犯人当て〟のために書いた原稿である。

これより八年後の一九九二年九月、この作品を原型に使って書き下ろした同題の八十枚を、伝説のアンソロジー『奇想の復活』（鮎川哲也・島田荘司編）に発表した。そこからさらに七年後の一九九九年十月、これを表題作として五本の中短編を一冊にまとめたのが『どんどん橋、落ちた』。収録作のうち四本に「読者への挑戦」が挿入されているという、綾辻行人の作家歴において唯一「本格ミステリ集」と呼びうる本である。

さて、冒頭に引用した原稿に登場する「友人のS」とは、何を隠そう学生時代の我孫子武丸氏なのである。原型作品ではこのSが語り手の「ぼく」に、自分の書いてきた「どんどん橋、落ちた」なる「問題」を読ませて挑戦する、という設定になっている。この「作中問題」の骨子は、のちに発表したヴァージョンと基本、同じなのだが、外枠のいわゆる額縁部分の内容はまるで異なっている。そこではたとえば、Sが「ぼく」を訪れた日付に別の意味が持たせてあって、それが当時、関西で再放送されていた特撮ドラマ『ウルトラQ』に絡んでいたりして……といったあたりが、いま読み返すと実に微笑《ほほえ》ましくも気恥ずかしい。

八年後の全面改稿ヴァージョンでは、語り手はすでに綾辻行人の名で作家になった「僕」であり、訪ねてくるのは「U君」という若者である。このU君、作中でははっきり正体を記していないので、今でもたまに「あれは何者?」と訊《き》かれることがある。野暮を承知でここに明記してしまうと、彼は「若いころの僕自身」——もっと詳しく云《い》えば「一九八四年に最初の『どんどん橋、落ちた』を書いた時点の僕自身」なのである。従って、この小説の額縁部分は、云わば「現在の自分と過去の自分の脳内対話」、SF的な解釈なら「過去からやってきた自分自身との対決」……みたいな話になるわけで、最後の最後まで「僕」自身にも相手の正体がよく分からない、というところが、「無邪気さを巡る自註《じちゅう》」めいた主題を炙《あぶ》り出す結果につながっている。

本書では、五作中三作にこのU君なる「僕」の分身が登場して、そのたび同様の「問題」を突きつけては「僕」を苛立《いらだ》たせる。そうして最終話「意外な犯人」に至ってある種、暗澹《あんたん》たるラストを迎えてしまう。

ところで、僕は二〇〇四年の春から、小説家「私」を語り手とする「深泥丘奇談《みどろがおかきだん》」の連作を始めているのだが、この「私」はどうやら綾辻行人自身とほぼイコールで結ばれる人物らしい。つまり大雑把に云って、三十代の綾辻は「どんどん橋」連作の

「僕」であり、四十代以降の綾辻は「深泥丘」連作の「私」である――という構図になる。

この二人には「ミステリ作家である」こと以外に一つ、「物忘れがひどい」という共通の特性がある。前者の「僕」は、たまに訪ねてくるU君についての記憶が曖昧《あいまい》だったり、かつて自分が関係した犯人当てドラマをすっかり忘れていたりして、そのたびにいちおう焦《あせ》ったり悩んだりする。ところが後者の「私」になると、毎回いろいろな物事が思い出せない、記憶がどんどん曖昧化している事実に対して、鷹揚《おうよう》――と云うよりも、もはや諦《あきら》めの境地にあるふうなのである。

基本的にはむろん作品の要請があっての話なのだが、小説を書くというのは、云うほど単純にリクツだけで割り切れる作業ではないと実感する昨今の僕としては、この差異はなかなか興味深い問題であったりもする。

（二〇一〇年九月）

解説

異端にして正統、異形にして端正

大山誠一郎

本書は、綾辻行人の今のところ唯一の犯人当て短編集である。犯人当てとは、本格ミステリの中でも謎解き部分のみに特化したサブジャンルのことだ。本書収録の「ぼうぼう森、燃えた」から引用すると、「全体が『問題篇』と『解決篇』に分かれていて、『解決篇』の手前に『読者への挑戦』が挿入される。『ここまでで手がかりはすべて出揃《でそろ》った。さて事件の真相は？』という」形式である。

日本人の好みに合うのか、日本では多くのミステリ作家が犯人当てを手掛けてきた。例えば、江戸川乱歩らが中心となって設立した探偵作家クラブ（現在の日本推理作家協会の前身）の新年会の余興で犯人当てが行われていたのは有名な話で、ここから「妖婦の宿」、「影なき女」（高木彬光）、「達也が嗤《わら》う」（鮎川哲也）などの名作が生まれた（「達也が嗤う」は綾辻氏が編んだアンソロジー『贈る物語 Mystery』にも収録されており、氏のお気に入りであることがうかがえる）。犯人当てのアンソロジーも過去いくつも編まれている。

映像に目を向ければ、古くはNHKで一九五七年から六三年まで「私だけが知っている」という犯人当てクイズ番組が放送され、鮎川哲也、笹沢左保、土屋隆夫、夏樹静子などが台本を書いていた。綾辻氏自身も有栖川有栖氏との合作で、一九九九年から始まった犯人当てドラマ「安楽椅子探偵」シリーズの原作を手掛けているし、NHKの犯人当てドラマ「謎解きLIVE」に「［四角館の密室］殺人事件」という作品の原作を提供している。

このように、日本では数多くの犯人当てが書かれてきたが、その中で本書『どんどん橋、落ちた』は極めて特異な地位を占めている。それを説明するには、少し回り道をしなければならない。

本格ミステリの謎解き部分のみに特化した犯人当てでは、真相を見破られるかどうかを巡る作者と読者の攻防も先鋭化する。作者はもちろん、読者に絶対に犯人を当てさせないことを目指すが、これはなかなか難しい。犯人当ての多くは短編であり、容疑者の数も限られている。しかも、アンフェアであってはならないというルールがある。そうした条件下で犯人を当てさせず、なおかつその人物が犯人だと指摘されたときに本格ミステリに不可欠な驚きをもたらさなければならない。

こうした難題を解決するために用いられるようになったのが、テキストレベルでの騙《だま》し――いわゆる叙述トリックである。これにより、推理の土台となる事実を読者に誤認させて――たとえば、人物の性別を誤認させるなど――正しい推理ができないようにするわけだ。正しい推理ができないから、正しい犯人にはたどり着かないし、その人物が犯人だと明かされたときにも、どうしてその人物が犯人なのかという驚きが生じる。犯人当ての名作の中には、程度の差はあれ、何らかの叙述トリックを導入しているものも多い。

この手法が異常なまでに発達したのが、綾辻氏が在籍していた京都大学推理小説研究会（京大ミステリ研）である。

京大ミステリ研では、一九七四年の設立後間もなくから犯人当てが行われてきた。出題者が解答者たちの前で問題篇を朗読し、解答者たちがそれぞれの推理を披露し、最後に出題者が解決篇を朗読するという伝統的な形式だ（現在でも途切れることなく続いており、部室の壁には歴代の犯人当てのタイトルと作者をずらりと記した紙が何枚も貼られている)。

ここでの犯人当ての特徴の一つが、異常発達させた叙述トリックにより、正答を出させないという手法である。中には、「読者への挑戦」そのものにトリックを仕掛けた挑戦状トリックというものまである。これは、「読者への挑戦」で何が問われているかを読者に誤認させ、正答を出させないというものだ。その好例としては、『綾辻行人と有栖川有栖のミステリ・ジョッキー2』に収録された、京大ミステリ研創設者の一人である大川一夫氏の「ナイト捜し」をお読みいただきたい。

誤解を避けるために述べておくと、京大ミステリ研の犯人当てがすべてそうだというわけではない。叙述トリックにより正答を出させないことを最優先する姿勢に反対する論調もあったし、犯人特定のロジックを最重視して見事な成果を挙げた作品も多々ある。叙述トリックの異常発達も時代とともにはやりすたりがあって、たとえば私は京大ミステリ研で綾辻氏の十一期下の後輩なのだが、私の入会時にリアルタイムで発表された作品にはそうしたものはほとんどなく、部室に保管されている過去の犯人当てを読んで、「こんなことを考える人がいるのか」と驚愕《きようがく》した覚えがある。

本書『どんどん橋、落ちた』は、京大ミステリ研の「叙述トリックにより正答を出させない」犯人当ての流れの延長線上にあるものだ。実際、表題作の原型は京大ミステリ研の犯人当てとして発表されたものだし、他の四篇も明らかに表題作と同じ路線で書かれている。

巧緻《こうち》極まりないダブルミーニング、アンフェアすれすれの言葉の選択、ルールを提示した上でその裏をかく手法、挑戦状トリック……。読者は、極めて多彩で複雑なテキストレベルでの騙しに驚愕するだろう。

叙述トリックは綾辻作品で多用されるものだが、他の綾辻作品ではそれが小説世界に溶け込んでおり、洗練された印象を与えるのに対し、本書では五篇中四篇が作中作形式を採り、それをメタレベルから検討したり、犯人当てのルールが語られたりするなど、作りものであることがあからさまにされ、その分、洗練の度合いが低いように見える。しかしこれは意図的なもので、使われている叙述トリックがあまりに巧緻で複雑なので、作中作形式にしてメタレベルから説明しなければ、読者に理解させるのが難しいからだ。

そして本書は、「正答を出させない」ためにテキストレベルでの騙しを追求するあまり、犯人当てとして異端の域に達し、異形の相を帯びるに至っている。異端であり異形であるというのは、ここまで巧緻で複雑な叙述トリックを使われたら、真相に到達することはもはや不可能に近いからだ。事実、「どんどん橋、落ちた」の原型が京大ミステリ研の夏合宿で発表されたとき（京大ミステリ研は春と夏に合宿に行くのだが、夜に犯人当てを行うという伝統がある）、並みいるミステリマニアの会員たちはほぼ全員、正しい答えを出せなかったという。作中作形式を多用し、テキストレベルでの騙しを極限まで追求した点で、本書は犯人当ての歴史の中で極めて特異な地位を占めている。

しかし一方で、本書は犯人当てとして正統派であり、端正だとすら言える。どの作品も徹底的に伏線を張り、巧妙に手がかりを配置し、極めてロジカルな推理により、たとえ困難であれ、真相を見抜けるように作られているからだ。どれほど極端なテキストレベルでの騙しを仕掛けようとも、フェアプレイのルールは厳密に守られている。

異端にして正統、異形にして端正――相反する要素が、本書では奇跡のように両立しているのだ。それが、本書の何よりの魅力である。

もっとも、考えてみれば、「異端にして正統、異形にして端正」というのは、綾辻作品すべてに言えることかもしれない。綾辻作品の中で正統的な本格ミステリと見なされる「館」シリーズや『霧越邸《きりごえてい》殺人事件』にしても、限りなく正統的でありながら、同時に従来の正統派からは逸脱する要素や過剰性を含んでいる。それはたとえば、狂気や妄執《もうしゅう》をも謎解きの一要素とする姿勢であり、超自然的要素や暗合の導入でであり、閉ざされた空間や失われた時間への異様なまでの執着だ。それらが混然一体となり、かつてないような本格ミステリを作り上げている。

最後に、本書における作中作の外枠に目を向けてみたい。これらの外枠は決して作中作を成立させるための単なる額縁ではない。そこには作者の思いが色濃く描かれている。外枠で描かれるのは、「僕」こと「綾辻行人」という本格ミステリ作家の日常である。経歴から見て、「僕」は現実の作者をかなりの程度なぞっている。

「どんどん橋、落ちた」、「ぼうぼう森、燃えた」、「意外な犯人」の三篇では、締切に追われ執筆に疲れている「僕」のところへ後輩のU君が訪ねてくる。「僕」はU君にどことなく見憶《みおぼ》えがあるのだが、どうしても思い出せない。U君は自作の犯人当てを差し出すと、解いてみろと挑戦してくる。「僕」はU君の犯人当てに腹立ちを感じつつなんとか推理するが、テキストレベルでの騙しに完敗する……。

「確かに見憶えのある顔。よく知った名前。何だかとても懐かしく、それでいて小憎らしく、その無邪気さが時として妙に苛立たしく……」と「どんどん橋、落ちた」にあるように、U君は昔の「僕」である。U君が「僕」のもとに現れて犯人当てを読ませるのは、執筆に疲れ道に迷った「僕」に、読み手を騙すためならばなんでもするという稚気、かつて持っていたはずの無邪気さにもう一度気づかせ、原点に立ち返らせるためなのだ。

ただ、「僕」にとって、U君はアンビバレントな存在のようだ。「どんどん橋、落ちた」のラストでは、「僕」は「肩にのしかかっていた重い何かの塊がすうっと溶けて消えていくような心地」を覚えるが、次の「ぼうぼう森、燃えた」のラストでは、「ネガティヴな感情」が湧き上がるのを感じ、「これは袋小路への道標である」という言葉がこだまする。そして最終話「意外な犯人」のラストでは、「あなたは違うんです」というU君の謎の言葉とともに、「僕」は甲虫と無数の蟻たちの幻影を見、あることを悟る。

作者は「僕」に託して、忘れそうになっていた無邪気さを取り戻したいという思いや、一方で無邪気さに浸《ひた》り切ることへの違和感や、当時の日本のミステリシーンへの屈折した思いを描こうとしており、決して「原点に立ち返る」と単純化することはできない。

確かなのは、作者にとっては本書の五篇を書くことが、前に進むのにどうしても必要なステップだったということだ。表題作を除く四篇は一年足らずのあいだに集中的に書かれており、それらの執筆が作者にとって必要だったことが如実にうかがえる。

『ミネルヴァの梟《ふくろう》は黄昏《たそがれ》に飛びたつか？　探偵小説の再定義』（早川書房）に収められた笠井潔氏との対談によれば、本書を書いたおかげで、大作『暗黒館の殺人』の連載に踏み切ることができたのだという。

本書は、犯人当ての歴史において極めて特異な地位を占めている作品であるとともに、綾辻行人の原点であり、その思いが珍しく小説形式で吐露された作品であり、さらなる高みに向かうためのジャンピングボードとなった作品集である。

綾辻行人著作リスト（2021年8月現在）

【長編】

1 『十角館の殺人』
講談社ノベルス／1987年9月
講談社文庫／1991年9月
講談社文庫――新装改訂版／2007年10月
講談社 YA! ENTERTAINMENT／2008年9月
講談社――限定愛蔵版／2017年9月

2 『水車館の殺人』
講談社ノベルス／1988年2月
講談社文庫／1992年3月
講談社文庫――新装改訂版／2008年4月
講談社 YA! ENTERTAINMENT／2010年2月

3 『迷路館の殺人』
講談社ノベルス／1988年9月
講談社文庫／1992年9月
講談社文庫――新装改訂版／2009年11月

4 『緋色の囁き』
祥伝社ノン・ノベル／1988年10月
祥伝社ノン・ポシェット／1993年7月
講談社文庫／1997年11月
講談社文庫――新装改訂版／2020年12月

5 『人形館の殺人』
講談社ノベルス／1989年4月
講談社文庫／1993年5月
講談社文庫――新装改訂版／2010年8月

6 『殺人方程式――切断された死体の問題――』
光文社カッパ・ノベルス／1989年5月
光文社文庫／1994年2月
講談社文庫／2005年2月

7 『暗闇の囁き』
祥伝社ノン・ノベル／1989年9月
祥伝社ノン・ポシェット／1994年7月
講談社文庫／1998年6月
講談社文庫――新装改訂版／2021年5月

8 『殺人鬼』
双葉社／1990年1月

双葉ノベルズ／1994年10月
新潮文庫／1996年2月
角川文庫（改題『殺人鬼 ――覚醒篇』）／2011年8月

9 『霧越邸殺人事件』
新潮社／1990年9月
新潮文庫／1995年2月
祥伝社ノン・ノベル／2002年6月
角川文庫――完全改訂版（上）（下）／2014年3月

10 『時計館の殺人』
講談社ノベルス／1991年9月
講談社文庫／1995年6月
双葉文庫（日本推理作家協会賞受賞作全集68）／2006年6月
講談社文庫――新装改訂版（上）（下）／2012年6月

11 『黒猫館の殺人』
講談社ノベルス／1992年4月
講談社文庫／1996年6月
講談社文庫――新装改訂版／2014年1月

12 『黄昏の囁き』
祥伝社ノン・ノベル／1993年1月
祥伝社ノン・ポシェット／1996年7月
講談社文庫／2001年5月
講談社文庫――新装改訂版／2021年8月

13 『殺人鬼Ⅱ――逆襲篇――』
双葉社／1993年10月
双葉ノベルズ／1995年8月
新潮文庫／1997年2月
角川文庫（改題『殺人鬼 ――逆襲篇』）／2012年2月

14 『鳴風荘事件――殺人方程式Ⅱ――』
光文社カッパ・ノベルス／1995年5月
光文社文庫／1999年3月
講談社文庫／2006年3月

15 『最後の記憶』
角川書店／2002年8月
カドカワ・エンタテインメント／2006年1月
角川文庫／2007年6月

16 『暗黒館の殺人』
講談社ノベルス――（上）（下）／2004年9月

講談社――限定愛蔵版／２００４年９月
講談社文庫――(一)(二)／２００７年10月
講談社文庫――(三)(四)／２００７年11月

17 **『びっくり館の殺人』**
講談社ミステリーランド／２００６年３月
講談社ノベルス／２００８年11月
講談社文庫／２０１０年８月

18 **『Another』**
角川書店／２００９年10月
角川文庫――(上)(下)／２０１１年11月
角川スニーカー文庫――(上)(下)／２０１２年３月

19 **『奇面館の殺人』**
講談社ノベルス／２０１２年１月
講談社文庫――(上)(下)／２０１５年４月

20 **『Another　エピソードS』**
角川書店／２０１３年７月
角川書店――軽装版／２０１４年12月
角川文庫／２０１６年６月

21 **『Another 2001』**
ＫＡＤＯＫＡＷＡ／２０２０年９月

【中・短編集】

1 **『四〇九号室の患者』**（表題作のみ収録）
森田塾出版（南雲堂）／１９９３年９月

2 **『眼球綺譚』**
集英社／１９９５年10月
祥伝社ノン・ノベル／１９９８年１月
集英社文庫／１９９９年９月
角川文庫／２００９年１月

3 **『フリークス』**
光文社カッパ・ノベルス／１９９６年４月
光文社文庫／２０００年３月
角川文庫／２０１１年４月

4 **『どんどん橋、落ちた』**
講談社／１９９９年10月
講談社ノベルス／２００１年11月
講談社文庫／２００２年10月
講談社文庫――新装改訂版／２０１７年２月

5 **『深泥丘奇談』**
メディアファクトリー／２００８年２月
ＭＦ文庫ダ・ヴィンチ／２０１１年12月
角川文庫／２０１４年６月

6『深泥丘奇談・続』
メディアファクトリー／２０１１年３月
ＭＦ文庫ダ・ヴィンチ／２０１３年２月
角川文庫／２０１４年９月
7『深泥丘奇談・続々』
ＫＡＤＯＫＡＷＡ／２０１６年７月
角川文庫／２０１９年８月
8『人間じゃない　綾辻行人未収録作品集』
講談社／２０１７年２月

【雑文集】
1『アヤツジ・ユキト　１９８７―１９９５』
講談社／１９９６年５月
講談社文庫／１９９９年６月
講談社――復刻版／２００７年８月
2『アヤツジ・ユキト　１９９６―２０００』
講談社／２００７年８月
3『アヤツジ・ユキト　２００１―２００６』
講談社／２００７年８月
4『アヤツジ・ユキト　２００７―２０１３』
講談社／２０１４年８月

【共著】
○漫画
＊『ＹＡＫＡＴＡ①』（漫画原作／田篭功次画）
角川書店／１９９８年12月
＊『ＹＡＫＡＴＡ②』（同）
角川書店／１９９９年10月
＊『ＹＡＫＡＴＡ③』（同）
角川書店／１９９９年12月
＊『眼球綺譚― yui ―』（漫画化／児嶋都画）
角川書店／２００１年１月
角川文庫（改題『眼球綺譚― COMICS ―』）
／２００９年１月
＊『緋色の囁き』（同）
角川書店／２００２年10月
＊『月館の殺人（上）』（漫画原作／佐々木倫子画）
小学館／２００５年10月
小学館――新装版／２００９年２月
小学館文庫／２０１７年１月
＊『月館の殺人（下）』（同）
小学館／２００６年９月
小学館――新装版／２００９年２月

小学館文庫／２０１７年1月
＊『Another ①』（漫画化／清原紘画）
角川書店／２０１０年10月
＊『Another ②』（同）
角川書店／２０１１年３月
＊『Another ③』（同）
角川書店／２０１１年９月
＊『Another ④』（同）
角川書店／２０１２年１月
＊『Another ０巻 オリジナルアニメ同梱版』（同）
角川書店／２０１２年５月
＊『十角館の殺人①』（漫画化／清原紘画）
講談社／２０１９年11月
＊『十角館の殺人②』（同）
講談社／２０２０年８月
＊『十角館の殺人③』（同）
講談社／２０２１年３月

○絵本
＊『怪談えほん8 くうきにんげん』（絵・牧野千穂）
岩崎書店／２０１５年９月

○対談
＊『本格ミステリー館にて』（vs. 島田荘司）
森田塾出版／１９９２年11月
角川文庫（改題『本格ミステリー館』）／１９９７年12月
＊『セッション――綾辻行人対談集』
集英社／１９９６年11月
集英社文庫／１９９９年11月
＊『綾辻行人と有栖川有栖のミステリ・ジョッキー①』（対談&アンソロジー）
講談社／２００８年７月
＊『綾辻行人と有栖川有栖のミステリ・ジョッキー②』（同）
講談社／２００９年11月
＊『綾辻行人と有栖川有栖のミステリ・ジョッキー③』（同）
講談社／２０１２年４月
＊『シークレット 綾辻行人ミステリ対談集in京都』
光文社／２０２０年９月

○エッセイ
＊『ナゴム、ホラーライフ 怖い映画のススメ』

（牧野修と共著）

メディアファクトリー／２００９年６月

○オリジナルドラマＤＶＤ

＊『綾辻行人・有栖川有栖からの挑戦状①
安楽椅子探偵登場』（有栖川有栖と共同原作）
メディアファクトリー／２００１年４月

＊『綾辻行人・有栖川有栖からの挑戦状②
安楽椅子探偵、再び』（同）
メディアファクトリー／２００１年４月

＊『綾辻行人・有栖川有栖からの挑戦状③
安楽椅子探偵の聖夜〜消えたテディ・ベアの謎〜』（同）
メディアファクトリー／２００１年11月

＊『綾辻行人・有栖川有栖からの挑戦状④
安楽椅子探偵とＵＦＯの夜』（同）
メディアファクトリー／２００３年７月

＊『綾辻行人・有栖川有栖からの挑戦状⑤
安楽椅子探偵と笛吹家の一族』（同）
メディアファクトリー／２００６年４月

＊『綾辻行人・有栖川有栖からの挑戦状⑥
安楽椅子探偵　ＯＮ　ＡＩＲ』（同）
メディアファクトリー／２００８年11月

＊『綾辻行人・有栖川有栖からの挑戦状⑦
安楽椅子探偵と忘却の岬』（同）
ＫＡＤＯＫＡＷＡ／２０１７年３月

＊『綾辻行人・有栖川有栖からの挑戦状⑧
安楽椅子探偵　ＯＮ　ＳＴＡＧＥ』（同）
ＫＡＤＯＫＡＷＡ／２０１８年６月

【アンソロジー編纂】

＊『綾辻行人が選ぶ！　楳図かずお怪奇幻想館』
（楳図かずお著）
ちくま文庫／２０００年11月

＊『贈る物語 Mystery』
光文社／２００２年11月
光文社文庫（改題『贈る物語 Mystery
九つの謎宮《めいきゅう》』）／２００６年10月

＊『綾辻行人選　スペシャル・ブレンド・ミステリー
謎009』（日本推理作家協会編）
講談社文庫／２０１４年９月

＊『連城三紀彦　レジェンド　傑作ミステリー集』
（連城三紀彦著／伊坂幸太郎、小野不由美、米澤
穂信と共編）
講談社文庫／２０１４年11月

＊『連城三紀彦　レジェンド2　傑作ミステリー集』（同）
講談社文庫／2017年9月

【ゲームソフト】

＊『黒ノ十三』（監修）
トンキンハウス（PS用）／1996年9月

＊『ナイトメア・プロジェクト　YAKATA』
（原作・原案・脚本・監修）
アスク（PS用）／1998年6月

【書籍監修】

＊『YAKATA—Nightmare Project—』（ゲーム攻略本）
メディアファクトリー／1998年8月

＊『綾辻行人　ミステリ作家徹底解剖』
（スニーカー・ミステリ倶楽部編）
角川書店／2002年10月

＊『新本格謎夜会《ミステリー・ナイト》』（有栖川有栖と共同監修）
講談社ノベルス／2003年9月

＊『綾辻行人殺人事件　主たちの館』
（イーピン企画と共同監修）
講談社ノベルス／2013年4月

初刊、一九九九年十月講談社。
本書は二〇〇二年十月に刊行された講談社文庫版を全面改訂した新装改訂版です。

|著者|綾辻行人　1960年京都府生まれ。京都大学教育学部卒業、同大学院修了。'87年に『十角館の殺人』で作家デビュー、〝新本格ムーヴメント〟の嚆矢となる。'92年、『時計館の殺人』で第45回日本推理作家協会賞を受賞。『水車館の殺人』『びっくり館の殺人』など、〝館シリーズ〟と呼ばれる一連の長編は現代本格ミステリを牽引する人気シリーズとなった。ほかに『殺人鬼』『霧越邸殺人事件』『眼球綺譚』『最後の記憶』『深泥丘奇談』『Another』などがある。2004年には2600枚を超える大作『暗黒館の殺人』を発表。デビュー30周年を迎えた'17年には『人間じゃない　綾辻行人未収録作品集』が講談社より刊行された。'18年度、第22回日本ミステリー文学大賞を受賞。

どんどん橋《ばし》、落《お》ちた〈新装改訂版《しんそうかいていばん》〉
綾辻行人《あやつじゆきと》

2017年2月15日第1刷発行
2022年4月6日第10刷発行

発行者――鈴木章一
発行所――株式会社　講談社
東京都文京区音羽2-12-21　〒112-8001
電話　出版　(03) 5395-3510
　　　販売　(03) 5395-5817
　　　業務　(03) 5395-3615
Printed in Japan

講談社文庫
定価はカバーに
表示してあります

KODANSHA

デザイン―菊地信義
本文データ制作―講談社デジタル製作
印刷―――株式会社KPSプロダクツ
製本―――株式会社国宝社

ISBN978-4-06-293551-7

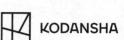

講談社文庫刊行の辞

二十一世紀の到来を目睫に望みながら、われわれはいま、人類史上かつて例を見ない巨大な転換期をむかえようとしている。

世界も、日本も、激動の予兆に対する期待とおののきを内に蔵して、未知の時代に歩み入ろうとしている。このときにあたり、創業の人野間清治の「ナショナル・エデュケイター」への志を現代に甦らせようと意図して、われわれはここに古今の文芸作品はいうまでもなく、ひろく人文・社会・自然の諸科学から東西の名著を網羅する、新しい綜合文庫の発刊を決意した。

激動の転換期はまた断絶の時代である。われわれは戦後二十五年間の出版文化のありかたへの深い反省をこめて、この断絶の時代にあえて人間的な持続を求めようとする。いたずらに浮薄な商業主義のあだ花を追い求めることなく、長期にわたって良書に生命をあたえようとつとめるところにしか、今後の出版文化の真の繁栄はあり得ないと信じるからである。

同時にわれわれはこの綜合文庫の刊行を通じて、人文・社会・自然の諸科学が、結局人間の学にほかならないことを立証しようと願っている。かつて知識とは、「汝自身を知る」ことにつきていた。現代社会の瑣末な情報の氾濫のなかから、力強い知識の源泉を掘り起し、技術文明のただなかに、生きた人間の姿を復活させること。それこそわれわれの切なる希求である。

われわれは権威に盲従せず、俗流に媚びることなく、渾然一体となって日本の「草の根」をかたちづくる若く新しい世代の人々に、心をこめてこの新しい綜合文庫をおくり届けたい。それは知識の泉であるとともに感受性のふるさとであり、もっとも有機的に組織され、社会に開かれた万人のための大学をめざしている。大方の支援と協力を衷心より切望してやまない。

一九七一年七月

野間省一

芥川龍之介　藪の中
有吉佐和子　新装版 和宮様御留
阿刀田　高　ナポレオン狂
阿刀田　高　新装版 ブラック・ジョーク大全
安房直子　春の窓〈安房直子ファンタジー〉
相沢忠洋　「岩宿」の発見〈幻の旧石器を求めて〉
赤川次郎　偶像崇拝殺人事件
赤川次郎　人間消失殺人事件
赤川次郎　三姉妹探偵団
赤川次郎　三姉妹探偵団2〈キャンパス篇〉
赤川次郎　三姉妹探偵団3〈珠美・初恋篇〉
赤川次郎　三姉妹探偵団4〈怪奇篇〉
赤川次郎　三姉妹探偵団5〈復讐篇〉
赤川次郎　三姉妹探偵団6〈危機一髪篇〉
赤川次郎　三姉妹探偵団7〈駈け落ち篇〉
赤川次郎　三姉妹探偵団8〈人質篇〉
赤川次郎　三姉妹探偵団9〈青ひげ篇〉
赤川次郎　三姉妹探偵団10〈父恋し篇〉
赤川次郎　死が小径をやってくる〈三姉妹探偵団11〉

赤川次郎　死神のお気に入り〈三姉妹探偵団12〉
赤川次郎　次女と野獣〈三姉妹探偵団13〉
赤川次郎　心地よい悪夢〈三姉妹探偵団14〉
赤川次郎　ふるえて眠れ、三姉妹〈三姉妹探偵団15〉
赤川次郎　三姉妹、呪いの道行〈三姉妹探偵団16〉
赤川次郎　三姉妹、初めてのおつかい〈三姉妹探偵団17〉
赤川次郎　恋の花咲く三姉妹〈三姉妹探偵団18〉
赤川次郎　月もおぼろに三姉妹〈三姉妹探偵団19〉
赤川次郎　三姉妹、ふしぎな旅日記〈三姉妹探偵団20〉
赤川次郎　三姉妹、清く貧しく美しく〈三姉妹探偵団21〉
赤川次郎　三姉妹と忘れじの面影〈三姉妹探偵団22〉
赤川次郎　三姉妹、舞踏会への招待〈三姉妹探偵団23〉
赤川次郎　三人姉妹殺人事件〈三姉妹探偵団24〉
赤川次郎　三姉妹、さびしい入江の歌〈三姉妹探偵団25〉
赤川次郎　静かな町の夕暮に
赤川次郎　キネマの天使〈レンズの奥の殺人者〉
新井素子　グリーン・レクイエム〈新装版〉
安能務 訳　封神演義 全三冊
安西水丸　東京美女散歩

綾辻行人　殺人方程式〈切断された死体の問題〉
綾辻行人　鳴風荘事件 殺人方程式II
綾辻行人　十角館の殺人〈新装改訂版〉
綾辻行人　水車館の殺人〈新装改訂版〉
綾辻行人　迷路館の殺人〈新装改訂版〉
綾辻行人　人形館の殺人〈新装改訂版〉
綾辻行人　時計館の殺人〈新装改訂版〉
綾辻行人　黒猫館の殺人〈新装改訂版〉
綾辻行人　暗黒館の殺人 全四冊
綾辻行人　びっくり館の殺人
綾辻行人　奇面館の殺人 (上)(下)
綾辻行人　どんどん橋、落ちた〈新装改訂版〉
綾辻行人　緋色の囁き〈新装改訂版〉
綾辻行人　暗闇の囁き〈新装改訂版〉
綾辻行人　黄昏の囁き〈新装改訂版〉
綾辻行人ほか　7人の名探偵
我孫子武丸　探偵映画
我孫子武丸　新装版 8の殺人
我孫子武丸　眠り姫とバンパイア

我孫子武丸　狼と兎のゲーム
我孫子武丸　新装版 殺戮にいたる病
有栖川有栖　ロシア紅茶の謎
有栖川有栖　スウェーデン館の謎
有栖川有栖　ブラジル蝶の謎
有栖川有栖　英国庭園の謎
有栖川有栖　ペルシャ猫の謎
有栖川有栖　幻想運河
有栖川有栖　マレー鉄道の謎
有栖川有栖　スイス時計の謎
有栖川有栖　モロッコ水晶の謎
有栖川有栖　インド倶楽部の謎
有栖川有栖　カナダ金貨の謎
有栖川有栖　新装版 マジックミラー
有栖川有栖　新装版 46番目の密室
有栖川有栖　虹果て村の秘密
有栖川有栖　闇の喇《らっ》叭《ぱ》
有栖川有栖　真夜中の探偵
有栖川有栖　論理爆弾

有栖川有栖　名探偵傑作短篇集 火村英生篇
浅田次郎　勇気凜凜ルリの色
浅田次郎　霞町物語
浅田次郎　ひとは情熱がなければ生きていけない〈勇気凜凜ルリの色〉
浅田次郎　シェエラザード(上)(下)
浅田次郎　歩兵の本領
浅田次郎　蒼穹の昴 全四巻
浅田次郎　珍妃の井戸
浅田次郎　中原の虹 全四巻
浅田次郎　マンチュリアン・リポート
浅田次郎　天子《てんし》蒙塵《もうじん》 全四巻
浅田次郎　天国までの百マイル
浅田次郎　地下鉄《メトロ》に乗って〈新装版〉
浅田次郎　おもかげ
浅田次郎　日輪の遺産〈新装版〉
青木玉　小石川の家
阿部和重　アメリカの夜
阿部和重　グランド・フィナーレ
阿部和重　A B C〈阿部和重初期作品集〉

阿部和重　ミステリアスセッティング
阿部和重　IP/NN 阿部和重傑作集
阿部和重　シンセミア(上)(下)
阿部和重　ピストルズ(上)(下)
甘糟りり子　産む、産まない、産めない
甘糟りり子　産まなくても、産めなくても
赤井三尋　翳《かげ》りゆく夏
あさのあつこ　NO.6〔ナンバーシックス〕#1
あさのあつこ　NO.6〔ナンバーシックス〕#2
あさのあつこ　NO.6〔ナンバーシックス〕#3
あさのあつこ　NO.6〔ナンバーシックス〕#4
あさのあつこ　NO.6〔ナンバーシックス〕#5
あさのあつこ　NO.6〔ナンバーシックス〕#6
あさのあつこ　NO.6〔ナンバーシックス〕#7
あさのあつこ　NO.6〔ナンバーシックス〕#8
あさのあつこ　NO.6〔ナンバーシックス〕#9
あさのあつこ　NO.6beyond〔ナンバーシックス・ビヨンド〕
あさのあつこ　待ってる〈橘屋草子〉
あさのあつこ　さいとう市立さいとう高校野球部(上)(下)

2022年 3月15日現在